译文纪实

消された一家
北九州・連続監禁殺人事件

豊田正義

［日］丰田正义 著　　张士杰 殷玥 译

被抹去的一家

北九州连环监禁杀人案

上海译文出版社

序　言

他，是个“天才杀人魔”。

他在公寓楼的一个房间里，囚禁了一名男子和该男子的女儿，勒索了大量的钱财，同时还对他们施加种种虐待，例如电击，以及限制饮食、睡眠、排便等等。被囚男子如家畜一般被虐待，以致最终身体虚弱至极而亡。之后，他故技重施，又将一家七口囚禁在同一个房间，手段也一如此前，使用电击，并进行各种限制，如同对待奴隶一样地施虐。

这一家七口，有他的妻子（二人为事实婚姻，而非法律意义上的配偶关系）、妻子的父亲、母亲、妻妹夫妇、外甥、外甥女。

然后……

他命令这一家人互相残杀。但是，那一家人完全不抵抗，完全不逃跑，而且完全顺从他的指示，一个人又一个人地自相残杀，人数是一个又一个地减少，而尸体则是一具又一具地被肢解。但是，他，完全就像是在棋盘上驱动棋子一般，仅仅对杀人者和被杀者发出指示，一丝一毫也没有弄脏自己的手。

最后，只剩下他的妻子一个人，其他的人都死了。他的妻子，一直接受他的指示，直到最后都忠实地履行杀人的任务。不过，她也曾经试图逃离他的魔掌。但是，她失败了，之后就完完全全地沦为奴隶。她一边遭受着他的极度虐待，一边又染指于一件又一件凶残的罪行。最后的最后，以至于把她自己的全家都卷了进来。

他，叫松永太。他的妻子，叫绪方纯子。他们原来是校友，就读于福冈县久留米市内的一所高中。毕业后，他们开始交往，并成为事实上的夫妻。不过，他们因为诈骗而被警方通缉，于是逃到北九州市的小仓，此后辗转流窜于多处公寓。就在其中的一间公寓，发生了“密室监禁大量杀人毁尸灭迹案”。

平成十四年（二〇〇二）三月，罪行暴露。第一名被杀男子的女儿受到警方保护，松永和绪方被逮捕，并被起诉。之后，福冈地方法院小仓分院对此案进行了共计七十七次的公开审判。在庭审中，那些骇人听闻的、难以想象的、残忍而离奇的犯罪恶行，逐渐浮现出来。

我旁听了一多半的庭审，直到平成十七年（二〇〇五）九月二十八日，迎来了最终的判决。每次旁听，我都要长途跋涉于东京和小仓之间。不为别的，就是要见证这一桩犯罪史上绝无仅有的离奇大案，被一点一点地揭开全部的真相。而且，不是通过新闻报道，一定要由我自己去亲眼所见、亲耳所闻。

起初，这个案件看起来似乎是由松永和绪方合谋，共同实施的。但是，我听一位一直追踪采访此案的当地记者说，“实际上，绪方应该也是一直遭受着松永的残酷虐待。她被逼无奈，无计可施，结果听从了松永的杀人指示，走上了残杀家人的罪恶之路”。就在那一刻，我感觉心头遭到猛烈的一击，随之产生一种强烈的欲望，驱使着自己一定要详细地弄清这个案件的构成。

这名女子原本应该是受害者，遭受着丈夫或是恋人惨绝人寰的暴力虐待，但最终竟然沦为施暴者的帮凶和同谋，犯下了杀人之类的邪恶罪行。一直以来，我都在调查研究此类案件的构成。其中有一桩令人痛心疾首的案子，是一个年轻母亲的杀子案。这名女子的同居配偶，为了攫取保险金而逼迫她，教唆她“杀掉你（和前夫）的孩子”。结果，她不堪暴力，亲手把自己的孩子推进了大海。

“为什么？她为什么不逃跑呢?”

这个最朴素的疑问，必然在此类案件的调查过程中涌上心头。同样的疑问，一定也会让法官、检察官、辩护律师都疑惑不解。但是，据我所知，这种“无法逃脱的心理状态”，几乎从未在审判中得到清楚的揭示。甚至于在大多数情况下，都没有人意识到要去揭示这种心理状态。而且，在审判中，人们往往认为“如果想逃，无论如何都一定会逃掉”，结果在量刑上也往往会作出与施暴主犯同等的判决。

对于这样的审判现状，我非常不以为然。我认为，如果是在一种“无法逃脱的心理状态”之下，被逼无奈以致犯下罪行，那么法庭理应查明，并根据具体情况作出相应量刑。我多年来从事对家庭暴力（DV[①]）的调查采访，听到了许多受害者讲述自己处于“无法逃脱的心理状态”之下的真实经历，也得到了受害者关爱专家的相

① “domestic violence”的缩写，即家庭暴力，简称家暴。[本书脚注皆为译注]

关解答。这让我更为坚定地认为，这种审判应当得到改变。

但是，这个案件还是远远地超出了我迄今为止的采访经验，远远地超出了我的理解空间。作为受虐妇女（家暴受害女性），她无法逃脱，被逼到穷途末路，结果杀害了六个自己的亲人，并将尸体肢解。绪方纯子的心理状态，究竟如何？那种内心的幽暗，到底多深？

而且，松永太也是个闻所未闻的施虐者（家暴施暴者）。从我的调查经验来看，家暴男大多都很相似，DV 相关案件施暴者的人物形象也很容易想象得出来。但是，松永太完全颠覆了我的认知，让我意识到自己通过大量调查采访而积累起来的知识，竟然是那么地微不足道，那么地不堪为用。

另外，这一案件的开端是松永和绪方之间由家暴构建而成的操控关系，但不断有人被卷进来，被置于松永的操控之下，并最终酿成了连环杀人的惨案。随着操控和杀人规模的急速扩大，松永从一个普通的施暴者“进化”成为一个世所罕见的连环杀人犯。松永这个人，到底在想什么？到底怀着什么样的情感？最关键的是，他到底设计和编织了什么样的操控手段？

我怀着这样的疑问，连续旁听了北九州连环监禁杀人案的庭审，并尽可能地进行了独立采访。但是，随着事实一点一点地浮现出来，我不禁毛骨悚然，以至于竟然完全不知道该如何解析，也完全理不出头绪。

然而，就在那个时候，一本书为我打开了突破口。那本书叫《心灵的创伤与恢复》（中井久雄译，MISUZU 出版社）[①]，作者朱迪

---

① 中译本书名为《创伤与复原》，译者为施宏达、陈文琪，机械工业出版社，2015 年出版。

思·L. 赫尔曼是一位美国的精神科医师，也是虐待与监禁受害者心灵创伤研究领域首屈一指的专家。

之后，我把这本书介绍给一位我熟悉的当地记者。碰巧的是，这本书竟然兜兜转转地转到了负责此案的检察官手上，而这名检察官或许怀着和我一样的想法。结果，检方向法院递交了该书，作为“松永和绪方以及七名受害者之间存在操控关系”的精神病学证据。

绪方本人也在拘留所里读了这本书。在法庭上，当检察官向绪方问询读后的感想时，她回答说：“和我自身的经历相似。虽然不是一切都完全吻合，但我由此回忆起了过去的那些事，意识到自己的经历就像书里说的那样。”

在本书中，我计划借助以绪方纯子为主的当事人证词和口供记录，以及我独立采访所取得的相关人员证词，全方位地描述我自己所了解、所把握的北九州连环监禁杀人案。有时，我也会运用赫尔曼等人的观点，分析案中人物的行为。当然，我并不认为自己能把整个案件都解说清楚，因为幸存的证人极少，而且案中充满了谜团。因此，我打算本着“不知为不知”的原则，将那些连我自己也无法弄清楚的情况，如实且平实地记述下来。我想，即便仅仅记录“现实中发生的”事情，意义也是十分巨大的。同时，我还打算记录松永的庭审供述、检察官的总结陈词与量刑请求、各辩护团的最后辩论，以及判决结果。

需要事先说明的是，案中有多人的姓氏是“绪方”，因此本书出于区别记述的考虑，将只用名字，不用姓氏。例如，“绪方纯子”将以“纯子”的名字进行叙述。另外，本书将依据作者的判断，对部分人物和建筑使用化名，敬请读者知悉。

目 录

第一章 十七岁的少女 …… 1
第二章 松永太和绪方纯子 …… 25
第三章 第一个人 …… 57
第四章 绪方一家 …… 97
第五章 第二个人、第三个人、第四个人 …… 133
第六章 第五个人、第六个人、第七个人 …… 161
第七章 松永太的陈述 …… 191
第八章 消失的两个人 …… 213
后记 …… 225
二审的法庭判决和绪方纯子的来信——代文库版后记 …… 233

“北九州连环监禁杀人案”的主要经过（＊略去敬称，年龄为当时年龄）

- **昭和五十五年（一九八〇）三月**，松永太、绪方纯子毕业于福冈县内的同一所高中。
- **昭和五十七年（一九八二）一月**，松永在自家的被褥经销店帮忙，与A子结婚。
- **同年秋**，松永和时为幼儿园教师的绪方开始交往。
- **昭和五十八年（一九八三）五月**，松永在柳川市注册成立World有限公司。把采用欺诈手段的被褥经销实际化。
- **平成四年（一九九二）十月**，World公司破产。松永和绪方开始在北九州市的逃亡生活。结识房屋租赁中介公司职员服部清志（化名）。
- **平成六年（一九九四）十月**，松永和绪方受托照顾服部清志长女恭子（化名，十岁），开始共同居住。
- **平成八年（一九九六）二月**，服部清志（三十四岁）身体衰竭致死。
- **平成九年（一九九七）四月**，松永攫取绪方家的财产，监禁绪方全家。
- **同年十二月**，绪方誉（六十一岁，被告绪方纯子的父亲）被通电致死。
- **平成十年（一九九八）一月**，绪方静美（五十八岁，被告绪方纯子的母亲）被绞杀。
- **同年二月**，绪方理惠子（三十三岁，被告绪方纯子的妹妹）被绞杀。
- **同年四月**，绪方主也（三十八岁，被告绪方纯子的妹夫）身体衰竭致死。
- **同年五月**，绪方优贵（五岁，被告绪方纯子妹妹的长子）被绞杀。
- **同年六月**，绪方彩（十岁，被告绪方纯子妹妹的长女）被绞杀。
- **平成十四年（二〇〇二）三月**，服部恭子（十七岁）从松永监禁中逃脱，事件得以暴露。服部恭子的祖父向警方报案，福冈县警察署逮捕松永太和绪方纯子。

第一章　十七岁的少女

悲剧的舞台——小仓北区的 M 公寓

（摄影：南慎二）

靠养老金生活的一对老人，正期盼着孙女的到来。这是一个随处可见的再平常不过的光景，但如果是在下半夜四点，则颇不寻常。平成十四年（二〇〇二）一月三十日，服部荣藏和他的妻子寿子（均为化名）在位于北九州市门司区的家中，怀着惴惴不安的心情，焦急地期盼着十七岁的孙女恭子（化名）的到来。

那天，天还未亮的时候，很久都没有联系的恭子突然打来电话，没头没脑地说道："我是趁着叔叔洗澡的时候才打的电话。早上五点左右，我去你们那儿。别睡觉，等着我。"当时已经很晚了，她仿佛是害怕什么似的，声音很低，似乎有些颤抖。荣藏心想："太奇怪了啊！说要那么早过来，一定是发生了什么啊！"首先，她所说的"叔叔"到底是谁呢？而且，恭子现在住在哪里，靠什么生活呢？这些，他都一无所知。但是，他还没来得及问些什么，电话就被挂断了。老夫妻俩也就只能满怀着担心，焦急地等待。

凌晨五点左右，门铃响了。荣藏和寿子开了门，恭子穿着夹克和牛仔裤，气喘吁吁地钻进大门，又赶紧把门关好，还上了锁。恭子盯着祖父母的脸，泪水如水库决堤一般地奔涌而出。

一连几天，恭子都在祖父母家里闭门不出，大口大口地吃着祖母亲手做的饭菜，悠然地泡着热水澡，尽情地呼呼大睡。渐渐地，恭子的心情恢复了平静，开始说一些过去的事，也逗弄逗弄小狗，还露出了笑容。但是，每当祖父母问到"发生了什么吗"，她就立刻陷入沉默。

而且，恭子的脸上有一块淤青。在恭子换衣服的时候，祖母注意到她的身上也满是淤青。问她是被人打了吗，恭子回答说“是被爸爸打的”。祖父母大吃一惊。寿子感叹道：“清志（化名）原本是个非常温和善良的人啊。怎么会变成这个样子呢?”荣藏勃然大怒地说：“我来教训他一顿！把你爸爸带到这儿来!”但是，恭子仅仅回答说：“爸爸经常出差，我也不知道他现在在哪儿。”然后就不愿再说关于父亲的事了。

关于这个四十岁的儿子清志的生活情况，荣藏和寿子是一无所知的。平成二年（一九九〇），清志离了婚，带着恭子一起生活。第二年，他和一个带着三个孩子的单身女子关系亲密起来，并开始了共同生活。但是，这段关系也在平成六年（一九九四）的时候结束了。之后，听说清志带着恭子住在公司的宿舍。工作的话，他曾经在一家大型房屋中介公司作销售员，后来和同事一起成立了一家小型的房屋中介公司，自己当了董事，但又在第二年辞了职。之后的情况，就完全不得而知了。

荣藏说道：

“以前倒是经常见面。但是，大概是在平成六年（一九九四）的夏天吧，他说了一通莫名其妙的话，一脸兴奋地告诉我：‘有个赛马赚钱的事儿。一个特别厉害的电脑工程师，能用电脑算准赛马的输赢!’我对赛马还是比较了解的，所以当时就对清志说：‘别犯傻了!像你这种从来都没接触过赛马的人，怎么可能懂那些呢。你肯定是被骗了!’但他还是深信不疑，一个劲儿地称赞那个工程师有多么多么了不起，真是财迷心窍了。最后一次见到他，是在那一年的年底。

他一副精疲力竭的样子，软瘫瘫地坐在我家的沙发上。说是公司里发生了一起百万日元盗窃案，自己被怀疑是罪犯，但他坚称自己绝对没做，因此一直苦恼不安。我倒是相信清志不是那种人，就建议他去警察局咨询一下。后来的情况，我就不知道了。”

寿子回忆道：

“我和清志见面的次数比我丈夫要多。他会打来电话叫我出去，在小仓站的咖啡店见面，每次都会找我借钱，说是工作上需要资金周转，或者是生活费上有困难什么的。我会从退休金或者存款里拿钱出来，尽可能地资助他。我们最后一次见面，是在平成七年（一九九五）的冬天。清志穿着西装，但消瘦了很多，脸色也格外憔悴，又像是在害怕着什么，非常警惕地留意着周围。他要借 70 万日元，我说拿不出那么多钱，就拒绝了他。他马上就发了火，忿忿地说了句‘真丢脸’，就回去了。

“从那以后，我就再也没有接到过清志的电话，但时不时地会接到孙女恭子的电话，约我在小仓站的咖啡店见面，还是找各种借口来跟我要钱。我觉得应该是清志手头紧，没给恭子生活费，所以我也就一直都尽可能地给恭子一些钱。恭子会说一些清志的事，说得也很随意，比如什么‘他去了东京啦、神户啦、札幌啦等等一些地方工作’‘只有在拿零花钱的时候才见面’‘前几天在博多站碰巧遇见他，还给了我零花钱呢。他给自己剃了个光头，笑死我了’。我问起她的情况，她告诉我说，‘我在博多的一家理发店见习’，‘住宿舍’。但是，当我问到她的住址或者电话号码的时候，她就生气了，说：‘如果什么都问的话，我就再也不来见奶奶了！’我也就不能再问了。我们聊天的时候，她是很开朗的，也没有丝毫的不对劲儿。

不过，我观察到每次在我们分开后，她都一定会用手机或者公共电话给人打电话。这种情况是次次如此，所以我觉得很奇怪。”

自从恭子突然来到祖父母家一起生活，已经过去了几个星期。她完全恢复了精神，说是“想要找份兼职”，就去了附近的一家餐馆，面试合格，又让祖父母帮忙申请加入国民健康保险。这样，她的新生活逐渐走上正轨。

但是，情况突然生变。

变故的发生，是因为恭子去看望了她的姑妈——清志的姐姐雅子（化名）。雅子回忆说，她和恭子以前经常见面。又说道：

“我不知道恭子住在哪里，也不知道她的电话号码。每次都是她打电话来联系我，很多时候都是要借我的名义买新手机。不过，即便是我们两个人一起去买，恭子也都是让我在外面等着，她一个人拿着我的驾照进到店里，买手机，办理新号码。我猜想，她可能是不想被我看到她的地址和电话号码。平均两三个月，她就换一部新手机，也要换新号码。她所有的手机号码都是用我的名字签约的，多的时候有十一份购机入网合约。”①

那天的事，是恭子说想新办一张银行存折。雅子欣然接受了这个请求，和她一起去了银行，办好手续后，把存折交给了她。就在第二天，雅子接到了一个电话：“雅子，好久不见。我是宫崎呀。我现在回小仓了。实际上，我是想和你确认一件事情，你是不是受恭子的委托办了一张存折？”

那个叫宫崎的男子是雅子的恋人，和雅子有婚约，但因为工作

① 日本手机一般不使用 SIM 卡，而是机码合一的，所以换号码也必须更换手机。而且，购机入网实行实名制，因此恭子要借用成年人的名义。

太忙，平时也难得一见。关于那个男人，雅子是这样说的：

“平成六年（一九九四）的夏天，我在一家餐馆见了很久都没见面的清志。他还在房地产公司工作，说需要资金创业，还拿出了一份消费金融公司的名单，大概有三十家左右，拜托我逐一打电话去借贷，希望多多少少借一些钱来。我也没办法，只好挨个地打电话。有一家公司借给我十万日元，我把钱悉数交给了清志。

“那次，和清志一起来的就是宫崎。那是我们第一次见面。他穿着西装，戴着眼镜，看起来像是个认真、稳妥的人。他说自己三十一岁，称呼清志为‘所长’。清志也说：‘姐，这个人很了不起哟！’一连串地讲了一大堆关于宫崎的事儿，说他是东京大学毕业的高材生、优秀的电脑工程师，还在写小说；他的哥哥是东京大学毕业的医生，在东京开了一家医院；在京都有一套高级公寓，还有美国永久居住权，时不时地就被NASA的研究所邀请……起初，我也有些疑虑，不知真假。但是，他看来是那种很真诚的人，清志说的事情也都很具体。我很难让自己认为那些都是谎话，因此就信以为真，彻头彻尾地相信他是个非常非常了不起的人。”

那次在餐厅见面后，宫崎不久就邀请雅子去约会。那个时候，雅子因为丈夫出轨而烦恼不已，正在考虑离婚，于是就欣然前往了。

“我们约会了几次。他每次都穿着整洁的西装，人很温和，说话也风趣，还时不时地会有些害羞呢。之前，我听清志说过，‘去银座的高档俱乐部的时候，听到宫崎是被尊称为老师的’。我想，那他肯定就是个彻头彻尾的花花公子了。但是，宫崎一脸真诚地对我说：‘我一直都是一根筋地搞研究，根本就不习惯和女人接触，尤其是女招待更让我从心里发怵。高档俱乐部，也是因为工作接待而被拉去的。女招待往我身边坐，我就像是轰人似的说你到那边去。’我和宫崎约会，很多时候是去卡拉 OK。他最拿手的，是尾崎丰的 *I LOVE YOU* 和德永英明的《将要坏掉的收音机》。唱得那么好听，让人不由得沉醉。”

不久后，雅子办完了离婚手续。马上，宫崎就向她求婚了，雅子欣然应允。雅子有债在身，但宫崎承诺道：“我来全额偿还。”事实上，宫崎确实也不吝惜在金钱上帮助雅子。有一次，雅子说电视机坏了，他马上就拿出现金交给她，说：“拿着，去买个新的吧。”那样子，很大方，很爽快。

但是，约会的次数渐渐地少了起来，到后来几乎都不见面了。雅子一连几个月都见不到他，心里感到非常孤寂，但想着他是个大忙人，也就默默忍着。虽然不常见面，但宫崎时不时地会打来电话。电话里讲的，都是那么地美妙。

“他有时说‘我在筑波大学授课，是集中讲课’，有时又说‘我在银行的电脑控制室’或者是‘现在在 NASA 的研究所，参与火箭的研制’……甚至有一回，他还跟我说：‘你猜我是在哪儿给你打的电话？是在潜水艇里哟！’案发后，刑警听我说了这件事，便哈哈大笑，问道：‘你觉得电话能从海底打过来吗?!’话虽如此，但因为我对宫崎的最初印象太好了，以至于对那种鬼话都深信不疑。他说‘我现在要敲潜水艇的墙壁了哟’，随后便听到了电话里传来哐、哐、哐的响声，我就信以为真了。在阿富汗战争的那段时期，他有一次打来电话说，自己被美军聘请担任导弹工程师，去了阿富汗战场。但在那之后，我在卡拉 OK 包厢遇到了他。他流着泪说：‘我看到了很多儿童被杀的场景。我讨厌战争！’当时，我就完完全全地相信了那些话。”

宫崎告诉雅子，清志拜托他照顾恭子到十八岁。据宫崎说，恭子和一个养育员生活在一起，是个姓森的中年女子，而他不论是在日本国内还是在世界各地出差，都会每月寄来二十五万日元的抚养费。雅子听后，知道宫崎为身无分文的清志负担恭子的抚养费，非常感动，对他满怀感激之情。恭子当时也说过这样的话：“宫崎叔叔和森阿姨对我很好很亲切。我非常感谢他们!”

恭子的存折刚刚办好，宫崎的电话就打了过来。这个电话，完全出乎雅子的意料，可那毕竟是久未见面的宫崎打来的久违的电话。雅子无法掩饰内心的喜悦。但是，宫崎用一种神秘兮兮的口吻说道：

“事实上，恭子的事让我很为难。恭子从我包里偷走一百五十万日元，但被所长知道了，结果狠狠地挨了一顿打，然后就跑了出去。我找了一个朋友，是福冈辖区警察局的干部，请他帮忙调查，结果渐渐掌握了详细的情况，发现恭子加入不良团伙，而且很可能是在运送毒品。这样下去的话，那可就糟透了！连我也要被所长狠狠地训斥。现在，恭子应该是住在她爷爷家。希望你能帮我一下，把她带回来。”

雅子听了，惊得心慌意乱，不假思索地答应帮他把恭子带回来。而且，宫崎又说：“正好趁这个机会，就把我们的婚事告诉令尊令慈吧。俗话说的一石二鸟，不就正是如此嘛。”听了这话，雅子更是满心欢喜地对宫崎言听计从了。

于是，雅子按照自己与宫崎商定的计划，去了父母家。那是在二月十四日的晚上，也就是恭子逃跑后的大约半个月。当时，恭子正在客厅里看电视，看到雅子的身影，脸色一下子就变了。她问雅子："是叔叔联系你了吗"紧接着又追问道："嗯？是不是？联系你了吧？怎么回事？快告诉我。"雅子含糊地应道："不，不，根本没有。"看着恭子心慌意乱的神情，雅子心想："可能是害怕被清志知道，担心被大骂一通吧。"

过了一会儿，雅子打了一个电话。

"喂、喂，我是妈妈，还要在外婆家里待一会儿，你先睡吧。"她装作是在对孩子说话，但实际上电话的那头正是在附近准备伺机而动的宫崎。他们事先约定了暗语，如果雅子说"现在回家"，意思就是恭子不在；如果说"还要在这儿待一会儿"，那就说明恭子在。

雅子进来的时候，特意没把门锁上。突然，玄关门被打开了。宫崎闪身而进，脱掉鞋子，径直地走了进来。荣藏和寿子大吃一惊，只见一个身着西装的男子走到客厅入口处，突然跪下，滔滔不绝地讲道："实在是失礼了，十分抱歉。我叫宫崎，一直以来承蒙清志先生关照。清志先生拜托我照顾恭子，直到她年满十八岁。恭子因为被清志先生骂了一顿，就离家出走了。我知道她来了这里，就赶来接她回去。还有，我和雅子是以结婚为前提而在交往的，请允许我向二位表达敬意。"

荣藏和寿子见宫崎一副彬彬有礼的样子，也就放下了心，把宫崎让到客厅的沙发落座，上了茶，说道："欢迎光临。特意前来，不必拘谨，请随意一些。"

这时，恭子刚刚洗完了澡，穿着睡衣进了客厅。宫崎和颜悦色地向恭子说："呦。恭子。我来接你了啊。"恭子一见到宫崎，脸上顿时血色全无，浑身上下开始不停地颤抖。宫崎赶紧对一脸担心的祖父母解释道："恭子是害怕清志先生呢。她因为偷东西、致幻剂什么的，被清志狠狠地揍了一顿。这会儿应该是担心又要挨打呢。”

荣藏和寿子立刻就被宫崎那巧妙的言辞迷惑了。寿子准备了乌冬面，宫崎让雅子去买来了啤酒。他给荣藏倒了一杯酒，说：“您也喝一杯吧。”说着，就口若悬河地说了起来。说到清志的时候，是左一个“所长”，右一个“所长”的。荣藏和寿子听在耳里，笑在脸上，为儿子的出人头地而满心欢喜。

“所长现在可是春风得意呢！在东京、神户和札幌之间飞来飞去。各地都有很多部下，走到哪儿都是众星捧月似的，威风凛凛呢！”

“前些日子，他剃了光头，就像山口组老大似的。不过，他也确实是拥有那个实力。”

“悄悄地告诉你们啊！所长有好几个女人，还给她们每人都开了一家店呢。”

“雅子呢，我打算让她暂时住在我京都的公寓里。等工作告一段落，我们就举行盛大的婚礼。”

“因为工作太忙了，还没腾出时间去买戒指，实在是太对不起雅子了。不过，我打算最近就带她去高级珠宝店。喂，一起去啊，雅子。”

……

无论是荣藏、寿子还是雅子，对这些话都彻彻底底地深信不疑。可是，恭子自始至终就坐在客厅的椅子上，低垂着头，一言不发。

下半夜一点左右。宫崎开口道：“这就回去吧。恭子，我们一起走吧。”可是，恭子还是一言不发，目光呆呆地落在地板上，丝毫也没有要起身离开的意思。荣藏抓着她的胳膊，想要让她站起来，但她用双手死死地抓住椅子的边上，拼了命似的抵抗。好不容易才把她拉了起来，她马上就又蹲在地上，一边哭着，一边跟宫崎一个劲儿地道歉，说："对不起！对不起！"

宫崎满脸温和地安慰恭子道："等到了十八岁，你就可以想做什么就做什么了呀。"荣藏见恭子不愿离开，就开口说："既然她这么不愿意，那就让她今天住在这儿吧！明天我再把她带过去。"但是，宫崎收起了温和的表情，语气强硬地一口回绝了。于是，荣藏提议道："那今天就让她回去。明天我再去接恭子。这样好吧？"这次，宫崎答应了，递给荣藏一张便笺，上面写着一个电话号码。

恭子稍稍平静了一些，和寿子一起进了卧室，换下睡衣，穿上便服。收拾好东西后，她马上从包里拿出一张便笺纸，匆匆忙忙地写了些什么，又把便笺叠得小小的，递给寿子，说："一会儿看吧。"目送着恭子他们坐上雅子的车离开后，寿子打开了纸条，上面写着："叔叔的话全都是撒谎。一定要来接我！"

"不应该让她回去啊！"荣藏和寿子后悔不已，但为时已晚。

另一边，雅子开车载着宫崎、恭子，驶上了通往小仓的国道，在国道沿线的一家家庭餐馆停了下来。进了餐馆，宫崎说了句："还是和阿姨在一起才好啊。"说着，就用手机打了个电话，像是通知谁过来。不一会儿，来了一个四十岁左右的身形矮小的女人。她一边微笑着说："恭子呀。好久不见啦。我可是一直都在担心着你呢。"一边坐在了恭子身旁。可是，恭子还只是低着头，一声也不吭，什么回应都没有。

宫崎向雅子介绍说，她姓森，一直照顾着恭子，尽心尽力，可以百分之一百地信任。然后，他又对森介绍道："这是我的未婚妻雅子。是所长的姐姐哟。我们去了雅子的父母家，说明了我们的婚事。他们非常高兴地祝福了我们。”

森对一脸害羞的雅子说：“太好啦。真是让人羡慕呀。”宫崎更是深情地注视着雅子的眼睛，说：“真的是好久都没见到你了，但从第一次见面开始，我对你的心意就没有丝毫的改变，真的是太奇妙了!”这一番话让雅子心情大好。当宫崎对雅子说“我们还要在这儿商量一下，你可以先回去了”的时候，她便一个人驱车离开，把一脸苍白的恭子留在了那里。

第二天。荣藏拨通了宫崎给他的电话号码，一个语气沉着的女人接了电话。荣藏说明了自己与宫崎的约定，她却冷淡地回道：“我没有听说过这件事。而且，恭子一早上就去了博多美容院的宿舍，暂时也不会回来。不管怎样，也都不可能让你来接她的。”然后就挂断了电话。

“被骗了!”荣藏这才发现上当了，但悔之晚矣。

几天之后，恭子往祖父母家打了个电话。荣藏接了电话，担心地问道：“还好吗？要是遇到糟糕的情况，还是到爷爷这里躲一躲吧!”但是，恭子突然之间就像变了一个人似的，恶狠狠地破口大骂了起来。荣藏回忆起那时的情形，说道：

“之前，我们为她办理了国民健康保险。这个明明是她自己拜托我们办的，办完之后也非常高兴，但这次却说那个一钱不值，还嚷嚷着‘多管闲事’‘马上去给我取消’。前后态度，判若两人，所以我猜应该是谁逼她那么说的。而且，她的说话方式也特别奇怪。她是把我说的话鹦鹉学舌似的重复一遍，然后稍微过了一会儿，才对我抱怨。我觉得，她旁边应该是有人，她是被人命令着那么说的。

她奶奶也和她说了几句话，但又是因为健康保险的事儿，被她说了一通。寿子也生了气，说她是忘恩负义，但又被我劝住了。自那以后，恭子的情况更是让我担心得不得了。”

两位老人满心焦灼地盼着恭子能再一次联系他们。但是，就这样过去了半个多月，也没等到一点儿音讯。他们觉得恭子应该是无论如何也逃不出来了，那种期盼和担心的焦灼也渐渐地冷了下来。突然，电话铃响了！那是在三月五日的半夜十二点左右。

“明天早上，我再去你们那儿。五点左右，我给你们打电话。”恭子的声音很低，说得很快，说完马上就挂断了电话。

四点左右，荣藏和寿子就起了床，等消息。可是，到了五点，又到了五点半，都到了六点了，电话还是没有打来。他们开始怀疑恭子是不是已经失败了。就在这时，电话铃突然响了！恭子在话筒旁边大口喘着粗气，上气不接下气地说：“我在小仓的国道沿线某某大楼的停车场里。”

荣藏和寿子马上开车出发，在海岸公路上飞驰，只用了三十分钟左右就到了指定地点。这时，恭子还是穿着上次逃走时穿的夹克和牛仔裤，正站在停车场的一个角落里，心急如焚地四下张望。她一下子注意到了祖父母的车，就一边哭着，一边用尽全身的力气跑过来，钻进了汽车，坐到后座上。

一到家门口，荣藏就让寿子下了车，又让恭子坐在副驾驶座上，接着开车朝着山林方向驶去。他把车停在一个僻静的地方，拿出一罐果汁给恭子喝，然后慢慢地询问一些情况。但是，不管他问什么，恭子都含含糊糊的，没有清楚的回答。荣藏心想：“那就换个问法，试着套一套话吧。”于是，他开始问道：

“恭子，你爸爸是不是已经死了，不在这个世上了？”

突然，恭子打破了沉默，眼泪夺眶而出，放声地大哭起来。她大叫道：“爸爸被杀死了！”

顿时，荣藏吓得心惊肉跳。

“‘那不就是杀人案吗！’我大吃一惊，立即就去了警察局。恭子一直浑身颤抖，但一位女警很快就让她平静了下来，并一点点地引导着她说出实情。我也跟着听了，但她所说的都太恐怖、太惊悚了。我觉得那简直是难以想象的，也无法作出判断。恭子说：‘他让我自己拔掉自己的脚指甲。’又脱下袜子给我们看，脚指甲真的是掉了，脚指头上仅仅长着一层薄薄的膜。但是，即便眼见如此，我也简直不敢相信自己的眼睛，顺嘴说了句‘怎么可能’，她一下子就哭了出来，喊道：‘我没有撒谎！’对于这种程度的事，我都觉得无法置信，更何况是清志被杀了呢。当时，我的大脑里一团混沌，几乎已经完全失去了判断，无论如何都无法相信那是现实中已经真实发生了的事情。刑警也怀着疑虑对我说：‘您孙女讲述的这些事情太离奇了。’接着又说道：‘如果情况属实，那真是个前所未闻的大案子。’”

恭子在医院接受了治疗，然后就留在警察局里，接受更为详细的询问。

另一边，祖父母的家里，果然又出现了那个身影——宫崎。

宫崎问：“恭子回来了吧？她在哪儿？”荣藏佯作不知，答道：“是回来过一次，但马上又出去了，可能是在朋友家吧。具体的情况，我也不清楚。”宫崎又是老调重弹，说：“如果我不把她带回去，所长会发脾气的，恭子也会被狠狠地打一顿！”荣藏还是佯作不知，坚持说自己不清楚。于是，宫崎话锋一转，说道：“好。我明白了。

要是那样的话，我也就只好和恭子断绝关系了。实际上，我早就想着这么做了。恭子一直迷恋着我，总是跟着我，我也烦透了！但是，我必须要让所长理解，这话不是我说出来的。希望恭子能写上一句两句的，把事情说明一下。因此，请你务必要把她带到这儿来。”但是，荣藏到底还是坚持说“联系不上她”。即便是宫崎，也不得不暂且退去。

在那之后，森一个人来了。她这是第一次见恭子的祖父母，于是向他们介绍了自己，并说自己是受宫崎的委托，来取恭子的行李。荣藏也连连说希望恭子早点回去，还让寿子去把恭子的行李收拾好。

森把旅行袋里的东西清点了一遍，然后说：“缺了睡衣。”恭子的睡衣，是被送到了警察局的，因为恭子住在那儿。寿子慌忙把自己的睡衣放了进去，但森走了没多久之后，就又折返了回来，并要求道：“宫崎先生说，恭子的睡衣不是这件，是上面画着熊的那件。请马上拿出来。”

荣藏和寿子都吃了一惊。确实如此。寿子买给恭子的睡衣，是印有小熊图案的。可是，宫崎他竟然会把恭子在祖父母家穿的那件睡衣，记得那么清楚、那么准确。

寿子赶紧答道：“那件睡衣呀，我把它送给亲戚家的一个女孩了。”但是，森马上就歇斯底里似的咆哮了起来：“你们的话完全不可信！可信的，只有宫崎先生！”

在那之后，宫崎又来了。他怒吼着问：“你们把睡衣藏在哪儿了？”宫崎和森一边叫嚷着“睡衣在哪？睡衣在哪”，一边擅自在衣柜和壁橱里翻找。就在这时，被宫崎叫来的雅子刚好到了。

雅子回忆着那一刻的情形，说：“那个我所认识的温文尔雅的宫崎先生，在那一瞬间竟然判若两人，两眼充满了血丝，面目狰狞得像个恶魔，正在翻找着睡衣。那样子，真是恐怖极了。”

宫崎和森暂时撤回去了，但很明显他们第二天还会来的。荣藏和寿子的疲惫已经到了极点，开始怀疑自己究竟还能不能坚持下去。就在这个节骨眼儿上，警方终于下达了对宫崎和森的逮捕令。罪名是把逃走的恭子带回，并监禁在公寓的一个房间里，而且施加了虐待，例如命令恭子自己拔掉自己的脚指甲等等。第二天，也就是三月七日清晨，六名刑警来到荣藏家。凑巧的是，森正好打来了电话。她说：

“我们也不介意和恭子断绝关系。但是，条件是你们要赔偿抚养恭子所花的钱。我们照顾她大概有七年了，计算一下，都有五百万日元了。如果让你们马上拿出五百万的话，也不大可能，那就今天先准备好一百万日元的首期款。不过，你们就还得另外支付补偿金和出租车费。行吧?”

一直在旁边监听电话的警察递给荣藏一张纸条。他就照着纸条回答道：

“明白了。如果你保证真的和恭子断绝关系，我可以付给你五百万日元。我会在今天之内准备好一百万日元。正巧恭子也说今天会回来，我们在这里把话好好谈个清楚，做个了断吧。”

几个小时后，宫崎和森坐出租车到了荣藏家。此刻，恭子就在离家不远处的车里偷偷地看着。她告诉警察说：“就是叔叔和阿姨。绝对没错!”两个人被领进家，在沙发上坐了下来。这时，事先埋伏在盥洗室和卧室等处的刑警飞身而出，把他们二人围在中间。一名刑警高声喝道：“我们以涉嫌监禁伤害罪逮捕你们!”宫崎见状，叫器道："你把逮捕令拿出来！你把逮捕令拿出来！"即使是看到了逮捕令，他还是不死心地大喊："这是不正当逮捕！"相形之下，森就像是戴着一副能乐的假面似的，毫无表情，一言不发，只是顺从地被铐上了手铐。

调查进展得异常困难。这两个人一直保持着彻底的沉默，甚至连名字都不说。但是，福冈县警方还是根据恭子的陈述，首先弄清了三个秘密藏身点。

第一个，是位于小仓北区的"M公寓"三楼的一个房间。这是个再普通不过的租赁公寓，有商用的办事处，也有出租公寓，一楼有家卡拉OK轻食店。周边有综合医院、情人旅馆、棒球训练中心、旅馆、便利店、汽车维修店等等，是个错综复杂的地方。但是，公寓入口所面向的街道上却是行人也少，车辆也少。而且，他们房间的露台正好临着街道旁的一条窄巷子。

搜查人员进了房间，发现里面没有任何家居用品，只有垃圾袋和折叠着的地毯，像是刚刚搬完家。两间和室用障子拉门隔开，大约共有六张榻榻米大小[①]。有厨房、盥洗室、浴室，布局很普通，但设置却极不寻常，看得出来是下了各种各样的细功夫。

玄关门的猫眼被屋内一侧挂着的防烫垫挡着。门上的信报箱也从里面用瓦楞纸板贴住了。所有的窗户都挂着遮光窗帘，玄关处挂着长度足以到脚的百叶帘。入户门的防盗锁链被特意做得特别短，短到几乎无法打开门，只能稍微开一条缝。即便是有访客来，也完

① 约近十平方米。

全无法窥视到室内的情况。把防盗锁链截到那么短的话，要取下锁链并打开门，就特别费时间。之所以要这样设置，恐怕是为了防止有人逃跑吧。

而且，所有的窗户和门上，都安装了不止一个挂锁或内嵌门锁。和室和厨房之间的玻璃拉门，可以从和室一侧上锁；从厨房通往盥洗室的门，可以从厨房一侧上锁；从盥洗室通往厕所、浴室的门，可以从盥洗室一侧上锁。也就是说，如果要从其他地方进入和室，就必须要逐一地打开这些锁，否则就进不去。那间和室里，还留着儿童用品等各种东西，给人的感觉是过着平常的家庭生活。

另外，从上锁的情况来看，可以推断有人曾经被锁在浴室或厕所里。厕所里没发现什么机关，但浴室的小窗户被贴上了黑色塑料布。洗澡间非常狭窄，宽度是九十三厘米，长度是一百四十六厘米。洗澡间的蓝色瓷砖脏兮兮的，还有被重新粘贴过的痕迹。瓷砖的接缝处磨损严重，像是被人用强力洗涤剂擦洗过很多次。浴槽同样很狭小，应该也是被用力擦洗过，银色的铝质表面闪着光。

根据恭子的说法，清志就是被监禁在这间浴室里，也是在这里被杀害的。

第二个藏身点，是一个位于僻静住宅区里的“单间公寓 V”，和刚才的公寓之间大约有步行十五分钟的距离。当搜查人员进入房间的时候，赫然发现贴在壁橱推拉门上的白纸上，用血写着“不擅自外出”“再也不逃跑”等等。据恭子说，她曾在这个房间里被监禁、被虐待。

第三处，位于小仓北区一处公寓的一楼。据恭子的陈述，她是在这里照顾孩子们的。搜查人员进去后，发现有四个男孩，其中两个是一对双胞胎，都穿着睡衣，在看电视。当搜查人员询问名字时，他们都用一种确定的语气作了回答，但后来查明他们报的名字都是假的。他们的年龄分别是五岁、六岁、六岁、九岁。警员立即把这些孩子送往儿童咨询中心予以保护。据说，他们在此之前几乎都从未外出过，一直安静地待在室内，连小学也没上。

围绕三处藏身点的相关搜查取证材料，福冈县警方展开分析，最终揭开了两名犯罪嫌疑人的真实身份。在进一步的审讯之下，这两名嫌疑人也终于供认了他们的真实姓名和年龄。

就连身为未婚妻的雅子以及与他们在一起生活了七年的恭子，也是直到这时才第一次知道了他们的真实身份。

“宫崎”的真名叫松永太，四十岁，柳川市人，原是一家被褥销售公司的社长。“森”的真名叫绪方纯子，四十岁，久留米市人，原是一名幼儿园教师。

随着调查的深入，两名犯罪嫌疑人的背景资料也逐渐浮出水面。他们是高中时代的校友，目前是事实婚姻关系。大约在十年前，因诈骗案而被警方通缉，之后就一直在逃亡躲避（诉讼时效已经过期）。此外，经DNA鉴定得知，住在藏身处的五岁和九岁的男孩，是他们两个人的儿子。

自此，福冈县警察局特别搜查部展开了正式调查。警方共计派出约一百名警员，竭尽全力查明发生在六年前即平成八年（一九九六）的清志被杀案。恭子已经逐渐能够作出详细的讲述，例如：“爸爸平时被关在浴室里，并遭受电击虐待”；“有一天，我放学回来后，发现爸爸一动也不动。原来是被叔叔在胸部通电，给电死了”；“尸体是在浴室里被肢解的，切成了一块一块的，然后从船上扔到了海里”。不过，恭子的陈述中也存在不少模糊的部分，因此有必要进行慎重的背景调查和取证。但是，警方一直都没有发现任何有力的物证，比如血迹、遗体的一部分等等。

两名犯罪嫌疑人，也是一如既往地保持着沉默。不仅如此，他们反而还通过当时的辩护律师发表评论，指责说："这名少女（恭子）有谎言癖。”在他们被捕后的三个月左右，法庭开始了这桩监禁伤害少女案的公开审判。即便是在法庭上，松永和纯子也公然宣布自己将“保持沉默”。退庭的时候，纯子注视着松永的脸，笑着跟他打招呼，松永也以一副笑容回应，展示出一种互相鼓励的姿态。

但是，在那之后，一个可以说是惊天动地、骇人听闻的事件，被恭子说了出来。这又让调查彻底地返回到原点。

情况是这样的。据恭子说，在清志被杀害的公寓里，曾经有四个大人和两个孩子被囚禁、被虐待、被相继杀害。而且，这六个人都是绪方纯子的亲属。按照被杀害的先后顺序，他们分别是纯子的父亲绪方誉（死亡时六十一岁）、母亲绪方静美（死亡时五十八岁）、妹妹绪方理惠子（死亡时三十三岁）、妹夫绪方主也（死亡时三十八岁）、妹妹的儿子绪方优贵（死亡时五岁）、女儿绪方彩（死亡时十岁）。被害后，他们的尸体在浴室里被肢解，之后被扔进大海或者是公共厕所等处。

那位惊叹清志监禁被杀案为“前所未闻的大案子”的刑警，听了恭子的这番陈述，更是惊愕万分，随即展开调查。

在对藏身处展开的搜查取证中，他们查收了浴室的瓷砖和水管，甚至连公寓周边下水道管壁上附着的污泥也进行了采集。警方对查收和采集的一万多件物品进行了科学鉴定（包括血液的鲁米诺反应鉴定），并且根据恭子所述，以大分县的渡轮航线为中心，展开了针对被弃尸骨的海底搜索。但是，仍然一无所获，甚至连一件疑似的有力物证也没有发现。结果，警方只能以这个十七岁少女数年前的记忆为依据立案。实际上，在没有掌握任何有力物证的情况下，立案的风险是巨大的，简直是如履薄冰一般。

福冈县警方首先立案并展开调查的三宗案件是，恭子陈述自己"被迫协助杀害"的小彩被害案、优贵被害案，以及"在隔壁房间看到杀人现场"的绪方誉被害案。

但是，关于静美、理惠子和主也的被害，因为恭子完全没有看到杀人现场，甚至连杀人方法都不清楚，所以警方最终也只好放弃立案。至于恭子的父亲清志，依据恭子的陈述也很难判断是"虐待致死"还是"疾病致死"，因此立案的可能性也只有五成。

然而，情况突然发生了巨大的转机。曾被调查人员称为"铁面具"的纯子，突然改变了态度。在她被逮捕的半年之后即平成十四年（二〇〇二）十月，警方以涉嫌杀害绪方誉的罪名，对她发出二次逮捕令。纯子的态度旋即发生逆转。她说："现在，我想把事实原原本本地说出来。"她一改过去的沉默，转而开始回答警方的审讯。她供认自己的犯罪事实："在松永的指示下，我参与杀害了家人，肢解那些尸体的也是我。"

据纯子的辩护律师说，绪方在被捕之后，渐渐地从松永的精神控制中解脱出来，并在冷静回顾整个事件的过程中，逐渐深刻地认识到心中的罪恶感，乃至于达到了这样一种心理状态："我要把一切真相都说出来，接受应有的判决。我也作好了被判处死刑的心理准备。”此外，促使她下定决心作出全面供认的另一个原因在于，根据恭子陈述所作出的起诉以及媒体的相关报道中“有的与事实不符。对我的家人所产生的奇怪误解，也令我感到意外。考虑绪方家的名誉问题，我不得不说出真相”。

纯子开始供述之后，调查得以加速推进，针对松永的审问也步步加紧。和纯子一样，他也放弃了沉默，转而开始回答审讯。但是，他的供述内容和纯子的供词完全相反。他否认了对自己的指控：“关于七个人的死亡和分尸，我承认是确有其事的。但是，我自己自始至终都完完全全没有动手。特别是对绪方一家人的杀害、分尸，全都是纯子她自己擅作主张，并亲自动手的。我，没有命令她，也没有诱导她。”

就这样，在“无尸密室大量杀人”案中，两名被告作出了两种完全相反的事件叙述。

平成十五年（二〇〇三）五月二十一日，在福冈地方法院小仓分院二〇四号法庭，公开审判在时隔约十个月之后再次开庭。从这一次，也就是第三次庭审开始，连环监禁杀人案正式进入审理程序。

开庭当日，身形高大的松永穿着黑色风衣和灰色西装，双唇紧闭形成一条直线，紧锁着眉头进入法庭，匆匆地走上被告席。相比之下，身材娇小的纯子穿着白色外衣和蓝色裤子，神情镇静地走进法庭，步伐平稳地走到被告席上，并向法官鞠躬，然后坐下。两个人隔着狱警并排而坐，双眼都注视着正对面的法官，两条视线一次也没有相交。

在法庭上，两名被告的态度也形成了鲜明的对比。当审判长询问被告是否认同起诉事实的时候，纯子端坐在证人席前，挺直了腰身，把双手放在膝盖上，用非常平静的语调，指出有两处不同意之后，说“（整体上）没有错”，作出了大体认同的回答。但是，松永则用手撑着证人席的桌面，提高了嗓门喊道：“那是错的!”他把自己那张涨得通红的脸凑近了话筒，一边做着手势一边高声反驳，简直像是在举办个人演唱会一样，用一种非常浮夸做作的姿态，对控诉作出了全盘否认。

这一静一动的对比，在之后几乎每周一次的快节奏公开审判中，自始至终都没有改变。纯子不管是面对怎样的审问，都冷静沉着地一一回答，把自己作为犯罪实行人而参与的每一个案件都生动如实地再现出来，并把自己在各次作案时的心理情绪也都作了自我剖析和如实的讲述。然而，松永则诡辩饶舌，口若悬河，乃至屡次受到审判长的警告。他不但否认自己参与了虐杀，甚至坚称自己在整个案件中都是无辜的，并且滔滔不绝地将各个事件的情节讲述得拖沓冗长。

第二章　松永太和绪方纯子

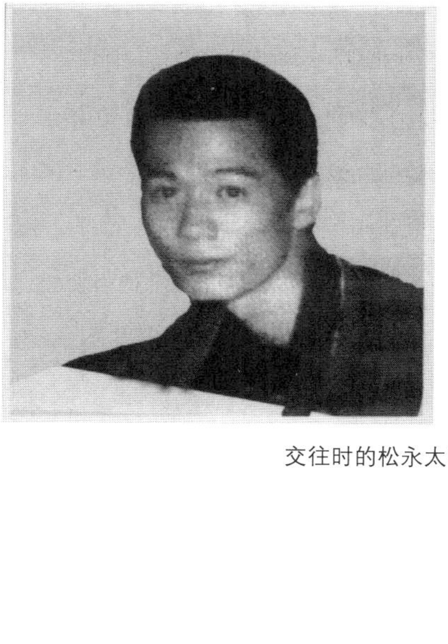

交往时的松永太和绪方纯子

筑后川流经福冈县久留米市安武町的广袤农田。农田地带的一隅，有一个村落，十五座房屋密集排列。在农村，这种光景并不少见。不过，这一村的居民一大半都是亲戚关系。不少房屋的大门或是玄关处，都挂着相同的姓氏标牌，也表明了这一点。这片土地世世代代都属于绪方家族，这里的居民三分之二都姓绪方。

村子中最好最气派的房子，是绪方纯子的父母家。他们家是绪方一族的正支本家，世代以种植生菜为业。纯子的祖父绪方继当过村议会的议员，父亲绪方誉是农协关联机构的副理事。母亲绪方静美同样出身于久留米市的农家，毕业于当地有名的高中。后来，她在村消防会议上和誉相识，并在昭和三十六年（一九六一）嫁到了绪方家。昭和三十七年（一九六二）二月二十五日，长女纯子出生。昭和四十年（一九六五）一月二十六日，次女理惠子出生。

案件发生后，绪方家族的人都拒绝接受任何采访。我向非绪方家族的当地人询问的时候，每次得到的都是相似的回答："绪方家族从来就没有不本分的人，也从来没有出过一个不良分子。"特别是纯子的娘家，更像是一种具有象征性的典范，一直维持着"严格""保守"之类印象。

例如，和绪方誉关系亲近的一位久留米市议会议员是这样讲述的：

"誉纯粹是一个非常认真的人，从来没有任何负面评价。工作上是务实型的，而且能力出众，他曾经为我的竞选作出了相当大的贡献。”

誉年轻的时候在民营企业工作，担任工会的执行委员会主席，听说很有威望。静美作为贤妻良母也有口皆碑。据说，在誉刚结婚的时候，大家都交口称赞，说他娶到了一个聪明而漂亮的新娘。誉自己也常常以家有贤妻而自豪。

一位与静美关系亲近、住得也较近的主妇，也作出了同样的描述。她说：

“反正，他们夫妇是非常本分的人。誉先生在农协的办事处任职，静美在一家私营企业的办公室工作。不过，在清晨和下班后，甚至是周日，他们还是要下田干农活，而且是一年到头地辛勤劳作。誉是位有威严的人，但对静美却是非常温和的。静美是位贤良的女子，善于相夫。绪方家的人都自视颇高，静美想必也相当不易，但她完全没有向周围的人抱怨过什么，无论何时都是言行得体的，毫无半点差池。”

这对夫妇勤勉如斯，两个女儿自然也受到良好而且严格的教养。据理惠子从小学时代一直交好的朋友回忆，她的父亲总之是非常严格的，两姐妹也都是真真正正的闺秀。她说：

“上高中的时候，有一次我们一群朋友去理惠子家玩。我们在二楼聊天，聊得正开心呢。突然从一楼传来她父亲的高声怒喝：‘你们几个，要是不学习的话，就都回去！’当时我被吓了一大跳，也非常害怕。从那以后，我就再也没有去过理惠子家里玩。她的妈妈也是很严格的，我清楚记得在上小学的时候，看到她声色俱厉地责骂理惠子和纯子。现在回想起来，那一家人的印象就只有‘严格’。”

据这位好友说，相比较而言，姐姐纯子是更为本分的，不论校服，还是发型，都完全遵照学校的规定，是个真正的优等生。在学生时代，应当是连恋爱也都没有谈过的。和纯子比起来，理惠子是活跃的，也喜欢玩，但在父母面前还是很端庄文静的。当时，理惠子的朋友圈子中流行把校服的裙子改长，但只有理惠子说“怕被家里人责备”，所以她的裙子还是和原来的一样，只是在制服的飘带上加了一点修饰。

两姐妹从不叛逆，也没有辜负父母的期望。纯子从女子短期大学毕业后，成为一名幼儿园教师。理惠子从职业学校毕业后，成为一名牙科卫生师。在各自的工作单位，她们姐妹俩都颇得好评。纯子曾经工作的幼儿园的前园长，对她不吝赞美之辞，说：“她对孩子们很温柔，对家长也很有礼貌，因此我可以很放心地把工作托付给她。”每个人都认为，她们俩一定会一如父母所愿，顺风顺水地度过美好的一生。

但是，因为一通电话，绪方家的命运骤然生变。

昭和五十五年（一九八〇）的夏天，纯子在短期大学读一年级。一天，她接到一个不同寻常的电话。她的高中校友松永太打来电话，说：“上学时，你借给我五十日元。现在，我想把钱还给你。”纯子倒是记得有一个叫松永太的学生，但他在别的班级，而且从来都没有说过话。至于说借给他五十日元的事儿，纯子在自己的记忆里寻来找去，也丝毫都搜索不到一点儿印象。但是，在电话里交谈的过程中，纯子不知不觉地有些沉浸于松永的巧妙话术中，渐渐地放松了自己的戒心。于是，当她听到松永说“我现在就会去你家附近，能见见我吗”的时候，就自然而然地接受了这个邀请。

那个时候，松永继承了自家的被褥销售公司，一步走上了青年实业家的锦绣前程。他开着豪华轿车，英姿飒爽地出现在约定的地点。松永真是一表人才，身材高大，穿着入时，脸上浮着温和可亲的笑容。他们去了一家咖啡店，聊了聊五十日元的事情后，他温情脉脉地说："实际上，我在翻看毕业相册的时候，注意到了你，被相片上的你吸引住了，就毫不犹豫地打了电话。""你不是美女，但我非常喜欢你那一种质朴。"不过，松永的这些话反而引起了纯子的戒心，纯子对这番花言巧语毫无兴趣。那时，两人出了咖啡馆，立刻就分开了。

两个人第二次见面，是在大约一年之后。松永再次打来电话，说："好久不见了，不见一面吗?"对于他一而再、再而三的邀约，纯子没有果断拒绝，而是同意了。那天晚上，松永对纯子直截了当地说："现在，我和一个女孩正在认真交往，也在考虑婚姻大事。"他的意图，应该是要扰乱纯子的心境，让她心神动摇。但是，纯子本来就没有一丁点儿想要恋爱的情绪，因此也丝毫不为所动，只是淡淡地听着松永讲述自己婚事。

但是，就在送纯子回家的路上，松永使出了强硬手段。他把车停在一处黑暗之中，突然侧转身子，迅速逼近副驾驶位，要亲吻纯子。"别这样!"纯子条件反射地抬手一挥，把一记耳光甩在了松永的脸上。松永马上老老实实地道了歉，态度也一下子变得拘谨、正经起来。之后，赶在绪方家晚上十点的门禁时间之前，他把纯子送回了家。

自那以后，两人就完全没有了联系。松永结了婚，纯子也有了一个关系亲近的男性朋友。但是，他们或许真的是被某种强韧的缘分给绑在了一起。两人第三次见面了。

这次也一如此前，松永打来了电话——“好久不见，能不能见一面呀”。那是在纯子二十岁那年的秋天。松永开着车，带着纯子去兜风。在回来的途中，松永或许是连哄带骗，或许是用了强迫手段，把还没习惯与异性相处的纯子带到了情人旅馆。两个人发生了肉体关系。纯子在法庭上讲述道：“在那之前，我完全没有男女关系的经历。不论是接吻，还是性关系，都是第一次。”

两个月后，纯子接到松永的邀请，去参加圣诞音乐会。松永曾经放出豪言，说自己“不仅仅是商业成功，连音乐也是专业水准的”。据说，他组建了一个摇滚乐队，包下了久留米市内的大音乐厅。纯子兴致勃勃地赶到音乐会会场，却看到观众席中坐着松永的妻子，而且她有孕在身。后来，她回忆道：“当时，我看着他妻子的大肚子，心中受到极大震撼。”

对于这份违背伦理的关系，纯子怀着深重的罪恶感。然而，在那之后，她还是继续着与松永的私会。不过，松永的性情反复无常，他们的约会也经常被临时取消。即便是见了面，约会地点也总是情人旅馆。松永对纯子解释说：“我和她的这份夫妻关系不会有好前景的，所以我打算近期就离婚。但是，咱们俩的约会要是被谁看到，再被我妻子知道了，那就离不成婚了。”纯子质问他，如果关系不好，为什么还让她怀了孕？他一脸正经地回答说：“那个可不是我的孩子！”纯子知道，那明摆着就是骗人的鬼话，但就是鬼迷心窍了似的，心里充满着一种奇怪的情绪——“就算那样，我还是想见他！”于是，面对这个情绪无常、动辄爽约的男人，面对这个满口谎言却面不改色的松永，她选择了原谅。

关于当时的心境，她是这样讲述的：

“我努力地克制自己，告诫自己不要沉溺于这份恋情。我清楚地知道，这是婚外情，而且他也绝对不是可以结婚的人，更何况我们家必定是要安排我招个上门女婿来继承家业的。但是，我也有一种对恋爱的向往，想在和父母选定的入赘对象结婚之前，体验哪怕只是一次的恋爱。自己对松永的爱恋越来越强烈，自制力也就越来越薄弱。”

松永也渐渐地用情愈深，与纯子的恋爱越来越炙热。他不再爽约，见面的次数也从每月一次变成了每周一次，而且频繁地赠送昂贵的礼物。约会地点一如既往地仅限于情人旅馆，不过，他对纯子倒是彻头彻尾地温柔以待，而且每次都会在门禁时间之前把她送回家。

松永每天都给纯子打电话，每次都会聊很久，而且在挂了电话之后还一定会再一次打过来，或是温柔地叮嘱“明天的约会地点是某某处哟”，或是轻声细语地说“我爱你”。起初的时候，纯子还觉得有点啰嗦。然而，那日复一日啰里啰嗦的甜言蜜语，渐渐地让纯子心神麻醉。她也越来越深深地相信“自己真真正正地是被爱着的”。

不久之后，松永渐渐开始和纯子谈论结婚的事。他说：“离婚之后，我希望你嫁给我”“我会辞掉工作，入赘到绪方家”“就算是要牺牲掉自己的人生，我也一定要和你结婚”。这些话，纯子全都信以为真。

她回忆道：“听他谈论离婚计划之类的想法，我的心也逐渐为之动摇。原来，我很坚定地认为，因为我们是婚外情的关系，所以是绝对不可能指望着结婚的。但是，我改变了初衷，放弃了那份坚持。于是，在昭和五十九年（一九八四）的暑假，我第一次和松永一起去宫崎旅行。在和松永相恋的日子里，那是我最幸福的一段时光。”

但也正是在那个时候，纯子对住在近邻的叔母说出了自己与松永的恋情。于是，这份婚外情在父母那里暴露无遗了。她遭到了严厉的训斥，被逼迫着立刻斩断孽缘。而且，她的叔叔察觉到松永在调查绪方家的资产状况，甚至还在调查静美娘家的资产状况。于是，他警告纯子说，松永其实是瞄上了绪方家的财产。尤其是静美，更是对松永心怀恐惧，雇用了私家侦探，展开对松永的调查。但这事被松永知道了。他冲着纯子大发雷霆：“你妈这是不信任我啊！”又逼迫着嚷道：“让我去见见你妈！”

纯子怀着惴惴不安的心情，安排了松永和静美的会面，地点定在佐贺县内的一家料亭[①]。然而，松永表现得彬彬有礼，言谈得体。席间，他一腔热诚地表达了自己对纯子的爱，时而还说些轻松的笑话逗人开心，给静美留下了美好的印象。第二天，松永又邀请誉在料亭用餐，并且再一次扮演了优秀青年的戏码。就这样，在松永的怀柔策略下，纯子的父母彻彻底底地被征服了。纯子回忆道：“尤其我妈妈，对松永是十二分的中意，甚至完全地赞成我和他的交往。”

大约三个月后，松永以与纯子联名的形式，拟订了一份“婚约确认书”，表明“和妻子离婚，并与纯子结婚”的主旨，又在造访绪方家的时候，郑重其事地递交给纯子的双亲。松永许诺说，可以入赘到绪方家。对此，誉作了谨慎的回应，但静美则表现出极大的欢

① 高级料理屋。

迎，甚至反而请求似的说道："希望你尽快离开你的妻子，尽早和纯子在一起。"

然而，就在那之后，松永和纯子的关系却渐渐地发生了变化。

松永以一种居高临下的口气，对纯子抱怨道："我在音乐方面是极有天赋的，东京的一家音乐事务所邀请我加盟，但我不得不入赘到绪方家，无奈之下也只好拒绝了东京的邀请。"松永的话，让纯子感到了内疚。另一方面，他对离婚的事却态度消极，说："我在刚开始创业的时候，得到了女方父亲在资金上的巨大支持。所以，尽管我想离婚，但其实是难之又难的。"

而且，暴力开始了。

当纯子提到自己以前曾经相处亲近的男性朋友时，松永突然神色大变，暴跳如雷地吼道："你欺骗了老子啊！"纯子赶紧解释说，自己和那个男人绝对没有发生过性关系，而且在和松永发生性关系之后，就和他干干净净地断绝了来往。然而，松永就是充耳不闻，只顾一个劲儿地斥责纯子是脚踩两只船。他抱怨道："你其实早就不是处女了！第一次和我睡的样子，根本就是荒诞的表演！"然后，他又把那个男人叫到了酒店，带来自己的手下，在纯子的面前，动起了私刑。

对纯子的第一次施暴，是在车里。松永借着一点儿微不足道的理由，一下子就情绪激动起来，突然地踩了个急刹车，又命令纯子开车。纯子握着方向盘，却遭到松永的殴打。他用拳头捶打纯子的手臂，又脱下皮鞋，用鞋打她的头。之后，暴力迅速升级——拳打脚踢，抓着头发狠狠地拽来甩去，用五六册捆成一捆的"善邻"[①] 地图

① 善邻公司（株式会社 Zenrin）是日本最大的地图信息公司。

册用力地砸后脑勺。

他还命令纯子把所有日记都拿来，在酒店房间里照着日期逐日地检查，一边责问“这个是谁”“这是什么意思”，一边又拳脚相加。这样的施暴，起初是每周一两次，不久后就变本加厉了，乃至从晚上一直持续到第二天早上。也就是说，他打破了绪方家的门禁时间规定，持续地对纯子施以暴力。

久而久之，纯子陷入一种奇怪的心理状态——她认为是自己不好！

她回忆道：“起初，我认为自己本身的品行，并没有恶劣到必须要接受暴力惩罚的那种程度。然而，我一次又一次地被追问具体的细节，一遍又一遍地被质问同一件事，在不知不觉之中，我开始怀疑自己，认为确实可能是自己错了。现在想来，这种心理正是松永的精巧话术诱导的结果。但在当时，我已经深信不疑地认为是自己不好。”

这是一种典型的受虐女性（家暴受害女性）的心理状态。当一位女性和她的丈夫或者情人置身于一种只有他们两个人的封闭世界里，如果她被施加暴力，并被教训说，“你是错的！所以我才要这样对你”，那么女性一般情况下会被灌输进一种自我谴责的情绪。她的自尊心会被摧毁，逐渐在心里生成这样一种自我印象：“自己挨打，也是理所当然的。”渐渐地，受害者会失去抵抗的想法，忍受着严酷的暴力，并顺从于那些不合理的要求。在这样的一个过程中，受害者的自我规训得以完成。

松永熟知这种心理暗示的作用，并以极其冷酷的手段，实现了对纯子的极其完美的操控。

连续数日的暴力和谩骂，折磨得纯子体无完肤，精疲力竭。之后，他又强硬地要求在纯子的身体上留下烙印和纹身。而且，每一处都是同一个字——“太”。这件事发生在昭和五十九年（一九八四）的年底，是他们开始正式交往后的第三年。

当检察官问到烙印的时候，纯子果断地回答说：“最后我自己是同意了的，我认为可以说是我本人的想法。”但是，那不可能是她自己作出的积极性的、主动的要求。纯子因为与男性朋友的关系而遭受暴力的时候，仿佛是要抓到一根救命稻草似的，反复向松永恳求道：“求你告诉我，我要怎么做，你才相信我。不管你要我做什么，我都听你的。”

在情人旅馆里，松永说：“如果你那么爱我，那么想让我相信你，应该不介意我在你身上打下‘太’字的印记吧?！这点事，应该能做到吧?！”纯子沉默着点了头，脱掉衣服，裸露出身体。松永把点燃的香烟，紧紧地贴近了纯子右胸的皮肤，灼热的烟火缓慢地移动，烫伤的痕迹画出了一个“太”字。几天之后，在情人旅馆里，松永把赤身裸体的纯子狠狠地暴打了一顿，又命令道：“好了。躺下！”然后，他在纯子右大腿根部的外侧，用安全别针和墨水，细密而深刻地纹了一个“太”字。

关于这个纹身，纯子坚称自己并没有同意。她说：“这个纹身，是在我搞不清状况的情况下被刺上的。”但是，如果纹身是在完全没有反抗的情况下完成的，那应该是因为她当时已经几乎完全丧失了反抗的力气。纯子后来讲述道：“对于当时的我来说，身上留下伤痕就等同于丧失了未来的希望。”

不仅如此，松永还命令纯子挨个地打电话给她的家人、亲戚和朋友，并且一定要她以某种方式故意激怒对方。在纯子打电话的时候，松永总是在她身旁，耳朵紧紧地贴近话筒，一边听着他们的对话，一边在纸上写下用于回答的话，并让纯子照着纸条读出来，朝着电话那头骂出污言秽语。纯子后来回忆道："那些话是违背我自己意愿的，但我还是说了出来。"这些电话招致家人和亲戚们的不满，也使她不得不和朋友们逐渐地断绝了往来。

上文提到过的朱迪思·L. 赫尔曼博士所著《心灵的创伤与恢复》一书中谈到：把一个人奴隶化，就是系统性地施加心理创伤，反复造成心理上的伤痛。其必不可缺的条件，则是受害者的无力化和断绝化。也就是说，不仅要使受害者丧失反抗能力，而且必须断绝一切人际关系。

赫尔曼博士接着叙述道："只有让受害者自己亲手破坏掉自己的伦理原则，自己背叛自己作为一个社会人的基本的关系，心理操控的最终阶段才得以完成。"显然，松永对纯子所采取的操控手段，与之完美契合。

在度过那个短暂而快乐的暑假之后仅仅半年，也就是昭和六十年（一九八五）二月的一天，纯子在幼儿园工作的时候，因为贫血而晕倒了。贫血的诱因是心理疲劳和睡眠不足。几天后，她在家中自己的房间里，吃下安眠药之后，用剃刀割腕，又把手腕浸在盛着水的桶里，睡着了。所幸，家人发现得早，纯子被紧急送往医院，才捡回了性命。

纯子正是要通过自杀这一终极手段，让自己从松永的魔爪中获得解脱。但是，她在讲述自己自杀的原因时说："我被迫给家人、亲戚、朋友打电话，不得不招致他们对自己的厌恶和嫌弃。我担心自己的存在会让他们就这样一直地苦恼下去，我自己也因此而憎恨自己的存在。”总之，尽管是遭受了如此凄惨的非人对待，她仍然没有憎恨松永，而是自我责难。而且，因为家暴而被深深植入她心底的那种自我厌恶感，显然已经达到了极限，以至于将自己逼迫到要自杀的心理状态。

纯子自杀未遂。但是，松永并未因此而反省自己一直以来的行为。相反，他竟似深刻自省地说：“是我太放纵她了！必须要进一步严加管教。”于是，大约半个月后，在纯子要出院的时候，松永向誉和静美提出了一个方案。

他说：“如果对纯子就这样放任不管的话，说不定她还会自杀，还会更加堕落。所幸她会听我的话，因此请把她托付给我。我会负起责任来的。”

不知道誉和静美是否听信了他的话，恐怕也举棋不定过吧。起初，他们对于纯子刚出院就要离开家的提议是面露难色的，但最终还是被松永说服了。他们在发现女儿割腕而打电话叫救护车的时候，都要求救护车不要鸣响警笛。可想而知，在意世间体面以至于此的这对父母，自然也会担心纯子回来后是否会再一次引起骚动。或许，这一心理上的薄弱之处被松永看穿了、抓住了，又被他用巧妙的说辞一举突破。

出院后，纯子不得不坐上了松永的车，被他直接从医院带到了三潴郡大木町的一处公寓。那里是松永的公司宿舍和储藏室。在那里，纯子开始了有生以来的第一次独居生活。也正是在那里，她又一次掉进了松永的暴力地狱。松永每天都会来这里。他一边殴打纯子，一边责骂道：“你给我好好想想，自杀会给周围的人带来多大的麻烦"，"如果警察来调查你自杀的原因，也一定会传唤我的，一定会对我不利"，等等。而且，他还恫吓纯子，说："如果我们的外遇关系被我妻子发现了，你可是会被索要精神赔偿的。"此外，他甚至还用拍立得相机，拍下性交时的姿态。半个月后，他命令纯子辞掉了幼儿园的工作。从那以后，纯子在经济上也被逼迫到了不得不依赖松永的境地之中。

而且，松永更是进一步逼迫纯子从父母家脱离了户籍。

纯子拿着一份文书，久违地回到父母家。那份文书的宗旨是"和纯子断绝关系，从今以后，各不相干"。纯子把文书交给父母，威逼道："请在文书上签字，并承认我脱离户籍。"面对这样一份脱籍文书，无论誉还是静美都强烈反对，但纯子还是遵照松永的指示，态度强硬地说："如果不承认我脱离户籍的话，下次我就真的自杀给你看，或者是去泡泡浴[①]上班。"这个恫吓，毫无疑问地给誉和静美造成了百万吨级的杀伤力。两个人不情不愿地同意了纯子脱离户籍的要求，并向亲友邻里解释道："纯子实属无可救药。因此，我们决定将她从户籍中除名。"

于是，纯子彻彻底底地断绝了自己与家庭、社会的关联。

不过，松永究竟为什么执着于控制纯子到这种地步呢？在这一阶段上，我们尚且无法看出松永的意图。在法庭上，纯子曾被多次问及脱离户籍的原因，但她的回答一直是"不知道"。

这真的是只有松永才知道答案。但是，即便是从松永的供词中，也依然找不到任何一个可以为常人所理解的意图。松永的陈述和纯

---

① 提供女性按摩等特殊服务的洗浴场所。

子的话大相径庭，分歧集中于纯子和她母亲静美的关系。他一边再现当时的对话，一边细致地讲述大约二十年前的事情。他说：

“她的父母觉察到了我们的关系。纯子就对我说：‘我们无论是继续来往，还是从此分手，我都希望你能见一次我的父母。’于是，纯子、静美和我，三个人约在料亭会餐。当时，静美和我性情投合，相谈甚欢。一个星期之后，静美打电话来，叫我去一家咖啡馆。那天，静美也没化妆，还穿着工作制服。我说：‘这和在料亭的时候可是大不相同啊。’她回答道：‘那是当然。我通常也都是在工作的。’她又对我说：‘你和纯子的交往，她父亲和爷爷都反对。所以，希望你不要再和纯子见面了。’我回答了一句‘明白了’，然后就离开了。

“然后，又过了一周，静美又打来了电话，约我晚上九点左右在公园见面。之后，我们去了情人旅馆，有了肉体关系。主动的一方是静美，是她积极地引诱我。在那之后，我们以每周一次的频率私会，大体上每次都发生了肉体关系。”

这个供述简直是太骇人听闻了。在静美已不在人世，无法听取静美证词的情况下，松永竟然单方面地宣称自己与静美之间有着男女关系。但凡认识静美的人，无论是谁都完全无法想象。

在法庭上，纯子作出了与松永供述有所不同的陈述。她说自己在自杀未遂之后，听松永说：“你的母亲假装担心你，实际上却是来找我的。”听了这话，她对静美感到十分厌恶，并在日记中写道：“我讨厌我们的身上流着相同的血液。”在当时，纯子连做梦都想不到松永和静美之间竟然有肉体关系。现在，她冷静地想一想，根据松永的性格足以推测到，必然是松永主动勾引静美发生肉体关系的。纯子甚至全面地维护着静美，说：“松永是个把女人当成工具的人，我认为他们的关系一定不是你情我愿的，而应该是通过强奸的形式才发生的。”“即便母亲在和松永的关系中，哪怕是在一瞬之间感受到了作为女人的愉悦，那我也不会憎恨她。”

检察官在认同松永和静美之间有男女关系的基础上，也主张“强奸”的说法。他在开场陈词中讲道：“（松永）正是利用了静美担心纯子未来的心理，提议在一个没有别人的地方商量分手的事，于是把静美带到情人旅馆，二人才发生了肉体关系。”但是，这一说法缺乏有力的证据支持。正因如此，松永利用死无对证这一点，在证人席上理直气壮地大放厥词，说：

“爱情与年龄无关。这也正是爱情的致命危险。我喜欢静美，也喜欢纯子，所以我分别和她们两人同时交往。”

接下来，他把已经不在人世的静美作为关键人物，展开了诡辩，试图一个一个地推翻纯子的证言。例如，关于对纯子施暴一事，他与自己的辩护律师进行了这样一番问答。

辩护律师：“自从你开始与被告绪方交往的昭和五十七年（一九八二）十月，直到被告绪方企图自杀的昭和六十年（一九八五）二月为止，你是否对被告绪方使用过暴力？”

松永：“是的，有过。”

辩护律师：“是在什么情况下使用暴力的？”

松永：“最多的，是因为纯子的男人的事情。”

辩护律师：“你怀疑被告绪方的男女关系的契机是什么？”

松永：“我从静美嘴里听到了很多事情。每次我和静美去情人旅馆，她都会对我说‘你呀！被骗了哟！’‘纯子还有别的男人呢！'之类的话。我就去质问纯子了。当然，我不能说这是静美告诉我的，所以就这样问她：'我自己查过了，你是不是有一个正在交往的男人？'她否定说：'绝对没有。'我不知道她们两个之中谁说的是真话，但那个时候我觉得是纯子在欺骗我，所以我才动手打了她。"

辩护律师："像这样因为绪方和静美说法不一致而使用暴力的次数有多少？"

松永："五六次。当我把从纯子那里听到的事告诉静美时，她会说：'那不是真的。应该是这样的。'这就是赤裸裸的嫉妒心在作祟。我彻底被搞蒙了，真不知道该相信谁。"

松永说他才是受害者，因为他在精神上已经被三角恋逼到了绝境，迫不得已才实施了一些暴力。在松永的其他供词中，也处处贯穿了这种受害者意识，"我是被静美给玩弄了"。松永的供词总结如下。

● 关于婚约的拟订

"静美恳求我写一份与纯子的'婚约'，因为她说：'纯子的爸爸开始怀疑我们的关系了，所以你要跟纯子的爸爸说自己要和纯子结婚。'我猜静美的真正打算是，如果纯子拒绝签字，那么我和纯子就会分开，这样一来她就可以独占我了。但是，纯子毫不犹豫地签了字。所以，静美在情人旅馆对我抱怨说：'纯子已经彻底被你迷住了呢。我们的事如果被她发现了，那可怎么办啊？'我对她说：'也许我们最好还是不要再见面了。'但静美马上就说道：'如果真被发现了，那就到时候再看吧。'看样子，她似乎已经下了决心，做好了心理准备。”

● 关于照顾自杀未遂后的纯子一事

“我接到静美打来的电话，听她说是纯子自杀未遂，于是立即直接赶到医院。当时，静美担心纯子已经发现了我们的关系。在出院的那一天，誉说：‘我不能再把纯子留在家里了，你替我照顾她吧。’静美也在他身边深鞠一躬，说：‘恳请您照顾纯子。’而且，静美还趁着誉不在场的时候，对我说：‘我已经没法再让纯子这样做那样做了。我和你明明是已经有了男女私情，又怎么能以母亲的身份对纯子说教呢。我不能再和纯子有任何瓜葛了。’然后，她还是恳求我，希望我照顾纯子。”

● 关于纯子脱离户籍一事

“即使在我负责照顾纯子之后，我仍然保持着和静美的关系。有一天，静美在旅馆里问我：‘我想写一份字据，声明和纯子断绝母女关系，这样我自己就可以什么事都不闻不问了。你觉得这是个好主意吗？’我回答说：‘不错是不错，可是为什么要这样呢？’静美给出的理由是：‘纯子的爸爸非常担心你和纯子的关系被 T 先生（松永的岳父）知道，害怕他会到我们家来兴师问罪’，但如果有了这份字据，到时候就可以为自己辩护说‘纯子已经和我们断绝关系了’。”

至于纯子身上的烙印和纹身，松永坚称那是纯子本人积极而且主动要求的。

松永说：“一天晚上，纯子对我说：‘我想要一个爱的印证，可以证明我们对彼此的信任。’那一瞬间，我着实吓了一跳，说：‘啊？你的意思是说要生一个孩子吗？我岳父可是个厉害的主儿，那样的话可就糟糕了！’纯子便拿谷崎润一郎的《卍》打了个比方，说在女人的身体上纹上纹身就是爱的印证。我满怀感激，拥着纯子说：‘那样的话，你可能以后再也不能有别的男人了。我深感责任重大，我一定要照顾你一辈子。’第二天，我跟一个熟人学会了纹身的方法，然后在纯子的大腿上纹了一个‘太’字，作为爱情的结晶。在那之后，纯子又说，‘太’字的这个纹身看起来像一只蝴蝶，而她想要一个更明显的印记。于是，我说：‘我对纹身还是不在行。要是那样的话，不如烫个烙印吧？’纯子立刻高兴地回答道：‘嗯！好呀！再烫个烙印吧！’我建议用香烟接近皮肤，用烟火的灼热烫出烙印，而她完全没有一丝一毫的反感。纯子说她先是烫了烙印，但其实是纹身在先。”

松永太，到底是一个什么样的人物呢？

能够帮助我们了解这一点的，只剩下了松永的口供笔录。关于他的“人生信条”，松永是这样叙述的：

“一直以来，我都把至今为止发生的事情全部推给别人。我自己是绝对不会亲自动手的。因为一旦作出决定，就必须要承担责任。即使计划能够顺利进行，那份成功也未必能持久延续。我的人生信条中，绝不存在‘我自己必须要承担责任’这一条。（中略）我仅仅提出建议和意见，这样就足以占尽好处了。即便情况变得严重起来，以至于要被追究责任，那我自己也不会被追究，因为我不是作出决定的那个人。如果极有可能要被追究责任，那我就溜之大吉。我往往会根据事态的发展，推演整个过程，预判各种演变可能和结局。也就是说，‘利用他人而自己也不会被追责’，此为一石二鸟之计。”

补充说明一点：口供笔录是涉案人员针对检察官或警察的提问所作回答的概要性记录，而且最终需要供述人核实内容并签字同意。这意味着，松永的口供笔录中所记载的向审讯者讲述的“人生信条”，是经过他本人核实和确认的。

毋庸置疑，这份供词足以成为一个有力证据，用以研判和推断他后来所犯下的连环杀人案的思维、行为模式。或许正因为此，检方也非常重视这份口供笔录，并特意在法庭上作了宣读。

可是，松永为什么会作出这样一份不利于自己的供述呢？有一种说法在记者之间广为流传，但真假莫辨。检方掌握到松永极其迷恋女色这一情况，所以在对松永的审讯中打出“最后的王牌”，起用了一位年轻的美女检察官。结果，松永竟然真是忘乎所以似的，口若悬河地大谈特谈他的人生哲学。这段供述，让检方高层兴奋不已地叹道：“为了能让他说出这一番话，我们付出太多的辛苦了！”不管传闻如何，但松永对自己的思维与行为模式作出了如此深入的解说，是前所未有的，而且是将来也不可能再有的。

他之所以会秉持这样一种人生哲学，是因为他的成长经历就是这样的一种“伪装的人生”。

昭和三十六年（一九六一）四月二十八日，松永出生在北九州市的小仓北区。父母经营着一家榻榻米店，他是家中的长子。在他七岁的时候，父亲为了继承被褥销售业务，举家搬迁到了老家柳川市。

我去了那里作调查，但松永的家人和亲戚都拒绝接受采访，所以关于他童年的信息非常少。不过，从教过松永的老师们的询问笔录中，我们可以看出一些端倪。

松永就读于公立小学，学习上也不怎么努力，但整个学年下来的成绩几乎所有科目都是A。他曾多次担任年级学生委员长，还当过校学生会的干部。初中一年级的时候，他参加了学校的演讲比赛，并以较大分差战胜三年级学生，摘得桂冠。此外，他在整个初中时期都担任男子排球部的队长。但是，他虽然取得了那些绚丽夺目的成绩，却绝对没有给任课教师们留下良好的印象。他的初三班主任在笔录中作出了如下评述：

"他爱表现自己，是个独断专行的领导型人物。他声音很大，不容置喙，总是给人以一种威慑感。动辄大吹特吹，说什么'我随时都可以联系到松下幸之助'之类的话。总是谈论股票、赚钱之类的话题。他纠集了一帮小喽啰，指使他们干坏事。当我想去家访时，他总是推托说他家也没什么可聊的，结果就一直也没去成，所以也不清楚他父母是什么样的人。"

初中毕业后，他进了一所县立高中，和纯子同校。高二的时候，他参加竞选学生会的风纪委员长，并成功当选，但后来因为被发现有"动机不纯的异性交往"，在三年级时不得不转学到另一所高中。但是，他在那所高中里，竟然又担任了风纪委员。

高中毕业后，他立即入职于福冈市内的一家糕点店。但是，他只干了十来天就离职了，转而开始帮助打理自家的被褥生意。几年后，他从父亲手里接过生意的实控权，随后把店名从"松永商店"改为"World"，又在三年后变更为有限公司，将位于柳川市内的自己家作为总店。他结了婚，并生有一子。又过了两年，也就是昭和六十年（一九八五），他在周围只有水田和瓦房的自家宅基地上，新建了一栋钢筋混凝土的三层小楼（总建筑面积为一百四十四坪）。[1] 一楼是他父母和松永家人的住所，二楼是办公室和产品展示区，三楼是社长办公室。那时，他在柳川的一家料亭举办了盛大的乔迁喜宴，邀请了大约两百位客人。这，是在纯子自杀未遂之后两个月时的事情。

第二年，他设立了 World 株式会社[2]，注册资本金五百万日元。作为一家株式会社，这种资金规模无疑是很小的，但公司登记册上却罗列着十七种业务范围，涉及贸易、矿产开发与加工制造、广告与出版、木材、海上运输、保险代理，以及医疗设施、体育设施、餐饮、旅店经营等等诸多行业和领域。其中，贸易业务的经营品种甚至还包括了钢铁、石油、船舶及飞机。这简直就是一家大型商社。这也难怪，因为当时松永把一份三井物产[3]的登记簿复印件交给司法书记员，并拜托他："请您作一份和这个一模一样的业务项目列表。"

但实际上，World 公司的所谓业务无非是一种反复进行商业诈骗的"自行车操作"[4]。而且，松永对待员工也是极尽恐怖之能事。例如，使用空手道劈、十字锁喉、电击的手段施加暴力，宣称自己背后有黑帮支持，对员工进行恐吓，对失误员工进行罚款，等等，借此来控制公司员工。此外，他还让员工去联系和自己同校的毕业生、老师，以"公司库存积压，可能因此破产，所以请务必帮忙"之类的理由，欺骗他们购买昂贵的被褥套装，从而攫取暴利。

其中有这样的一个手段，可以说是松永将其欺骗的天分发挥到

---

① 一坪约为三点三三平方米。

② 株式会社即股份有限公司。

③ 日本著名综合商社。

④ "自行车操作"指一种危险的企业经营方式。企业将大部分收入，甚至是还没有入账的预期收入都用于再次投资、周转以及贷款抵押，一旦收入断流则必将引起资金链的断裂，导致债务无法偿还，最终直接宣布破产。所以，某些企业出于保证收入的目的而不得不接受风险较大的生意，就好像是骑自行车时一样，必须不断地蹬踏板，一旦停止，那么自行车必然倒掉。

了极致。他故意接近被World公司员工欺骗的受害者，装作一个满怀善意的人，将受害者拉拢过来。平成十四年（二〇〇二）九月二十五日的《读卖新闻》援引了当时一名员工的证词，传为一则轶事。事情是这样的：

该员工的校友中，有一名男子签署了被褥购买合同，但又迟迟不愿付款。于是，松永领着好几个员工去了那名男子的家中。然而，对那名男子破口大骂的都是那几个员工，松永本人却始终保持着沉默。

但是，松永在突然之间，精神亢奋地站起身来，大声叫道："你的身后有一个鬼魂，正在吸走你的运气！"紧接着，又从西装口袋里取出一串黑色佛珠，闭上眼睛，紧锁着眉头，一边对天叩拜，一边念咒似的在嘴里嘟嘟囔囔，说着"轮回""转生"之类的词。那名男子浑身颤抖，一脸惶恐地说："我真的是被鬼魂附身了吗？"松永便重重地点了点头，开始询问他的烦恼："你最近有没有觉察到什么异常？"

那名男子就说自己没有工作。于是，松永说："那么，你可以来我们公司工作。"然后就把他强行带回公司，关进大楼后面的一个木屋里。那个屋子其实就相当于是个"章鱼罐"，专门用来监禁被"生擒活捉"的员工。接下来的两年里，该男子被迫在那个"章鱼罐"里过着凄惨的生活，同时还要不断去推销昂贵的被褥套装。

就是这样，松永在经营World期间，至少巧取豪夺地赚了一亿八千万日元。

和赚钱齐头并进的是，松永一直倾注心血于和女人的交往。据其本人的供述，即使是在和纯子刚刚开始交往的时候，他也有十个左右的情人。松永的想法是，广泛撒网，到处勾引，只要其中有几个女性上钩就可以。纯子的一位同事就曾被松永搭讪过。以下笔录即来自这名女子。

纯子从幼儿园辞职后，我接到了松永打来的电话。他说："我已经和纯子分手了，想和你谈谈工作的事。"他的语气倒是非常温柔，但我一想到他实际上是刚和纯子分手就盘算着拿我来当替换品，就有点生气，于是告诫自己绝对不能和这种人交往。他自己说，他是在东京的娱乐圈工作的。我觉得他确实很出色，所以也没觉察出他是在撒谎。

他的套路是先搭讪，然后如果觉得那个女人对自己有一点感兴趣，就会不择手段地勾引她。以下证词同样来自World公司一位前员工（《读卖新闻》，二〇〇二年九月二十三日）。

一天深夜，松永敲着床头叫醒了World的员工们，然后非常突兀地向大家宣布："喂！我们要成立一个乐队啦。你们会不会演奏乐器？如果不会的话，那么现在就要开始努力训练！"然后，他花几百万日元购买了专业的乐器和音响设备，把办公室改造成录音棚，并开始对松永乐队搞起了严苛的突击训练。松永是主唱，但不管是什么样的旋律，他都会唱成尖叫似的高调。

乐队中有人提醒他“走调了”，他马上就涨红了脸，开始对那个人拳打脚踢，并高声喊着：“你们，都跟着我唱！”惊得所有人都目瞪口呆。

首场公演是在特训开始后的一个月左右，正值圣诞前夜。演出是在一个能容纳一千人左右的大音乐厅举行的，但在赠送完门票之后也只是来了五十个人左右。演奏者中的有些人，最终也没能学会演奏，只是装模作样地比划着，但他们因为害怕松永，所以只好装作一副如痴如醉的样子。松永本人穿着一身绣了金线的暗红色西装，站在台上放声高歌，还在一曲终了之后煞有介事地向观众挥手致意，高声喊着：“这是最棒的圣诞夜！”他将炽热的目光投向了一名年轻女子——那是松永当时正疯狂迷恋着的对象。松永在得知她喜欢音乐之后，便施展出花言巧语的本事，吹嘘说“我现在就在玩乐队”。因此，他必须要把谎言变成现实。

根据前文中引用的纯子的证词，她也被邀请观看这场音乐会，松永怀有身孕的妻子也去了现场。那个时候，纯子刚刚和松永发生肉体关系，并爱上了松永，所以当她看到松永怀着孕的妻子时，受到了深深的刺激。在场的其他情人可能也会产生同样的感受吧。然而，当松永把目光投向新欢，恐怕是已经完全不在意其他情人到底会作何感想了吧。这些女人被松永玩弄于股掌之间，又惨遭伤害，却还是死心塌地地追随着他，任由自己变成了松永的后宫玩物。而且，这些女子也和纯子一样，随着关系逐步加深，遭受了暴力。松永的妻子 A 女士自然也不例外。

平成四年（一九九二），A 女士和松永离婚之后，一个人带着儿子离开福冈县，躲了起来，过着安静的生活。她对我说："直到现在，松永的那张脸都时不时地会出现在我的梦中。有的时候是一张温柔的脸，有的时候是一张恐怖的脸。他的眼神和脸色总是说变就变……"据她说，和松永一起生活的十年，简直是坠入地狱一般的日子，充满了残酷的暴力，还要忍耐他不知其数的出轨。

她说："我比松永年龄大一些。刚认识的时候，他是高中生，我已经步入社会了。我下班后是坐公交车回家的，他每天都会在车站等着我。起初的时候，我以为那就是一个年少的男孩，在一时兴起之下做出了有些可爱又有些幼稚的行为。但他那样日复一日地，也着实让我心里挺开心的。有一天，他一脸悲伤地对我说：'我进了一个黑社会组织，现在要去刺杀另一个组织的成员，以后可能都见不到你了。'突然听到这样的话，觉得以后都不可能再相见，我顿时感到一种难以名状的孤寂。"

就这样，A 女士完全陷入了松永的话术之中。

开始交往之后，松永就给她描绘出各种各样的梦想。A 女士回忆道："总之就是自信满满的，而且尽是说些了不起的大事，让人心怀梦想。"经过三年的交往，她在昭和五十七年（一九八二）接受了松永的求婚，并在第二年生下长子。

但是，在两个人谈恋爱的时候，松永的暴力就已经开始了。因为一丁点儿的小事，她就会被打，被踢，被揪住头发拖来拽去。最开始的时候，松永每次施暴之后，还会说"以后绝对不会再打你了"之类的话。但是，他的态度逐渐发生了变化。每当 A 女士被打受伤，松永都会派 World 的员工去买药回来，但他本人却非常地冷漠，甚至有时还会在她正哭着的时候，就当着她的面给别的情人打电话。她也不是没有想过逃跑，但一想到带着年幼的孩子逃跑，想到那些难以想象的巨大困难，就每一次都踌躇不前了，最终形成这样一种心理状态："宁愿自己忍受这一切，也不愿孩子被夺走。"

松永甚至毫不在乎地对妻子讲自己的外遇。

她说："我知道，他口中提到的女人都和他有那种关系。每天晚上，我们一家三口都是一起泡澡，然后他就去情人那儿，直到早上才回来。他会告诉我说'要去某某的公寓'，然后就离开了。他甚至向我炫耀说，自己对经营轻食酒吧的母女两个都下了手，而且那一对母女都迷恋着自己。他还给我看了一封那个女儿写给他的信，信里说：'你是我妈妈真心爱着的人，所以我决定放弃。'起初，我还恳求他别再去和别的女人见面。但是，渐渐地，我就变得麻木了，那种痛苦的感觉也消失了。"

据A女士说，她也知道绪方纯子的存在。事实上，她曾经和纯子在同一所公立小学上学，还是很要好的玩伴。后来因为A女士迁居别处，两个人才渐渐地没有了来往。当松永频繁提到"住在久留米市安武町的绪方纯子"时，她就知道"那个纯子已经成了自己丈夫的情人"。

纯子在出院后不久，就成了World公司的一名职员，住进公司的事务所。公司事务所共有三楼，A女士住一楼。但松永禁止A女士上楼，所以她也不知道纯子住在那里。有时，她会在大楼门口遇到纯子，但没有意识到那个人就是纯子，只以为是个新职员。纯子称呼她为"少夫人"，总是彬彬有礼地向她问好。

但是，有一天，她听到金融机构的负责人说："那件事还是得问办事员绪方女士啊。”她吃了一大惊。因为这个名字和自己被告知的不一样，她便问了松永，这才知道绪方纯子就住在事务所。

A 女士说，她还目击了纯子被施暴的场景。

“每当我听到上面响起砰砰的声音，就知道是松永又动了手，就会感到非常害怕。这种手段叫‘踵落’[①]，就是让人跪坐着，然后突然用力地把脚后跟砸在跪坐者的大腿上。不久后，若是我在门口遇到员工或纯子，就会看见他们走路摇摇晃晃，像要摔倒似的。”

后来，纯子开始进出位于一楼的松永家，当着 A 女士的面，她也会被松永施暴。

A 女士说：“令我感到不可思议的是，她为什么要那样默默地忍受。我在挨打的时候，一定哭得很大声，大到邻居们都听得见。但是，纯子既没有哭，也没有哀求他‘别打了’，只是咬紧了牙关，默默地忍着，顶多就是偶尔从牙齿缝里漏出‘呜’的一声。松永的殴打手段也很不寻常，甚至打到自己会说‘打你打得我的手疼’，然后更是加倍地、持续地殴打。”

纯子的证词也证实了当时的暴力行为。有一次，纯子去购物时没有带够钱，松永就当着 A 女士和孩子的面，对纯子拳打脚踢，抓着头发把她的头摇来摇去，还把蛋黄酱挤到厨房的地上，对她命令道：“把它舔干净！”然而，纯子毫不反抗，只是顺从地舔着地上的蛋黄酱。A 女士则拼命地向松永哀求说：“请不要在孩子面前这样！”

纯子可能是后背被棒球棒打得很重，或者是腹部受到膝盖的大力撞击，总之她伤到了胰脏，痛苦难当，最后被送到医院。当时，

---

① 原本指格斗技中足技的一种，也称斧踢或下劈，具体动作是将腿快速举过头顶，然后用脚后跟砸向对手。

主治医生发现纯子身上有多处淤青，觉得非常可疑，便报了警。柳川警察局的一名警察来到World公司大楼。警察要求松永去一趟警察局，松永跟A女士说了句："我去趟警察局，马上就回来。"然后，就离开了。

那个时候，A女士确信自己的丈夫一定会被逮捕，在心底暗自庆幸："啊！这回终于要结束啦！太好了！大家都会从暴力中解脱，可以回到平常的日子了。没弄出人命来，真是谢天谢地了！"但是，几个小时之后，松永就一脸没事人似的回来了。

平成四年（一九九二）一月，A女士终于下定决心要逃离松永。之所以作出了最终的决定，正是因为家暴。那一次是正月的时候，他们一家回老家省亲，她在自己家人的面前，遭到松永恶狠狠的一顿毒打，脸都被打肿了。

A女士的父亲一直怀疑松永在性格上有严重的问题，甚至在他们结婚之后也不信任松永。所以，松永从未在他面前表现出任何的粗鲁行为。但是，她的父亲一去世，松永就肆无忌惮了，甚至在她的娘家也开始面不改色地施暴。结果，这引起A女士在心态上的变化：既然自己遭受家暴的事情已经被家人知道了，那就不用再忍受下去了。

A女士带着孩子逃出去，直接跑进警察局，提交了家暴受害申诉书。随后，她被安置暂住在妇女权益咨询机构的福利设施。松永则拼命搜寻妻子的去向，甚至试图通过居民登记表去追踪他们母子的下落。不过，市政府作了特别安排，孩子得以在没有迁转居民登记表的情况下转学，母子俩因此侥幸逃过一劫。随后，她向法庭提交了离婚调解申请。大约两个月后，松永也同意了离婚。

十年之后。松永成了连环监禁杀人案的被告，但又对被控罪行作出全面否认。关于自己的前夫，A女士说：

“他总是说‘我就是现世的救世主’，但每个遇到他的人都陷入了不幸的深渊。我一直觉得，总有一天会死人的。然而，那个松永是根本不可能认罪的，因为他可能会觉得即便是人死了也完全无所谓。如果一个人总是说谎，一个谎言叠着一个谎言的话，那么他自己也会在不知不觉中把那些谎言当成真实。他一直说‘自己没做过’，就这样说着说着，连他自己都信以为真了。像他那样的人，在这个世界上绝不会有第二个吧!”

关于同样作为被告的纯子，A女士说道：

“说实话，我觉得很对不起纯子小姐。因为在World公司的时候，我没能帮上她。只有一次，我实在是看不下去了，才对她说了一声‘对不起’。或许，我还说过‘逃走吧’之类的话。但是，我心里想的，终究还是祈求灾难不要降临在我和孩子身上。因为我逃掉了，纯子作为松永的伴侣，就坠入了不幸的深渊。转念一想，如果当时我没有逃跑，很可能会像纯子那样杀死自己的家人。我常常会想起孩提时代的纯子，想起我们一起玩耍时的那种纯真的笑容。”

第三章　第一个人

松永二十四岁时建成的公司大楼

松永的妻子逃走之后，纯子便成为所谓的“事实婚姻的妻子”，与松永的“牵绊”也随之迅速加深。其中有两件事，影响极大。

第一件，是纯子在真正意义上成了松永的共犯。

起初，纯子只是给World公司打打下手，处理一些杂务。但是，在松永的指示下，她开始对自己的家人和亲戚实施商业诈骗。前文中曾提到的那位与绪方家交谊深厚的市议员，曾接受一位女士的咨询。那位女士从纯子小时候起就疼爱着纯子。她说自己上了纯子的当，被纯子骗了钱。那是在纯子从幼儿园辞职之后不久的事。

纯子去那位女士家中拜访，恳求说：“我在一家叫World的公司工作。公司正在搞营销活动。阿姨您就办一张卡吧。”然而，一办完卡，就不知在什么时候，被取走了一百万日元。她在慌乱之中联系了纯子，纯子便约她去位于柳川的公司大楼。公司的社长松永接待了她，亲自听取她的抱怨，然后向她深鞠一躬，说道：“我会负起责任来惩罚纯子的。”第二天，她又被纯子约到公司，但这次是被带进了一个狭小的房间。纯子气势汹汹地冲她吼道：“我被松永骂了一顿！阿姨，你到底打算要怎么样！”和她一起的年轻男子也在一旁威胁道：“我会杀了你的！”最后，她总算是设法逃了出去。她不住地颤抖着说：“我真的非常害怕自己会被杀掉。我再也不想见到纯子了。”

市议员听了这件事后，为纯子的父母感到痛惜，说道：“这一切应该都是那个叫松永的男人在背后操纵的。纯子原本是一个那么诚实本分的女儿，因为一个男人竟然变成这个样子。”纯子本人在法庭上承认，自己在World公司期间曾有不止一次这种诈骗行为。

纯子亲手葬送了自己一直以来的人际关系，破坏了从小到大用心培养而成的良好品德。事态发展到这种地步，可以说“洗脑”已经迎来了最后的局面。

在World公司帮忙的时候，纯子的伦理准则就已经崩塌了。即便是犯罪行为，她似乎也不再会有厌恶之感了。如若不然，她很可能会再一次产生自杀的冲动。停止思考、麻痹感官，也可以称之为一种“保命之法”。然而，代价是她自己越来越不得不依赖于松永。

平成四年（一九九二）七月，松永陪同纯子去柳川信用银行，要求分行经理延长定期票据的兑付时间。经理没有同意，松永就威胁那位分行经理，并砸坏了桌子。第二天，因为分行经理提起控告，警方以涉嫌威胁和破坏财产的罪名，对松永和纯子发出逮捕令。而且，警方还发现他们对一名老年妇女实施了诈骗，骗取约三百五十万日元，因此又以涉嫌诈骗罪对他们二人下达逮捕令。

但是，松永早已作好了安排。第二个月，他让World公司破产，留下约九千万日元的债务，带着纯子逃到了石川县。被警方通缉之后，两个人开始了命运与共的逃亡生活。他们的目标，是确保在七年后的平成十一年（一九九九）七月一日诉讼时效到期之前，不被警察抓到。

在石川县，松永和收留他们的朋友发生了纠纷。所以在仅仅停留一天之后，他便决定折返回福冈县，并在北九州市的小仓定居下来。小仓是松永的出生地。他在七岁时搬到了柳川，但仍然残留着对小仓的些许零星记忆。这也可能是他把小仓选定为逃亡生活地点的原因吧。

在返回出生地之后，松永的“犯罪性设想”变得越发地清晰起来。

他的最大课题，首先是筹集逃亡资金。为此，他通过欺骗、威胁的手段，让那些被自己控制的人，尽可能多地从家人和亲戚那里榨取钱财。松永将掠夺对象称为“金主”。仅就目前所掌握的事实来看，就有四名所谓“金主”遭到极其残酷的迫害。他们的下场都非常凄惨，其中两人死亡，一人被送进了精神病院。

第一名受害者，是World公司的男性员工，曾和松永一起逃亡。他每天都会遭到松永的暴力，还被胁迫着让母亲寄钱过来。一旦他没能筹到钱，就会被打得更狠更惨。他琢磨着：“再这样下去的话，自己迟早是会被杀死的。”于是在大约三个月之后逃走了。

第二名受害者，是一位女性。她是松永的同学，二十岁的时候曾和松永有过交往，但后来嫁给了别的男人，并生下三个孩子，组建了一个安稳的家庭。但是，她可能仍然对松永怀有爱恋之情。因此，当久未联系的松永打来电话，向她借钱的时候，她就分几次给了松永共计两百四十万日元。

不久之后，她告诉松永说自己与丈夫、婆婆之间相处不睦。松永便对她说：“那你就应该离家出走。来和我一起生活吧。等你离了婚，我们就结婚！”结果，她真的就带着孩子离家出走了，后来又与丈夫协议离婚。但是，她搬进松永准备的公寓之后不久，就成了松永的施暴对象。她被迫以抚养三个孩子为由，向父母和前夫乞求钱财，给松永贡献了一千一百八十万日元。最终，该名女子在大分县的别府湾跳海自杀。而在此前的几个星期，她的父母和前夫已经不再寄钱给她了。恐怕就在那个时候，松永的暴力也随之升级了吧。毋庸置疑，她的死是一种“无限接近于他杀的自杀”。

第三、第四个受害者的情况，将在后文叙述。

纯子与松永“牵绊”加深的第二件事，是生下了松永的孩子。

纯子在实施那宗后来被警方通缉的诈骗案前夕，意识到自己怀孕了。松永建议堕胎，但纯子意志坚定。而且，纯子当时已经下定决心，即便无法得到法律意义上的认定，也一定要把孩子生下来抚养。纯子喜欢小孩，小孩会让她暂时忘记痛苦。据她说，自己“在幼儿园工作的时候，不管松永的暴力有多么残酷，但只要和孩子们在一起，就会忘记那一切”。这样的纯子，在平成五年（一九九三）一月生下一个健康男孩的时候，内心一定是欣喜非常的吧！

但是，松永甚至把孩子也当作控制纯子的工具。首先，他再三地主张：“如果我们被逮捕，他就成了犯罪分子的孩子。与其如此，不如逃跑。”作为母亲，一般人都会在“为了孩子”这一信念的影响下变得意志薄弱。纯子也不例外。她说：“当时，孩子马上就要出生了。听松永那么一说，我顿时产生了一种强烈的冲动。我想，与其自首认罪并重新做人，倒不如和松永一起逃亡，直到诉讼时效到期为止。”补充一个情况，松永甚至在被捕之后，还通过辩护律师向纯子传达信息，让她“为了孩子，保持缄默”。

让我们回到金主被害事件。

松永决定在小仓开始逃亡生活。为了寻找住处，他去了 JR[①] 小仓站附近的房地产中介公司。当时负责接待的营业员，就是第三个金主，后来成为第一起杀人案受害者的服部清志，也就是让整个案件浮出水面的十七岁少女恭子的父亲。

对于松永他们来说，清志是一个利用起来非常方便的人。来小仓后的头几个月里，松永至少租了六套公寓，作为其逃亡生活的藏身之处，而这些公寓都是通过清志作中介租到的。负责与他联系的是纯子。纯子自称"田中"，编造了各种理由委托他找房子。签署租房合同的时候，纯子也假托他人名义，包括松永那些情人的名字。不过，清志从不多问，而是继续为他们提供方便。

当第二位金主的遗体在别府湾海域被发现之后，松永担心警察会追查到自己身上，便决定搬家。当时，纯子委托清志负责搬家退房的查验事务，清志立刻就接受了。他由此获得了十万日元的报酬，也就是全额的租房押金。

正是这件事，让松永下定决心把清志作为猎捕对象。松永觉察到"如果为了钱，那个叫服部的男人是一定会尽其所能的"，随后便认真地制订了一个计划来引诱清志上钩。

首先，纯子把清志约到一家咖啡厅，向他提出一个虚构的投资计划。清志连内容都没有确认，就爽快地答应了，并在几天后带来三十万日元的现金。然而，这不过是一个幼稚而且拙劣的试探性骗局，清志竟然上了钩。于是，松永亲自出马，开始和清志进行接触。

纯子把清志约出来，对他说："之前那三十万投资的获利周期比

---

① JR 是 Japan Railway 的简称，即日本铁路。

较长。如果想赚快钱，我就把比我更厉害的人介绍给你。”之后，松永出场了。他戴着黑框眼镜，梳着三七分的发型，穿着皱皱巴巴的旧西装，出现在料亭，对清志自我介绍道：“我姓宫崎，是一名电脑工程师。”

他们一边吃着比目鱼生鱼片，一边喝着清酒。松永向清志抛出一个新的投资计划。那就是在不同人物的证词中出现过的，通过赛马赚钱的主意。清志又一次彻头彻尾地相信了。松永提议道：“我们一起开一家赛马预测公司吧。”清志立刻付诸行动，甚至同意并购买了一台最新款的电脑，作为这项业务的必需品。他们二人连同纯子，几乎天天都一起喝酒畅谈。不知是在什么时候，松永开始称呼清志为“所长”。

不过，话又说回来。虽说松永是一个天才骗子，但容易受骗到如此程度的人物也是世间少有的。那么，这个服部清志究竟是个什么样的人呢？

清志出生于昭和三十六年（一九六一），与松永、纯子是同一个年代的人。他在二十一岁的时候结了婚，第二年生育长女恭子，但在六年之后离婚，恭子归他抚养。之后，他与一名女子同居。连同那名女子的三个孩子，他们一共六个人，住在北九州市门司区的一个公寓。

关于当时的生活，清志的同居伴侣 B 女士讲述道：

“在和清志生活的前三年里，我觉得非常幸福。我在一家大型公司的子公司工作，收入还不错，清志也有一份正经工作。把两个人的收入合起来，我们可以过上相当奢侈的生活。我们买了一辆轻型客货两用汽车，经常带着孩子们去旅行。他是个非常疼爱孩子的人，我的孩子们也是从心底喜欢他，喊他‘爸爸’。他多少有点孩子气，也有任性的时候，但会为我们做饭、洗衣服、打扫卫生和购物。工作再忙，也一定会去孩子们的运动会和课堂参观。”

但是，自从和松永来往密切之后，清志的性格和生活就发生了巨大的变化。变化的开始，便是松永向他推荐的那项赛马预测业务。

她回忆道：“一天晚上，他一到家就兴奋不已地说：‘我遇到一个非常聪明的人。我要和他开启新的事业！’然后，他就说做生意需要启动资金，因此要去贷款。”

据B女士说，清志对钱的态度很草率。当时，他的大笔债务都是由B女士按月偿还的。因此，B女士为了阻止他去借更多的钱，就下了决心，给了他三十万日元。

也就是那个时候，清志介绍B女士第一次见了松永和纯子。据说是松永他们想和她认识一下，专程赶到门司区来拜访。于是，他们一起去了附近的居酒屋。

她说：“松永自称姓‘宫崎’，性情很温和，言谈也亲切。他介绍自己说：‘我是一名工程师，在日立的子公司工作。虽说年薪也有几千万，但还是厌倦了人际关系，就想自己单干，开创新的事业。为此，我非常努力地学习，也学会了使用最新式的电脑。’绪方自称姓‘田中’，为人矜持，也很知礼节，总是一脸微笑的样子。我对他们二人的印象很好，也完完全全地相信了他们。渐渐地，他们就常常来我家做客，我也会和他们在附近的居酒屋或是轻食店一起喝酒。”

不久后，在清志的强烈要求下，由B女士全额出资购买了一台当时最新款的电脑。据说，在那个年代，连电脑这个名词都还未普及，一台电脑连同打印机、电脑桌在内，总价约为七十万日元。

然而，松永和清志却是成天成天地喝酒。耗费巨资买来的电脑，就那么放着，落满了灰尘。清志连日来都是天亮的时候才回到家，而松永和纯子则根本就都不来了。她说："从那个时候开始，清志就眼见着变得奇奇怪怪的。脸色土黄土黄的，非常难看，还添了口吃的毛病。他本来不爱喝酒，在家里不喝，就算是在外应酬也顶多就是喝喝啤酒，也从来不会喝醉。所以，我实在想不明白他为什么突然之间就喜欢起了喝酒，而且一喝就喝到天亮。"

B女士因此而担心清志的健康，清志却粗暴地说："你嘴上满是温柔好听的话，心肠里却都是黑的!"这在以前是从来都没有过的事，也让B女士的心灵倍受打击。清志还毫不客气地找她要钱，她一旦拒绝，就会有金融公司、信贷公司的催账单送上门来。

清志在认识松永二人的一年零九个月之后的一天，突然提出要和B女士分手。他一收拾完东西，就带着当时才十岁的女儿恭子，一起搬进了公司的宿舍。"他最后留下这么一句话——'事情变成这样，都是我的错'。我非常失落，甚至在那一段时间里，都没法安心做任何事情。有时候，我也会在电话里和松永商量，他会说'B女士你已经这么努力了，可所长他这是怎么了呢'之类对我表示同情的话。"

清志在和B女士分居之后，过着怎样的生活呢?

清志和恭子一起生活。但大约三个月后，在松永的谋划之下，恭子被安置到松永身边。根据纯子的证词，她听松永说"可能会接手照顾服部的女儿"，之后没几天，清志与松永签订了一份协议。根据协议，清志每月向松永支付二十万日元，委托其“承担养育恭子的业务”。

但是，清志当时的月薪就是二十万日元（他的月薪此前是三十万日元，但因怠工而被降薪）。这样的话，月薪的全部都用作了恭子的抚养费。而且，松永还要求他支付每晚的酒钱，这也使得这份合同极不合理。尽管如此，清志还是花下大价钱，请拥有丰富保育经验的纯子承担抚养女儿的工作。从这件事上，也能看出松永的手段之高明。从松永的角度来说，这意味着他每月都有固定的收入，而且能确保有恭子作为“人质”。话虽如此，至少纯子的心理似乎是比较单纯的。

她说：“我没有什么坏心思。我觉得，对于自己的大儿子来说，能有一个大姐姐也是件不错的事。从恭子的成长经历和给人的印象来说，我觉得她是一个非常可怜的姑娘，也愿意为她做点什么。最初的时候，我和恭子一起做饭，也相处得很好。”（庭审证词）

松永、纯子和他们的长子，还有恭子，住在小仓北区 M 公寓的一个房间里。这间公寓房是通过清志的关系，以清志姐姐雅子（前文曾提及）的名义租赁的。然而，正是这间屋子，成了清志被杀害、被肢解的地方，也成了纯子所有家人被杀害、被肢解的地方。清志把女儿交给松永照顾之后，生活变得越发地颓废起来。他独自一人住在公司宿舍，但每天下班后，都会到 M 公寓来，和松永、纯子一起喝酒，喝得很多，直到凌晨五点左右才回宿舍。

松永则在一旁虎视眈眈，观察着逐渐积累疲惫的清志，伺机捕捉清志的弱点。

清志一喝醉了酒，就会露出些无赖脾性，喜欢吹嘘他的“英雄事迹”。一天晚上，他又打开了话匣子，说：“我从租客那里承接消毒工作。不过，很多时候并没有真的消毒，但也标记为‘已消毒’，把消毒费收入囊中。这样也能赚点小钱。”但是，松永是不可能轻易放过那些话的。

在法庭披露的证据中，有三份题为“相关事实的说明”的文件，是纯子根据松永的指示而负责保管的。这三份文件的署名是同一个人——“服部清志”。

第一份“说明”中写道：“我承认自己一直在私吞消毒费。这些钱本应上交给A公司（清志供职的房地产公司）。”根据人证纯子的证词，松永让清志坐在厨房的桌子旁边，递给他一张纸和一支笔，然后开始居高临下地教训他，强迫他写下“相关事实的说明”。清志刚刚还接受松永的劝酒，喝得不亦乐乎。但是，松永突然之间就翻了脸。清志被吓了一大跳，惊得满脸通红，随后又变得沉默不语，顺从地写下了那份说明。他自己清楚，这件事是自己说出去的，所以很快就承认了，也没有反抗。

第二份“说明”中写道：“我承认自己是A公司盗窃案的犯人。”松永以前听清志说过一件事，就是清志的单位里曾经发生一起百万日元盗窃案。后来，松永突然提起这个话题，并激烈地追问道：“你就是那个犯人吧！”清志拼命地否认，但最后还是被迫接受了自己是犯人的说法。

实际上，那件盗窃案很可能不是清志干的。清志的父母记得他当时非常苦恼，说“虽然我被怀疑了，但我绝对不可能去做那种事的”。如果他是真正的犯人，为什么要费尽心思，去对原本就一无所知的父母倾诉呢？或许，清志是在身心俱疲以至极其衰弱的状态下，受到松永的长时间审问之后，陷入一种自己就是凶手的错觉。又或许，他过于渴望从那种追责与逼问之中解脱出来，结果违心地写下了那份“相关事实的说明”。

第三份“说明”中写道：“我承认对恭子的性骚扰。”根据纯子的证词，恭子本人在松永、纯子和清志面前揭露说：“我在来到这里之前，是跟爸爸两个人生活的。爸爸和我一起泡澡，摸了我的身体。在我睡觉的时候，会脱下我的内衣，摸我的臀部，看我的性器官。”纯子说：“恭子说得有模有样、煞有介事，让人丝毫也感觉不到是松永逼她那么说的。清志当然是坚决地予以驳斥，但看着恭子越发激烈地反驳回去，我也不由认为‘那是真的啊’。”

恭子和清志正在争论的时候，松永也加入进来，支持恭子。清志不得不面对越来越强烈的质疑和追问。据纯子说，在清志被追究的那些事情中，她对这件事最为愤怒，她在旁观的过程中抱着一定要让清志认罪的心态。

最后，松永让清志闭嘴，并递给恭子一张纸和一支笔，指示恭子“想怎么写就怎么写（相关事实的说明）”。之后，恭子在厨房一角写好“说明”。松永把文件拿给清志看，并命令道：“签字吧！”逼迫着清志承认自己对恭子进行过性虐待。

关于松永将清志一步一步逼入绝境的事实真相，还有一个目击证人——清志的女儿恭子。

首先需要说明的是，恭子作为证人出庭的一些相关情况。

除嫌疑人之外，恭子是唯一活着的证人。恭子第一次作为检方证人出庭，是在平成十六年（二〇〇四）一月的第二十次公开庭审。

此后，她以几乎每周一次的高频率连续出庭，共计作证二十三次，每次约两个半小时。恭子在获得警方保护的时候是十七岁，现在已经十九岁了。她和祖父母生活在一起，一直在夜校上学。

法官出于对恭子出庭作证而可能产生精神负担的考虑，允许恭子不必直接走上法庭，而可以在法院的另一个房间里作证，并准许少儿权益咨询机构的工作人员作为陪同人员坐在她的身边。在法官、检察官和辩护律师的办公桌前，设置有小型摄像机和显示屏，恭子和询问人都可以通过这些仪器彼此看到对方的脸。但被告席上的松永和纯子，以及包括记者在内的现场其他旁听人员，则根本看不到恭子的脸。恭子的声音通过扬声器能被整个法庭里的人听到。

即使是面对非常细节的提问，恭子也会从九年前的记忆开始追溯，回答全程语气平淡。她有时声音会变小，会一时语塞，有时也说“不记得了”或是“我不知道”。考虑到她的年龄，即便仅仅作为证人出庭，也是一种勇敢的行为。更何况，她直到结束都能坚持回答提问，不得不说是令人钦佩的。

证词的内容也非常具体。案发当初，调查人员曾因她的证词中存在许多模糊性陈述而感到困扰。但在之后的两年左右时间里，恭子或许是一点一点地唤醒了记忆。恭子的证词虽然也存在一些稍有出入的地方，但整体上是可以和纯子的证词相印证的。

恭子的证词，是从她的父亲清志如何遇到松永，并被其拉拢蒙骗开始的。恭子很喜欢B女士，也愿意和她一起生活。但是，在上小学四年级的时候，清志有一天突然到学校来接她，直接把她带到小仓北区的公司宿舍里，然后她就和清志两个人生活在那里。自称“宫崎”的松永和自称“田中”的绪方（“田中”后来告诉恭子，自己的真姓是“森”），频繁出入他们居住的宿舍。每天晚上，他们都和清志一起出去，而恭子则被一个人留在宿舍。

后来，恭子搬到M公寓，和松永、纯子住在一起，并转学到附近的一所公立小学。清志每天晚上都会到公寓来，喝酒一直喝到天亮。恭子也往往会被逼着喝啤酒，因此有很多时候，她都是在身体不舒服或者睡眠不足的状态下去上学的。

松永和清志之间根本就不是对等关系。恭子说，有一次松永突然揪掉了清志的假发。自己也是第一次看到父亲的光头，被吓了一跳。那以后，清志在室内时假发就会被没收，但他从来都没有抱怨过。

恭子详细讲述了松永逼迫清志写下“相关事实的说明”时的下作手段。她说：“那是爸爸每晚都来M公寓时候的事情。我向松永报告说‘爸爸从松永的包里拿了钱’，但那其实是一个谎言。因为松永逼着我说爸爸做过的坏事。他让我说十件，我就必须要说十件。如果没有说上十件，就会被他大骂一顿。所以，我就撒了谎。松永指责我爸爸说‘你偷了我的钱’，爸爸就拼命地否认。这时，松永抬手就朝我的脸上打了一拳，大声地训斥道：‘不许撒谎！’我的嘴角被打破了，流出了血。松永把我拽进了洗澡间，用淋浴喷头冲掉血迹。当时，松永告诉我说：‘撒谎的话，就要把谎撒到最后。’不过，那天，爸爸没有承认。

“第二天，松永又指责我爸爸。他还把我叫过去，让我跪在装满水的脸盆前，对我爸爸说：‘你要是不说，我就把她的脸浸到水里！’说着，他就把我的头往水盆里摁。我两手抵着地板，用胳膊拼命地撑着，但也还是没有用，眼看着就要被他摁进水里了。就在那个时候，爸爸说了一句：‘我承认。’那是第一次，爸爸承认了他没有做过的事。”

那件让纯子非常生气的、清志性虐待恭子的事，也是恭子的谎言。关于写下“相关事实的说明”的原委，恭子作了坦白。她说：

“我在稿纸上，以‘爸爸对我所做的各种令我厌恶和痛苦的事’为题，原封不动地按照松永的话记录下来（这张稿纸现在被法庭采纳为证据）。我写在稿纸上的事有：我在浴缸里被爸爸摸了乳头，被揉捏了乳房，睡觉时被摸了阴部，还被他用手指插进了肛门，等等。实际上，爸爸从来就没有对我做过那么恶心的事。但是，我如果不写，就会被松永骂，所以只好写下那些谎话。可是，爸爸却把那些内容承认了下来，还写下‘对恭子进行性侵犯的种种相关事实的说明’。”

据她说，“相关事实的说明”中关于清志盗窃公司一百万日元现金的事，也绝不是事实。当时，清志的身体上被通了电。在遭到持续电击的情况下，清志实在无法忍耐下去，才迫不得已地作出了承认。恭子还被松永逼着在那份说明的最后写下这样的话：“我听到了爸爸的话。我可以证明，但希望爸爸别被警察抓住，能够逃掉。如果那钱还有剩的话，请给我一点做压岁钱。”然后签下了自己的名字。

另据恭子讲述，用同样手段写成的“相关事实的说明”大概有一百份左右，但在清志死后，大部分都用碎纸机销毁了。

清志在委托松永他们照顾恭子的三个月之后，就从公司离职了。形式上是他主动辞职，但实际上是被解雇了。他因此也不能继续住在公司的宿舍，就接受松永的邀请，一起住进M公寓。也就是从那时起，他在被监禁的状态中遭受着虐待。

最初的虐待，是给身体通电。

此处，笔者拟对电击造成人体伤害的威力作一简单说明。据前World公司员工N先生的口供笔录，N本人是电气专业高职毕业的，这套电击装置就是由他设计的。设计的初衷，一半是觉得好玩，而且设计的电击痛感也仅仅达到一种轻微刺痛的程度。但是，当他怀着搞恶作剧的心理，在另一名员工的身上试用装置的时候，正好被松永看到了。松永对此表现出异乎寻常的兴趣，并把它“改良”为可以用于虐待的工具。

为使威力达到最大限度，他剥掉电线绝缘层，裸露出金属导线，又把导线缠绕在手腕、脚踝、上臂和大腿上，然后将电线的插头插在电线延长线插座上，并快速地反复插进、拔出、插进、拔出……

据N先生的证词可知，“导线缠得很紧，几乎勒进肉里。撕裂般的灼烧感，会让人像虾一样地扭曲着身体，而且难以呼吸，只能咬紧牙关”；“被通电的地方会形成溃烂性灼伤。两个手腕被捆住通电的时候，大脑会遭受到轰鸣般的冲击，紧接着就是眼前一片漆黑，倒在地上不省人事”……如其所说，松永版的电击装置发挥出巨大的威力。从那以后，员工们动不动就成为他的电击目标。

员工们对电击产生了巨大的恐惧，以致争相乞求松永的欢心。松永利用这种心理，让员工们互相告发，并在自己面前互相辱骂。这样，员工们团结起来进行抵抗的可能性也被完美地消除了。到后来，员工之间互相通电施虐，成了普遍的现象。N先生回忆说："松永似乎很享受观看被电击者的痛苦模样。他会一边给女人打电话，一边微笑着用手势下达电击的指示。"

根据纯子的证词，对清志的电击最初也是从恶作剧开始的。然而，随着电击次数的逐渐增加，不久后就演变成"虐待性电击"。游戏和虐待性电击的区别，在于是否具有惩罚和制裁的意义。纯子说："在虐待性电击中，不管是多么荒唐的事，也都要有一个什么理由。在受罚者被通电之前，松永一定会说出一个惩处的原因。"

我们可以根据纯子的证词，再现虐待的场景。

在M公寓，他们每天晚上九点左右开始喝酒。突然之间，松永就开始指责清志的言行。

"喂！电呢！"

听了松永的这一句话，纯子便迅速准备好两种电线。一根电线的前端分成两叉，都装着金属制的鳄鱼夹，另一根电线是连接到电源插座的延长线。以前是直接将导电线缠绕在身体上，最近开始使用装有鳄鱼夹的导电线，因为这种夹子很容易固定在身体上，而且不会造成太过强烈的冲击。

电击部位都听从松永的命令，包括胳膊、大腿、乳头、下巴、耳朵……对于被电击者的姿势，也有规定。多数情况下是采取"深蹲"的姿势，要求脚尖着地下蹲，同时保持上身正直。接下来是告知通电原因，然后将两股导线快速地接触指定部位，并反复进行以上操作。通电操作多数由纯子来完成，通电时间会断断续续地持续一个多小时。在这段时间里，松永会进行教训和质问。

当松永说到"好了，结束"的时候，就是清志的休息时间。这个时候，清志被允许改为“体育坐”[1]。松永说声“辛苦了”，并递来清酒或是啤酒，让处于头脑迷糊状态中的清志一口喝掉。就这样，松永一边喝酒，一边反复指示纯子进行电击操作。等到松永喝完酒，都是早上五点左右了。在这期间，通电操作往往要进行好几次。纯子说：“在我的印象中，松永似乎把电击清志当成了下酒菜。通电的原因都是些鸡毛蒜皮的小事，现在也都记不得了。”

但是，松永可不是单纯为了取乐才反复进行通电施虐的。他的最大目的，是要竭尽所能地榨取钱财。

不过，松永并不采取简单的威胁方法，没有逼迫清志说“拿钱来”“去弄钱”。纯子说：“松永不会把没给钱作为电击的原因。他会想办法让那个人自己明白过来‘这个意思就是叫我去弄钱’。为此，松永会拐弯抹角地找个牵强的借口，并通过反复的电击，直至达到目的。”总之，就是诱导对方，让他们本人作出最后的决定，而松永自己则并不需要承担责任。松永的这则信条，即使是在施虐的时候，也是彻底地贯穿始终。

对于清志，他还采取了其他虐待方式，比如用嘴咬他，用拳头打脸，用钳子夹或者是拧，等等。在对纯子和恭子下达指示时，松永会亲自给她们做示范，并耐心地指导她们更为有效的虐待方法。例如，“不要盲目地打，要打牙龈的地方。这样打，不会把脸打肿，而且效果好”，“和夹相比较，还是拧好。用钳子的尖端捏起一点点肉，然后把它拧断”。

松永把咬的任务交给恭子一人。“咬他！”松永一发话，恭子就

① 体育坐是日本中小学生参与体育活动时的一种规范坐姿，也称体操坐、三角坐，标准坐姿是臀部着地，双腿并拢屈膝，两手抱膝。

像忠实的看门狗一样，一门心思地撕咬父亲的身体。松永甚至还给出详细的指示，例如让她去咬他的腹部、大腿内侧、手臂内侧之类柔软的部位。

松永甚至对清志采取了各种各样的生活限制。例如，下面这些情况。

● 服装、姿势限制

即使是寒冷的冬天，也要穿衬衫和西裤，而且被强制要求卷起袖子和裤腿。不仅在电击时要被迫做深蹲的姿势，就连吃饭喝酒的时候也是如此。如果被电流冲击而摔了个屁墩儿，或是身体弹跳起来，那就会被怀疑是在演戏，会被追加电击作为惩罚。

● 就寝限制

松永以清志打鼾声音大为由，把他的睡觉地点从厨房改为玄关门附近。又说“让他躺着睡觉的话，就会打呼噜”，于是就把清志锁在一个被命名为“槛”的用四块木板制成的囚笼里，命令他以体育坐的姿势睡觉，还把清志的手吊起来绑在囚笼的盖子上。

不久后，清志被关进门窗都上了锁的浴室里，而且平常都被关在那儿。只有在被喊去喝酒、在厨房被电击，以及松永他们洗澡的时候，才被允许出来。即使是在寒冷的冬天，也不给他像样的被褥。原来的毯子和囚笼的木板都被扔掉了，结果只是拿些周刊杂志铺在地上，又拿了些旧报纸当被子。即便是给了他陶瓷风扇加热器和被褥烘干机，在没有松永许可的时候，清志也是不能按下开关的。

● 饮食限制

清志的饮食是一日两餐，基本上就是白米饭或者是乌冬面、荞麦面，外加一个生鸡蛋，菜是从来都没有的。甚至有段时间，只给一些 Calorie Mate 牌代餐食品①。

吃饭的时候，清志保持着深蹲的姿势，面前铺着报纸，上面摆着餐具。松永会告诉他："从现在开始，在多少多少分钟之内吃完。"基本上也就是十五分钟，但很多时候会根据松永的心情缩短时间。纯子用料理计时器掐时间。如果不能在规定时间内吃完，就要被电击两颚。甚至有时候，他正在吃着饭，就被夹上了鳄鱼夹。

● 洗澡限制

松永讨厌不干净的东西，因此几乎每天都让清志冲澡，但即使在寒冬里也只让他用冷水，并且只给他一个洗碗刷用来擦洗身体。清志的胳膊变得不能自如伸展之后，松永一边指导纯子和恭子说，"这个地方对冷最敏感"，一边把喷头对准他的后颈冲洗。期间，松永还让他洗衣服，但因为没有替换的衣服，所以在晾干衣服之前，清志即便是在寒冬里也都是赤裸着身体的。

● 排泄限制

清志必须在得到松永的许可之后，才能上厕所。自从被关进浴室，清志的排泄就受到限制，小便要尿在饮料瓶里，大便每天限定一次，而且是一定会被催促的。

清志每次去厕所，纯子都要在从浴室到盥洗室再到厕所的地面上铺上旧报纸。清志只能全裸着踩在报纸上走过去，屁股不允许碰到坐便圈，而且在上厕所的过程中也必须敞开着门。纯子则全程监视。她不得不监视清志把屁股擦干净，而且每次还要扒开清志的屁股，检查肛门是否干净。

① 日本大冢制药公司生产的能量补充食品，声称含有人体每日活动所需的能量和营养。该品牌代餐一九八三年刚推出时有饼干和罐装饮料两种，二〇〇二年推出了果冻状的新品。

清志大便失禁的时候，松永会惩罚他，让他把大便全部吃下去。沾上粪便的内裤会被扔掉，并让他换上成人纸尿裤。

关于对清志的虐待，恭子也在法庭上作出了详细的证词。

她说："我从来就没有讨厌过爸爸，但松永给了我一个叫'告密笔记'的记事本，命令我写下爸爸做的所有坏事。松永说：'你爸爸的工作就是借钱，而你的工作就是揪出他做的坏事。'我监视爸爸的一举一动，记录下不好的地方，然后报告给松永。如果我不按照他的命令写，就会被他责骂。所以，我写了很多的谎话。松永看完之后，就给爸爸通电。严重的时候，爸爸被通了大半天的电，弄得全身痉挛，而且休克了好几次。"

清志遭受严酷制裁而饱受屈辱的样子，鲜明地刻在恭子的记忆之中。

比如吃饭的时候，他的两颚被通了电，导致食物从嘴里喷出去散落在地上，因而便被松永训斥道"太可惜了"，于是就捡起食物塞进嘴里的父亲；因为不能上厕所，憋不住而把大便拉在裤子里，然后被勒令吃掉自己的粪便，还被迫把弄脏的内裤塞进嘴使劲吮吸，擦完屁股的卫生纸也要和水一起吞下去，呜咽着流泪的父亲……恭子在讲述这些骇人听闻的情形时，语气平淡得令人惊讶。但是，当检察官问道："当你亲眼看着这些事情的时候，你自己是怎么想的？"恭子立即用力地答道："我认为松永根本就没把我爸爸当作是一个人。"

根据恭子的证词，她也遭受到和父亲同样的生活限制。吃的只有米饭、方便面、乌冬面，如果松永心情好的话会有鸡蛋。吃饭时也和父亲一样，必须保持深蹲的姿势，也是把食物放在地上的报纸上，而且如果不能在八到十分钟的限定时间之内吃完的话，也会被殴打或通电。她也要睡在囚笼里，和父亲面对面，采用“体育坐”的姿势睡觉。被关进浴室后，即便是寒冷的冬天，也只有五张报纸作被子，常常冻得睡不着。冲澡也是和父亲一起，小便也是在浴室，尿在饮料瓶里。

深夜三四点左右才被允许睡觉，早上七点左右就被叫醒。因为在课堂上打瞌睡，也常常被老师训斥。恭子上学时和放学后，父亲就一直站在浴室里。她一回到家，也要马上进浴室，和父亲站在一起，一直站到睡觉的时间。写作业也是不被允许的。

渐渐地，她开始贫血、恶心。而且，五年级时开始来的例假，往往都会推迟两三个月。在搬到M公寓之前，她的个子是班上第二高的，之后就几乎没有再长高，最后成了第二矮的。

随着虐待越来越严重，清志开始遵照松永的命令向父母和朋友要钱，或者反复地借高利贷。纯子作证说，清志共计筹集了一千万日元左右。包括向他父亲要的五百万、母亲的一百万、好友的五十万、以前上司的一百三十万。至于高利贷借款数额具体是多少，纯子已经记不得了，但如果简单推算一下的话，应该有二百二十万左右。

但是，这种状况是无法长期持续下去的。渐渐地，他的父母和朋友都拒绝再借钱给他，以致他要向一位已经疏远了的前同事哭着哀求借十万日元。不久之后，他就彻底弄不到钱了。

根据纯子和恭子的证词，自从清志再也无法弄到钱以后，松永对他的电击更是惨烈至极。清志的手指被缠上导线通电，导致皮肉溃烂，甚至看得见骨头。虽然作了急救处置，涂了过氧化氢，用桐油纸和绷带包扎，但还是留下了手指粘连的后遗症。而且，清志在被关进囚笼之后，胳膊出现了明显的异常变化。以下是恭子的证词。

她说："那个时候，爸爸被关进厨房的囚笼里，然后被通电。两只胳膊被电击的时候，他的表情显得很痛苦。胳膊被电击刺激得弹起来，囚笼就跟着嘎吱嘎吱地晃动一下。但是，渐渐地，爸爸的胳膊就不再弹起来了。

"松永他们命令道：'给他按摩。'我就过去，想要按摩爸爸的胳膊，可他的手掌软瘫瘫的，一点儿都不吃劲儿。但是，松永说：'你如果不让他的手动起来，我就给你也通电！'我听了害怕，就撒了谎。我一边按摩，一边用大拇指按压他的手腕脉搏处。当我看到他的手似乎轻微地动了一下的时候，就报告说'动了！动了！'，松永看了，似乎也相信是真的动了。"

根据纯子的证词，清志的胳膊无法举起之后，松永就暂时中断了通电，清志的手也逐渐恢复了。但是，据恭子说，即使在清志的手不听使唤之后，松永仍然毫不留情地继续电击，而手臂的情况也越来越恶化。两个人的供述在这一点上存在差异。在关于清志事件的证词中，这是最大的不同之处。

关于这个差异，想必恭子的记忆才是正确的吧。之所以如此说，是因为据恭子所说，清志的手臂瘫痪之后，她就一直用汤匙把饭喂进清志的嘴里，而她自己也因为无法遵守吃饭时间限制遭到通电惩罚。据此，可以推知恭子比纯子更真切地观察到了清志的实际状态。

恭子的话，太扎心了。

她说："即使胳膊不能动了，爸爸还是被他带出洗澡间通电。爸爸走路一摇一晃的，松永马上就勃然大怒地喊：'快点！'被带到厨房后，他们让爸爸穿上木屐，又让他在脚下垫着一块剪成和脚一样大小的瓦楞纸，踩在上面挪动脚步。爸爸的手还能动的时候，他会自己移动那块纸板。但手臂瘫痪之后，就是由我来帮他。我只能一点一点地挪动纸板，他也只能跟着一点一点地挪着脚来行动。

"松永好像觉得我爸爸很脏。有的时候，松永把爸爸叫到厨房之后，立刻又让他回到洗澡间，一边在嘴里说着'臭死了''脏死了'，一边往爸爸身上喷除臭剂。

"松永给爸爸通电的时候，总是反反复复地说：'像你这样的人还是死了的好。'听着这样的话，我在心里想：'他不会是要把我爸爸给杀了吧?!'绪方也听从松永的命令，对爸爸又是通电又是捶打的。即便松永不在场的时候，她也丝毫不会手下留情。在我看来，松永和绪方就是恶魔。"

自平成七年（一九九五）的年底开始，清志的言行变得古怪起来。纯子作证说，他有的时候会喃喃自语，嘴里念叨着"阎罗大王……"，有的时候还说"有丝从手腕出来"，并反复地做着拉线的动作。恭子也说了这样的一件事：清志在被通电之后，突然朝着松永跪下，嘴里说："承蒙您一直照顾恭子！宫崎大人！我和恭子能有今天，都是宫崎大人您的恩赐！"一边说着，一边叩头触地。松永见状，就对恭子说："你也要向你的父亲学习！"清志也按着恭子的后背，让她下跪。

清志出现了语言障碍，而且症状逐渐明显。口吃日益严重，说话愈发地困难起来。身形也极度消瘦，脸色暗得瘆人，甚至也没有表情。纯子说："清志看起来就是个废人。"

清志因受到残酷电刑和生活限制而产生了怎样的心理变化，其真实的内心状态又是如何？显然，我们已经无从知晓。但是，根据纯子和恭子的证词，一个事实逐渐浮出水面：清志既没有试图逃避通电，也没有对严苛的限制作出反抗，甚至连一句"请住手"都没有说过。当法官问及原因时，纯子推测道："因为监视和上锁，反抗在物理上是不可能的。""无论是带着恭子一起跑，还是丢下恭子独自逃跑，都不可能。"但是，清志会不会本来就没有反抗的意愿呢？

或许，当时的清志处于一种叫做"习得性无助"的状态之中。所谓"习得性无助"，是心理学家莉诺·沃克博士主张的一种理论。在实验中，把人或狗关进笼子，并持续进行电击刺激。最初，他们会试图逃跑，但在不久之后就学习到了一种"知识"——逃跑是不可能的，从此进入无抵抗状态。最后，即便是在敞开着门的情况下，实验对象也不会从笼子中出去了。松永对清志持续执行的"废人化"过程，简直就和这个实验完全相同。

根据前文提及的赫尔曼博士所说，强制性收容所里的囚犯的最终阶段的心理状态，不仅是丧失了生存意志，甚至连自杀的意愿也会消失，完全陷入绝对性被动的心态。这些囚犯"不再寻找食物或温暖，也不再逃避殴打，而被视为活着的死人"。当清志在纯子的眼中映现为"废人"的时候，他应该是已经进入这种最终阶段了吧。

而且，赫尔曼博士也谈到了结局——"他们一定会走向死亡"。就清志而言，这个结局同样不可避免。在他的身上，没有出现奇迹。

清志死于平成八年（一九九六）二月二十六日。关于当时的情形，恭子的证词如下。

“一直以来，我在放学路上，都要通过公共电话告诉他们‘我现在回家’。那天，绪方告诉我说：‘你爸爸又大便失禁了。你快点回来清理掉。’于是，我就急匆匆地赶了回去，发现爸爸盘腿坐在洗澡间里淋浴的位置，上半身向前倾斜歪倒，额头贴在地面上。那个时候，爸爸的脖子很细很瘦，血管和喉结都凸露出来，肚子也瘪瘪的。感觉上，他的腿也只剩下了膝盖和骨头。虽然眼睛里有光，但仿佛毫无气力，脸也格外地消瘦。

“洗澡处附近散落着软软的粪便。我一个人开始打扫，绪方则一直在监视着我和爸爸。我把粪便装进垃圾袋，然后收拾铺在地上的杂志，再用淋浴喷头冲洗地面和墙壁。我打扫的时候，爸爸一直在洗澡间里。我在收拾杂志的时候，曾让他把屁股稍微抬起一点。除此之外，他一直保持着同样的姿势。

“突然，爸爸发出类似于打鼾的‘呼呼’的声音。当时，我正在冲洗墙壁和地面，被那个声音吓了一跳。我朝他看过去，发现他还是相同的姿势，看起来整个人都软瘫瘫的。

“松永进了洗澡间，看到爸爸的样子，对绪方说：‘应该是因为你没给他吃饭吧。’然后，他们把爸爸从浴室里弄出去，让他仰卧在厨房的地上。突然，松永说要给他通电。绪方就把爸爸的衬衫脱了下来，在他的左胸和后背各夹上一个夹子。然后开始通电，前后大概电击了十次。刚通电的一瞬间，爸爸似乎抽搐了一下，然后就再也没动弹了，甚至连眼睛都没有睁开。那一刻，我想：‘爸爸是死了吧。’”

关于清志的死亡，纯子的证词有几点和恭子有所不同，但大体上是一致的。

清志死后，松永指责恭子道：‘是你在打扫卫生的时候，打到了你爸爸的头。所以他就死了。’还让恭子写了一份“相关事实的说明”，主要内容是“我打了爸爸的头，爸爸的头撞到墙上，死了”。

松永还对恭子提起清志身上的大量咬痕，威胁着说：“如果现在送医院的话，可能还来得及。但是，他的身上不是有咬痕嘛！警察一定会调查的，那样你就会被抓起来。”恭子被这些话吓住了，坚信“一旦被发现，自己一定会被警察逮捕”。

然后，三个人喝了酒。恭子也被命令喝酒。接着，松永开口说道：

“只能把他弄成碎块扔掉。你们把他肢解了吧。”

当天晚上，他们就开始了肢解作业。他们把防水布挂在厨房的天花板上，设置成一个隔离区间，又在浴室窗户上贴好黑色塑料布，然后两个人分别抱着清志的两肋和双脚，把尸体拖到了浴室，平放在地上。

松永说：“先放血吧。”

松永教她们放血的方法：切开颈部和手腕的血管，再把淋浴喷头开到最大水流，顺着血流淌的方向持续冲洗。教完之后，松永命令道：“你们切开血管吧。”绪方先来，在尸体的脖子上割了一刀，然后把尖菜刀递给了恭子。恭子攥着刀柄，呆呆地站在那里。纯子按照松永的指示，抓着恭子的手，一起握住刀柄，一边引导着恭子，一边移动刀子，在尸体的脖子和手腕上切出口子。

放血结束之后，就是用菜刀和锯子切断肢体。纯子回忆道：“我虽然是外行，但还是小心翼翼地完成了肢解操作。松永指示我‘要仔细观察死因是什么’，其实我自己也很想知道清志的死因。我不想让别人认为，他是因为我们的原因才死掉的。”

她们从腹部取出内脏，从头部取出脑浆，仔细地观察。但是，那样也是不可能弄清死亡原因的。最后，她们放弃了对死亡原因的调查，只是尽可能地把尸体切割成更小块，有时还会根据情况把部分肢体切成碎末。

在杀人案中，肢解尸体的情况为数不少，但犯人顶多是将肢解后的尸体埋在森林里或者沉进大海。松永在这一方面的处理方式却非同寻常。首先，他下令把肢解后的部分分批放进锅里煮。而且要煮很长时间，将肉片和内脏煮到很软的程度，再用搅拌机绞烂，绞成液体形态。然后，分装进几个塑料瓶，拿到公园的公共厕所里放水冲走。碾成粉末状的骨头和牙齿，则与味噌酱混合在一起，做成团子糕点的形状和大小，分别装进十几个曲奇罐。然后，带着去大分县的竹田津港，乘上渡船，趁着夜深的时候，把味噌酱团子分散着扔进大海。肢解用的菜刀和锯子被扔到河里，浴室和厨房被彻底地打扫干净，清志的衣服也用碎纸机切碎后作为垃圾扔掉。

最后完成所有的肢解操作，已经是清志死后的一个月左右了。

此外，我想指出一个令人难以置信的事实。实际上，在肢解尸体的过程中，纯子正怀着松永的第二个孩子，而且怀胎足月，临近预产期。

当检察官讯问纯子肢解结束的日期时，她立即回答道：“是平成八年（一九九六）三月二十一日。”之所以记得清楚准确，是因为在肢解作业刚刚完成后，她就开始了阵痛，于是立即乘出租车赶往大分县内的妇产医院，并在当晚的半夜零点左右生下次子（次子出生时健康状况良好)。

纯子竟然在有孕在身的情况下，忠实地遵从松永的指示，进行诸如施虐、肢解尸体这样极其异常的作业。那么，纯子究竟处于一种什么样的心理状态呢?

要解开这一谜题，首先应该注意这样一个情况：事实上，纯子本人也是被通电的对象。而且，动手给纯子通电的不仅仅是松永。清志、恭子，甚至是她尚且年幼的长子，都会在松永的辅助之下给她通电。

此外，纯子一直处于松永的监视之下。例如，她在外出购物的时候，必须要频繁地用手机联系松永，细致报告行踪。当她出了公寓的时候，要说“刚刚出了门”；当她到了超市或便利店的门前，要说“已经到了，现在进去”；在店内时，要说“买点什么好呢”；出店时，要说“刚刚出了门”……如果稍稍延迟了联系，就会在回家后受到电击惩罚。另外，松永会不定时地给她打电话。如果她没接电话，就会在回家后被电击。

这种频繁的联络义务和不定时的突击检查，在纯子的意识中植下一种恐惧心理——“即使自己人在外面，也一直处于松永的监视之中”。她说：“不能考虑在外出期间去卫生间。如果实在憋不住的话，就要打电话问‘现在可以去吗’，得到许可之后才能去。”即使在外面，也是和在家一样，都没有上厕所的自由。

在给清志通电的时候，纯子也被这种恐惧感所缠缚着。有的时候，松永在指示通电部位和次数之后，会去睡觉或者外出，但纯子从来也没有违背指示私自作出改变。因为松永随时可能突然出现，进行突击检查。如果被发现私自减轻电击，自己就会受到惩罚。根据多年的经验，纯子已经清楚知道这样一个原则：如果她漏听了松永的指示，就会遭到更为严厉的惩罚；如果遵从指示，则往往会受到表扬，而不会危及自身。

针对这些情况，我们可以作出具有一定象征意义的心理解析。也就是说，在纯子的观念中，即使牺牲清志，也要彻底完成自我保护。这种心理状态的背景因素之一，应该就是出于一种必须保护胎儿的责任感。她说，自己在接受通电的时候，实际上一直在担心电流会对胎儿造成不利影响。她曾向松永建议，让清志回他自己的父母家。不过，这并不说明她是想要帮助清志。纯子明确地说道："我这样说，是因为我想努力摆脱和清志在一起生活的现状。我讨厌照顾他，因为不卫生、不经济，而且对教育长子有不利影响，也给我自己带来了严重的精神负担。"

但是，纯子在被捕后，曾看到一张刑警出示给她的照片，因此而对清志产生了非常强烈的负罪感。那张照片是松永拍摄的，内容是清志被监禁时的样子。照片中的清志保持着"深蹲"的姿势，胡子拉碴的，脸颊消瘦，目光呆滞，胳膊、腿和脸上有几处暗红色的斑点。那个时候，纯子没有想到过清志会死。但是，当她看着那张照片时，内心受到了冲击。她说："在客观的立场上看这张照片，我受到很大震撼，不由得想到：'啊！他就要死了！'我为我们的所作所为而感到震惊。"从那时起，纯子开始供述清志一案的相关情况。

而且，她渐渐回忆起了清志的善良。清志时刻处于死亡的边缘，但还是对纯子说："请一定要生下一个健康的宝宝呀。"也会在松永惩罚纯子的时候试图保护她。例如，松永禁止清志触碰伤口的结痂，而且还会作"结痂检查"，一旦发现结痂移动了位置，就会对清志采取电击惩罚。有一次，纯子碰到清志身体上的结痂，结痂的位置移动了一点。清志因此而受罚，但清志并未把真相告诉松永。纯子说："因为那件事，我直到今天都记着清志的义气和恩情。"

但是，我们仍然很难认为，松永之所以施加残忍的虐待，目的仅仅是为了弄钱。纯子也多次被检察官问及虐待清志的目的，但她只是反复回答"不知道"。不过，在与检察官谈话的过程中，她提供了一个很有价值的供述。

根据纯子的供述，可以知道松永有一个把人分成不同等级的习惯，并对最低等级的人施加虐待。按照松永的分级，World公司的员工以及一起生活的人，并不是金字塔式的层次，而是线形垂直的等级序列。作为"事实婚姻的妻子"，纯子当然也被排在其中，通常是在清志的上面，但有时也会被排在最下层。决定等级序列的人，毫无疑问是站在最顶端的松永。

松永从儿童时期开始，就是那种独断专行的领导型人物。这种排列等级的习惯，恐怕就是在他让手下做坏事的过程中养成的。在World公司期间，因为存在雇佣关系，他更加露骨地排列等级次序，而且对最低序列员工的虐待也逐渐升级。

松永有几个绝对服从的奴隶，可以随心所欲地调换等级序列，并对排列在最底层的人施以极度残酷的虐待……或许正是这种"快乐"，让松永的病态心理愈益严重。更何况，如果还能从那些奴隶身上弄到钱，就真算得上是一石二鸟了。

不幸成为松永猎捕对象的人，一般都性情单纯，为人憨厚，而且家里富裕，又有儿女。对这些目标，松永毫不留情。松永本来就有施虐狂一般的奇思怪想，还涉猎了关于监禁和虐待的书籍，从中学习并发挥了多种多样的控制和虐待方式。而且，他还热衷于观察虐待所造成的伤害，并以此为乐。

但是，松永享受施虐乐趣的结果，却是真的夺走了清志的生命。如果这不是所谓的“快乐杀人”，那有什么才是呢？

但是，关于清志一案，松永的主张则大不相同。

首先，他声称赛马预测业务并不是胡说八道，而是他策划的一项有利可图的业务。他坚称：“我确信，如果我们利用数据努力去做的话，即使现在也能从中获利。”但是，如果真能确保赚钱的话，那他为什么要中途放弃呢？他给出的理由是：“因为B女士要求道：‘电脑是我买的，所以请把电脑还回来。’我别无选择，只能答应她。”

但是，纯子的辩护律师发现松永的说法存在自相矛盾之处。

辩护律师问道：“你每个月花费二十万到三十万日元买酒，如果把这几个月的酒钱省下来，不就可以买台电脑了吗？”

松永答道：“像您那样的律师当然可以那么说，因为有高收入，生活也稳定。但是，像我们这样的好酒的人，即使有那样的目的，也会不由自主地把钱花在喝酒上。这样可能被您说是没出息，但其实也就是那样。”

辩护律师说道：“如果确实能赚钱的话，无论是谁都会想着把钱攒起来，重新买台电脑去创业的。”

松永：“如果像律师您一样头脑好用的人，可能会那么想吧。但如果是爱喝酒的人，就是会把钱花在酒上。这个是没法辩解的。我是在被捕进了拘留所之后，才迫不得已地戒了酒。嗜酒如命的人本性如此，即便明白其中道理，也还是戒不掉。不是吗，律师？”

这个问答环节表明，即使在询问中对松永进行盘诘性询问，得到的回答往往也都是这种蒸不熟煮不烂的狡辩。询问者也被绕来绕去地越来越摸不着头脑。一名检察官向记者透露，“即便对松永进行交叉询问也没什么意义，只会无谓地拖延审判时间”，所以检方罕见地尽快结束了交叉询问。

实际上，我在听到松永的答辩后，甚至陷入一种错觉，怀疑自己是不是在听“漫谈”[①]。在这个犯罪史上极端罕见的凶残案件的公开审判现场，一旦他开始说话，紧迫感一下子就消失了。松永的答辩不仅让记者和旁听者爆笑，甚至让一贯表情肃穆的检察官和辩护律师也不禁发笑。我们再看一些松永的答辩。

松永坚称，自己之所以让清志写下各种各样的“相关事实的说明”，是为了督促清志反省自己的行为。针对那份清志性侵恭子的说明，松永是这样讲述其前因后果的：

“在我受托照顾恭子以前，清志和我们一起喝酒的时候，曾经吹嘘说：‘我们父女间的感情非常深，比一般父女的关系都要好。’我问他是什么样的感情，他就开始说起一些自己和恭子做的下流事。他说得一脸得意，我也就信以为真了。我说：‘这种事情和关系好也不是一回事吧。’清志摆出一副洋洋自得的模样回道：‘不！你不明白。’而且，我也曾经目睹过这样的情形。喝酒的时候，清志说“喂，摸我”，恭子就开始摸清志的下面。我吃了一惊，一脸茫然地

① 一种日本曲艺形式，类似于中国的单口相声。

说：‘真行啊！’当时，纯子正在厨房里做饭。后来，我也从恭子那里听到了她的真心话。我说：‘如果不让清志反省，而是放任不管的话，情况肯定会更糟糕的。为了让清志明白是非对错，那就让他把情况写下来吧。’纯子也表示赞成，就说服清志把情况写下来。清志也没有表示不满，很麻利地就写了。”

不管是让清志写哪份情况说明，松永都坚称，自己在那个过程中从未胁迫清志或者施加暴力，而且事后还会很友好地一起喝酒。

事实上，松永在公开审判法庭上认同了以下事实：对清志进行电击，对他的生活施加各种限制，把他锁在浴室里，以及清志的死亡和肢解尸体。但是，松永对这些事的叙述和纯子的证词，完全就是截然不同的两个版本。在松永的叙述中，他把自己的所作所为都彻底地正当化了。

他说：“我对清志进行的通电，并不是虐待，而是叫作‘秩序性通电’。秩序意味着，在共同生活中，应该要彼此寒暄和作出回答、毛巾等日用品应该是自己用自己的、不要拿别人的东西、不要擅自打开冰箱等等。我向清志解释，并让他理解‘我们是在和电子技术打交道，是用通电来代替暴力，以此维持秩序’，然后才让清志进行了‘通电初体验’。”

“在那之后，当清志先生违反规则时，我对他说：‘这是第一次。’意思就是说，第一次算作提醒，如果再犯，就要通电。清志说：‘通常不都是三次的吗？不是说事不过三吗。’我说：‘不，我没有那么仁慈。你若再犯，我就通电。’他也接受了。”

他还主张说：通电之前，都会向清志说明原因，取得他的同意。电击次数也是事先说好的。而且，在通电结束后，自己也会对清志说声“辛苦了”，还给清志倒酒。

关于对清志采取严格生活限制的事情，松永作了很多细节上的说明。下面，笔者将介绍其中的一小部分。

首先，是关于睡眠限制的问题。松永解释说，清志的鼾声让自己很苦恼，于是花了一万日元在网上订购了一种戴在手臂上的“防鼾器”，但是一点效果也没有。为了防止打鼾，松永让清志睡在洗澡间里，清志本人也同意。其次，在饮食方面。松永说，在清志住进M公寓以前，自己会迎合清志的口味，勉强把油腻腻的东西拿来作食物或下酒菜。开始共同生活后，据松永说：“我们喜欢吃清淡的食物，希望清志能配合我们的饮食习惯。清志也同意了。”这样的话，食物种类的可选项也就自然变少了，一般是乌冬面、拉面、方便面和速食咖喱。也就是说，这些都是松永他们平常的饮食，并非是特别对待清志，让他吃得粗糙。但是，恭子曾明确地讲到了这一点，说：“松永、绪方和他们的大儿子，总是吃肉、鱼、蔬菜、生鱼片之类菜肴。松永喜欢的食物是麻婆豆腐。”

因为照片被警方查收了，松永也自知无法抵赖，不得不承认清志急速变瘦的事实。但是，他狡辩说：“因为清志他本人就特别在意肥胖的问题，所以能瘦下来不也挺好的吗?”言语之间，脸上没有一丝一毫的罪恶感。

而且，类似这种满嘴荒唐的答辩还远远没有结束。松永辩称：

“我给他提供过Calorie Mate牌代餐。那是一种‘营养百分百的特别食谱’。因为清志曾经抱怨说：‘就算是胖得像猪一样也无所谓。请让我吃些有营养的东西。’所以我决定让他吃这种营养代餐。那些代餐，据广告宣传是营养丰富、膳食均衡的。清志表示同意，而且也吃了。他一次都能吃三到五盒（十二到二十块）[①]。因为有三种不同口味，他好像也根本吃不腻。”

“清志用冷水淋浴是事实。你们可能会认为，在寒冷的冬天洗冷水澡是很过分的。不过，实际上把冷水开到最大，同时把热水也开到最大，那样冷热水混合在一起的话，水温就会升高。总之，就是变成了温水。他用的就是这种温水，并不是冷到‘啊哟！好凉啊’那种程度的冷水。事实上，清志也承认说：‘刚淋到身上的时候是很凉，但洗完之后身体就暖和起来了。’”

“限制清志的排便次数也是事实。因为如果不限制的话，那个人一天要说四五次‘我要去厕所’，所以就规定为每天两次。由于是纯子负责清扫厕所，我就发了牢骚。纯子也为此向我抱怨过。但是，我并没有因为他上厕所超过三次就惩罚他。禁止使用坐便圈也是事实。那是因为清志每次大便，都会拉得很冲很用力，弄得大便总是沾到坐便圈或者马桶盖上。于是我告诉他：‘你上厕所的时候，如果总是弄得那么脏的话，打扫起来是很麻烦的，所以请你暂时不要使用坐便圈。’清志也同意了，答道：‘好的，我明白了。’”

“让清志吃大便的事儿，也有过。那次，浴室里有大便状的东西，我问他：‘这不是大便吗？’但他坚持说：‘不是。’于是，我就说：‘那么，就是说可以吃喽？’他还逞能说：‘嗯。可以吃的啊。’然后真的就吃了下去。直到现在，我也不知道那个东西到底是不是大便。而且，那也不是我命令他吃的，是清志他自己吃的。”

他也承认了从清志那里收取钱财的事实，但他一直坚持“我没

---

① 由此来看，松永提供的是饼干型的 Calorie Mate 牌代餐。这种代餐食品每盒约八十克，里面有四块小饼干。广告称一盒四百卡路里，含人体每日所需维生素量的一半。

有独吞，只是把它用作包括清志在内所有共同生活的人的生活资金”之类的说法。此外，他还全盘否认了纯子和恭子关于清志在去世前已经变成“废人”的说法。

松永说：“清志在去世之前，也一直和平常一样生活，未见异常。虽说是比以前瘦了，但也只是少了多余的脂肪，看起来就像一只身形矫健的野狼。而且，他也没说有哪里疼，或者想去医院之类的话。我清楚地记得，他在去世的前一天，胃口也都很好，和往常一样地喝酒。”

而且，关于监禁和虐待对清志死亡的影响，松永予以完全否认。他辩称：

“那天，清志在浴室里拉了一些大便。纯子和恭子正要去清理，清志站起来后，脚底一滑，头撞到墙上，然后就那样倒下了，头、胸和肚子也都跌撞在地上。我当时正在盥洗室，目睹了那一幕情形。

“清志自己缓缓站起来，走了一两步，但马上又在门前蹲下，弯曲着双腿，头贴在地板上，一动不动。但是，他突然又打起鼾来，还发出很大的声音。我和纯子一起把清志抱到厨房，让他躺下，给他盖上毯子。

“以前也有过类似的情况，他打着鼾就突然睡着了。所以，我以为他这次也是睡着了。我观察了一会儿情况，大约十五分钟后，他的鼾声停止了。我心想：‘啊！这不对劲啊！’于是，我把手指放在清志的鼻子前，检查是否还有呼吸，但是发现已经没有气息了。我又把耳朵贴在他的心脏部位，结果发现心跳的声音也已经停止了。

“我赶紧给他做人工呼吸，但他没有苏醒过来。我也使用了电击复苏的方法，但也没有奏效。纯子虽然也清楚清志已经死了，但还是呆呆地问我：‘他真的死了吗？会不会只是睡着了？’所以，我建议道：‘那就试试通一下电吧。’把通电夹子夹在乳头上，然后给他通电，让电流通过心脏，再确认是否还有心跳声，但还是没有心跳。”

关于尸体的肢解和遗弃，松永应该是考虑到诉讼时效已经过期了，便大大方方地坦承了自己曾参与此事。他说：“我参与并制订了肢解计划，就像设计师建造大楼一样。”“肢解方法是我的原创。我读了一本鱼类烹饪书籍，然后活学活用，根据佃煮[1]制作的要领设计了肢解的具体方案。”松永那副满口荒唐的嘴脸和恬不知耻的态度，引人发笑。但是，他竟然把那么残忍至极的事情，编造成了一种“美谈”。那时，他的话让法庭上流淌着格外荒诞和诡异的气氛。

松永说：“肢解意味着‘死者的葬礼’。把遗骨扔进海里，意味着水葬。之所以让恭子参与其中，是因为在为亡者守灵的时候，一直陪伴在尸体旁边的人应该是家属。我觉得，应该让恭子去处理清志的尸体，如果让她去进行肢解尸体的操作，她就能一直地陪在尸体旁边。这意味着对亲人的供养。”

---

① 用酱油、糖等调味料烹煮小鱼、贝类、海藻等制成的海鲜小菜。

第四章　绪方一家

绪方纯子家是一族的正支本家

清志死后，成为第四个金主的是清志好朋友的前妻，名叫宫田贵子（化名）。

松永第一次去清志好友家拜访是由清志陪同的，那大约是在清志被监禁的半年后。当时，清志还勉勉强强地充当着金主的角色，也曾向这位好友借钱。松永应该是预料到清志很快就要弄不到钱了，便让清志把好朋友介绍给自己，以物色新的金主。

松永这样向清志的好友夫妇介绍自己："初次见面，请多关照。我叫村上，是河合补习班的教师。"清志马上在一旁插嘴道："这位村上先生毕业于京都大学，现在屈居补习班做讲师，但他可是将来一定会成为物理学家的天才哟！"根据贵子的口供笔录，那个时候，她不仅赞赏松永的个人经历，而且对他谦虚和蔼的态度怀有好感。

此后，松永又和清志、恭子一起去这位朋友家拜访，并向贵子赠送礼品，夸赞她的衣服和容貌，借此来引起她的好感。渐渐地，他获取了贵子的信任。贵子甚至还偷偷地向松永抱怨自己婚姻生活中的不如意。

那年的圣诞节前夕，松永第一次约贵子私会。松永唇齿流蜜似的说："真希望能在二十四日那天和你见面，一起用餐。这次稍稍提前了几天，有些遗憾，真是抱歉。"贵子心思单纯，天真地心生喜悦，还把 agnès b.[①] 的情侣手表送给松永，作为圣诞礼物。松永脸颊潮红，开心地说道："这么贵的东西呀！谢谢你！"

松永对贵子说："我的祖上是广岛村上水师[②]的统帅。""现在在补习班当教师，月薪大约是一百万日元。不过，如果租下一座校舍，给补习生集中授课的话，就会有更为可观的收入。"松永巧舌如簧地一个谎话接着一个谎话，贵子却听得入迷，深信不疑。第二次约会时，他们去了情人旅馆。在那里，松永又自编自导了一出戏。他打开酒红色公文包，取出一盘录像带，用宾馆房间的录像机播放了起来。在播放到关于相对论的 NHK 教育节目时，松永亲自上场，热情地讲解起了相对论。贵子顿时对松永钦佩至极，说道："不愧是京都大学的毕业生，到底是将来会成为物理学家的人啊！果然有非凡的学识！"

松永又若无其事地指着公文包说："这个包是我哥哥送给我的。我哥哥毕业于东京大学医学院，在东京当医生。"贵子听了，愈发地肃然起敬，说道："您哥哥也是那么优秀啊！东京大学毕业，而且还是位医生。多么了不起的精英之家啊！"

在清志死亡的上一个月，松永在和贵子一起兜风的途中向她求婚："和我结婚吧。我会好好照顾你的孩子。"贵子感动极了，马上就答应了。一个月后，贵子带着三个孩子回了父母家。又过了三个月，贵子与其丈夫协议离婚。

但是，松永的态度却突然生变。他对贵子说，自己辞去了补习班教师的工作，转而从事小说创作，因此没有钱了，希望由贵子垫

---

① 法国时装品牌，以自然、简约的风格著称。
② 活跃于日本中世纪的海盗团伙。

付筹备婚礼的钱。当时，贵子已经深深地陷入盲目的爱情之中。她说："要是那样的话，我一定支持你。你也不用担心钱的问题，我可以去兼职陪酒赚钱。你只管专心写你的小说就好了，我相信你一定会成功的。"之后，她通过消费贷借了二百五十万日元，全都给了松永。然后，松永对贵子说："女人在离婚之后，要过半年才能再婚。"以此为借口拖延结婚。不过，他最后还是以贵子的名义在小仓南区租下一套公寓，开始了和贵子的同居生活。但是，当时松永说："你的前夫一直都疼爱你们的大女儿，那就把她交给她爸爸吧。"又说："你的大儿子要上备考升学的补习班，那就送到你父母家吧。"这样，松永只让她带着当时年仅三岁的小女儿。而且，在开始同居生活的第二天，松永就带来纯子和他们的孩子，对贵子说："这是我的姐姐和她的孩子，因为一些很不幸的事而不能回自己的家。你就暂时让她们住那个大一点的房间吧。"然后，就把贵子赶到了里面的那个小房间。

松永本性的暴露，只是时间问题。

松永会突然地对贵子的脸上扇一巴掌，扯着头发使劲摇晃她的头，扯破她的衣服。他让纯子拿来通电工具，一整夜里持续地给贵子通电，直至清晨。贵子的肌肉剧烈地痉挛，手脚、腰部、头部畸形地扭动。看在眼里，松永一脸的愉悦，嘿嘿嘿地怪笑。有时，松永就在贵子的眼前给她的小女儿通电，还把孩子倒着拎起来，用力地摇晃。

贵子往往只能睡上几个小时就要去上班。那时，她被威胁道："如果你逃跑或者报警，我就会伤害你的孩子。"而且，松永让她仅仅随身携带五百日元左右，并强迫她频繁地用手机和自己联系。因此，贵子既不能逃跑，也无法求助。

两个月后，贵子按照松永的指示辞了职，随后被关进上着锁的小房间。服装是一套运动服，洗澡是每两周一次。排便必须得到松永的许可，而且处于监视之下，小便要尿在饮料瓶里。饮食是每日一餐，吃的是八片抹了猪油的面包，限定在二十分钟以内吃完。如果没来得及吃完，就要硬塞进嘴里，再喝水顺下去。而且，根据松永的心情，还会不分时间地被通电。

贵子的口述笔录中，还有关于通电产生的剧痛和恐惧感的描述。

她说："连日来的通电，使我耗散了气力，也丧失了意志。我变成一个任由松永操控的'傀儡'。我对松永说想和他分手，他就勃然大怒起来，并持续不断地给我通电。松永说：'我曾经电死了一个倒霉的家伙。'听了这话，我感到毛骨悚然。他还强迫我虐待自己的孩子。当时，我实在是不想自己被通电，不得不按照他说的去做。即便如此，他还说我在虐待的时候偷工减料，于是又给我通电。我被迫赤裸着上身，保持'深蹲'的姿势，两个乳头被夹上鳄鱼夹。电流传导到全身，但乳头处是最难受的。乳头非常敏感，每次在遭受电击的时候，都有种撕裂般的疼痛，心脏被刺激得怦怦乱跳，一种濒临死亡的恐惧感席卷而来。即便在通电结束之后，那种一跳一跳似的剧痛感还会持续很久。有时胸口猛地遭到电流的冲击，就像是突然之间咚的一下被重重地撞击了似的，随后整个人仰面朝天向后跌倒。夹在眉毛上的通电，让我感觉眼前火花飞溅，整个世界似乎都在骤然之间变成一片空白，然后就那样昏厥过去。一看见松永，我就条件反射似的从心底涌出一种恐惧感，仿佛是被通了电似的，浑上下身瑟瑟发抖。"

在被监禁期间，贵子在松永的指示下，通过向父母要钱、信用卡取现、典当羊绒外套和贵金属等方式，想方设法地筹集资金。最后，她甚至把送给松永的 agnès b. 情侣手表中的自己那一块表，拿去了典当铺。

但是，贵子在平成九年（一九九七）三月，也就是开始和松永同居五个月后的一个深夜，终于逃了出去。她看准了纯子打开窗户换气的机会，从公寓二楼的窗户跳了下去。尽管当时就摔得腰骨骨折，但她还是拼了命地奔跑，终于跑到附近一家公司的事务所寻求帮助，后被救护车送进医院。

松永他们开始到处搜寻贵子的踪迹，但是没有找到。于是，他们立即准备搬家，并迅速采取行动，在第二天晚上就带着钱财和通电工具，急急忙忙地返回了 M 公寓。大约十天后，松永他们开着车，把贵子逃跑时扔下的女儿带到贵子前夫家的附近，扔在了路边，然后扬长而去。

贵子成功逃脱之后，受到及时的救治，骨折和极度营养不良等一系列病症得以治愈，但还是患上了慢性复杂型创伤后应激障碍，只得在精神疾患科长期住院，接受治疗。

以下是纯子的证词，可用于了解贵子逃脱之后的情况。

松永想方设法也没能找到新的金主，导致生活费捉襟见肘，于是就把一腔的焦虑发泄给了纯子。他对纯子命令道：“只有我自己在想着法地弄钱，现在也该轮到你了！”纯子就只好给静美打电话，说什么“孩子生病要住院”“家里失火要搬家”等等，编造了各式各样的谎言，哀求静美寄钱过来。不过，纯子也只有在静美愿意接受她的说辞时才能收到钱。

平成九年（一九九七）四月，松永又向纯子索要一百五十万日元。纯子只得又向静美求助，但遭到了拒绝。那天晚上，走投无路的纯子趁着松永带着大儿子去了其他藏身处的时机，头一次把静美叫到了M公寓，当面再次恳求静美汇款一百五十万日元。但是，静美的回答依然没有变化。因此，纯子下定决心，要自己工作去挣钱。

纯子在和母亲分别的时候，又恳求母亲暂时照顾自己的二儿子，但也遭到拒绝，理由是父亲反对。万般无奈之下，纯子前往久留米市，去了静美的老家，对姨妈谎称“我妈妈会来接他的”，然后把次子交由姨妈照顾。随后，她在JR久留米站乘上电车，奔赴以温泉著称的大分县汤布院。

纯子供述道：“我当时想，‘总之还是先离开九州吧。大阪附近应该可以找到工作’，便去了博多站，但在看了票价表之后，发现自己的钱不够买票。那样的话，在福冈县以外能够很快找到工作的，也就只有观光地了。而且，当时的我怀着感伤的情绪，所以就决定去汤布院。”

在抵达汤布院的第二天，纯子把餐馆、旅馆和特产店挨家挨户地跑了个遍，询问店主是否愿意雇佣自己。当她来到电车站附近的一家烤肉店时，碰巧有一位店里的女性常客，不仅答应帮她找工作，还热情亲切地免费为纯子提供了住处和饮食。

六天后，在那位女士的帮助下，纯子去了一家轻食酒吧做女招待。那家酒吧现在仍在营业，店里的女领班描述当时的纯子说：“她来店里面试的时候，给我的第一印象是应该有什么隐情。她似乎有一种阴郁的感觉，头发倒也不像是没有修剪过的样子，但是很凌乱，穿的衣服记不清了，但印象中有那么一点儿脏。我觉着她很可怜，也就没有多问。面试的时候，她的话不多，很安静，但看起来性格还是不错的，也不会喋喋不休地说这说那的。我很喜欢这一点，因为我们做的是服务类行业，如果能认真地听客人说话，又能适度地作出一些回应，那是再好不过的了。另外，我觉得她长得不错，如果化好妆，应该很漂亮，所以就和老板商量了一下，然后决定雇佣她。她是傍晚来面试的，当天我就教了她如何寒暄、如何整理饮料，还有接待客人的基本知识，然后带她去二楼，看了一下女招待住宿的房间。我给了她一万日元，让她去趟美容院，谈好从第二天开始工作。”

但是，纯子在突然之间就不见了踪影。第二天傍晚，女领班来上班时，发现柜台上放着一个信封，里面有一封写在便笺上的信。

“信的开头写着‘致领班’，信里写道：‘请原谅我不辞而别。我丈夫在昨天晚上去世了，所以我必须马上回去。谢谢您的关照，我一生都不会忘记这份恩情。’我想，她一定是在半夜里或者早上的时候，用公共电话往家里打电话，那时才知道丈夫去世的消息，所以坐立不安吧。我不知道她是不是随身带着便笺纸和信封，还是跟谁借的，但是看得出她是很用心地写信，而且字迹中流露出一种富于女性之美的隽秀。因此，我记得自己当时从心里怀有一份对她的钦佩。”

在留给领班的信里，纯子并没有“说谎”。到达汤布院后，她每天都给父母家打电话，询问孩子的情况。但是在通过面试的第二天，理惠子打电话告诉她说：“松永从长崎县的西海桥上跳海身亡了。”之后，她的父亲誉也打来电话说：“松永真的自杀了。你无论如何也要马上回来。”纯子的心里有些动摇，但还是回答说：“我没有交通费，没办法马上回去。”但她父亲说，坐出租车回来，可以到达后再付钱。于是，她决定紧急返回小仓。

纯子乘坐出租车，在高速公路上一路疾驰，第二天清早就到了小仓。在M公寓的入口处，誉正等在那里。誉付了两万几千日元的车费，然后和纯子一起上了三楼。一开门，纯子就闻到空气中弥漫着一股线香的气味。静美和理惠子也在。和室的桌子上放着松永的遗像，遗像前燃着香。

纯子跪坐敬香，双手合十。她听到誉说：“看看遗书。”就读了桌上放着的遗书。这是一篇充满感伤的文字，松永在其中回顾了他们自相遇以来的种种回忆，并在结尾处写道：“以后就拜托给你了。清志的事也要注意别露出马脚，恭子的事也拜托你了。”

对于松永的死，纯子在一开始的时候，完全没有真实感。但在读着遗书的时候，她突然意识到：“啊！这是真的啊！”眼泪瞬间就流了下来。读过遗书，她感到深深的内疚，心想：“正是因为我去了汤布院，让松永感到了孤独，让他走向了自杀！”

就在那时。纯子身后的壁橱，突然打开了。纯子惊讶地转过身，松永冲了出来。

松永开口道：“真是遗憾啊！”

松永开始殴打纯子，扯碎了衣服，以致她全身赤裸。

“给我打！”随着松永一声令下，理惠子率先作出反应，扑向了纯子，把她推倒后，骑在她的身上。静美抱起正在哭喊的二儿子，跑去了厨房。大儿子则拿着菜刀，逼近了纯子。

纯子说：“事实上，那个时候的事情已经记不清了。我也不记得松永和家人对我做了什么。”

在那以后，纯子连续多日遭到松永的惨烈惩罚。然而，那个时候的记忆也几乎完全丧失了。她应该是陷入一种被称为“解离性失忆症”的精神状态之中。

所谓解离症，是指人在遭遇犯罪、事故或灾难时，因为体验到难以忍受的苦痛，导致情绪和知觉产生麻痹，因而急剧地丧失对痛苦的感知，或是被一种情绪所笼罩，觉得正在发生的事情并非真实，或是失去记忆，后来就什么事情都无法回忆起来。这种病症，在被施暴者之间，是一种并不少见的精神状态。当然，因为没有专家的诊断，我们也无法确定这一推想的准确性。但是，鉴于纯子对其他问题都毫无隐瞒地一一作答，可以推断她当时患上解离症的可能性应该是很高的。

但是，她越是说自己“记不清了”，法庭就越是毫不留情地从各个角度进行细致的提问。纯子把记忆中残留着的为数不多的碎片拼凑起来，描述了她从汤布院返回之后所受到的惩罚。她的叙述如下：

“松永每时每刻都在问我问题，从我约妈妈见面的那一刻起，一直到汤布院，再到我回M公寓之间的所有的事情。就连开往汤布院的电车，松永都会对照着电车时刻表来核实。我觉得，他应该是确认到了那趟电车。

“在接受盘问的过程中，我的脸被反复电击。那种电流的冲击，是很难描述的。哪怕仅仅是一秒钟的通电，电流对面部造成的冲击都是那么地剧烈，以至于让我失去了知觉，觉得眼前一片空白，心底油然而生出一种恐惧，真的不清楚这样被电下去，到底会怎么样。

“回答了问题，要被通电；不回答，也是被通电；即使说了真话，松永也会说‘不许说谎’，然后又被通电。通电就像是每天的例行公事一样，没被通电的日子是极其稀有的。我总是会遭到他的指责，比如说：‘放盘子的动静有点大了’‘打扫的时候，表情很吓人’‘（通电太花时间了）缩短了我们的团圆时光’。被他数落完之后，我还会被通电。我的脑子里，装满了痛苦和恐惧，根本就无法考虑其他的任何事情。

“我的大脚指上，直到现在还留有疤痕。那是通电造成的伤疤，当时是被夹住脚指的上方和侧面。脚指被电击，起了水泡。水泡破了之后，患处逐渐扩大，变成了黏糊糊的状态，一直往外淌着脓液。治疗的过程，我记不得了。等我注意到的时候，却发现右脚的小脚指和第四趾已经粘连在了一起，大脚指也缺了一块肉，形成一个凹陷。（这些痕迹，都在法庭上被公开，得到了验证）松永对我说过：‘你也会变成清志那样的’‘你会像清志一样死掉’‘像你这样的家伙，最好不要一下子就死掉，而应该是手断脚断，在万般痛苦折磨之中慢慢地去死’。”

松永为了让纯子不能再去汤布院，逼迫着她切断了在汤布院的人际关系。这次还是使用他的惯用伎俩：让纯子打电话去辱骂对方，激怒对方。

纯子说：“我打电话给在汤布院关照过我的E夫人（在烤肉店认识的女士）和酒吧的领班，对她们说了一些类似恩将仇报那样的恶毒话。E夫人的女儿是一名护士，我也往她工作的医院打了电话，告诉院长说：‘那个女孩在贪污药品。’那当然是捏造的，全都是按照松永的命令说的。我想，如果只有我自己一个人被大家厌恶憎恨，却能换来事情的结束，那也值得。如果我拒绝顺从松永的命令，就会给大家带来更大的困扰。事实上，松永也正在对经营饭馆的 E，说一些卫生局如何如何之类的话。我意识到，如果要阻止他，就要按照他所说的那样去做——不，是要比他命令的那样还要更加严厉地去辱骂对方。如果我按照这种想法去做的话，就会让松永满意。所以，我就那样做了。”

据酒吧领班所说，纯子在留下辞别信离开的第二天，就打来了电话。

领班回忆道：“她故意找茬似的说：‘薪水太低了！你是把我当傻子耍吗?！我被你骗了！’当时，我被她那些粗鲁的话惊呆了，万万没想到那个举止文静、信件中字迹隽秀的人竟然在一夜之间，态度就发生了一百八十度的大转弯。她还说：‘你给我准备好更多的薪水！我现在就去拿！’我反驳道：‘你到底在说什么啊！你连一天工作都没有做。’她似乎是觉得跟我说也没用，就让我叫老板来接电话。老板呵斥道：‘你要来就来吧！’说完，就挂断了电话。之后，她就再也没有打来电话。”

从汤布院回来的一个月后，纯子第一次被允许外出。她乘坐出租车去了趟下关，在那里把松永给新女友的情书投进邮箱。松永之所以如此，连投寄地点都格外留意，目的是不让新女友知道自己住在小仓。

那个时候，纯子是处于监视之中的。负责监视的人，是恭子。

恭子在父亲清志被杀、肢解之后，没有被送回祖父母家，而是仍然置于松永的掌控之下。她曾经和宫田贵子一起，被关押在一间破旧的低档公寓里。在贵子逃跑之后，恭子就马上被带回 M 公寓，并被关进了盥洗室。

松永不断地威胁恭子，说：“如果被警察抓到，你就会被关进牢房，要接受审判。等审判结束也要花上好几十年呢。你将不得不在监狱里度过余生”，“这张纸（‘相关事实的说明’）是你自己写的。你本人写的东西当然会被作为证据，你会被判处死刑”。同时，通电和各种各样的限制，也一如从前。

恭子在法庭上说：“当我被锁在浴室里的时候，我以为自己会像爸爸一样被杀死。”又说：“可我又隐隐地觉得，爸爸他还在洗澡间里。如果我自己一个人逃跑了，爸爸就太可怜了，所以我想陪在他身边。”

然而，恭子的境遇突然出现了转机。在纯子去了汤布院的时候，恭子终于在时隔三周之后被解除了监禁。松永命令她道：“你可以去上学，但回家后必须要做家务和照顾孩子。”同时，严格的限制也被解除了。她可以和松永的孩子们一起吃饭，一起洗澡、看电视，也可以在和室里盖着被子睡觉。也就是说，松永提升了恭子的“等级”，让她做了纯子的替代品。

而且，这种情况在纯子回来之后也持续了下去。纯子的等级序列因为逃亡而掉到最后一位，而恭子则完全取代了她的位置。恭子不仅负责监视纯子的进食和排泄，还严格检查她是否接近孩子们。一旦发现任何问题，都会向松永报告。松永则会以此为追责的材料，对纯子施以电击。

在去下关的时候，同样如此。相比之下，恭子穿着普通的衣物，而纯子则是穿着男式衬衫、男式裤子、男式拖鞋。她听松永说：“你的东西，全都被扔掉了，什么都没留下。”所以在出门的时候，纯子不得不借用松永的衣物。

在下关车站前，纯子把信投进邮筒，然后用手机向松永报告说“现在要回去了”。这个时候，她想起自己从汤布院回来之后，被反反复复地诘问，又不得不反反复复地作出回答的情形。顿时心底一阵黯然，想道：“啊！回去之后，又要被通电了。”纯子坐上返程的电车，在经过关门海峡的长长的隧道时，那种对通电的恐惧感急速地膨胀起来。

纯子心想：“这样的日子，还要持续上几十年吗……”

她曾无数次地听到松永经常挂在嘴边的一句话：“如果谁敢跟我作对，哪怕是只有一次，我也会记仇十年。十年里，我都会反反复复地旧事重提。”刹那间，“十年”这个数字在她的脑海里掠过。

“我再也受不了了。还不如干脆就逃跑，然后自己死掉。”在幽暗的隧道里，纯子下定了决心。

接着，她又想：“但是，我的尸体绝不能被任何人发现。如果我的自杀被发现了，那就会给松永和恭子带来麻烦。一旦警方展开调查，清志的案子也会被发现的。对了！就在富士山的树海里死吧。那样的话，就绝对不会被人发现尸体，也不会给任何人带来麻烦。”

电车穿过隧道，沿着海湾行驶，到达了门司站。当发车的铃声响起，车门即将关闭的那短短的一瞬间，纯子突然飞身一跃，从电车门里跳到站台上，穿着拖鞋拼命地跑了起来。但是，在她旁边的恭子也极其迅速地作出了反应，在那千钧一发之际跳下电车，跟在纯子身后紧追不舍。

纯子跑出检票口，钻进一辆停在站前的出租车，但到底还是被恭子赶上了。恭子咚咚咚地拍打着出租车的车窗，大喊大叫着什么，周围渐渐地聚拢了很多人。这时，纯子听到一个声音：“叫警察！”

于是，她放弃了，下了出租车。

恭子用手机联系了松永，向他报告纯子逃跑未遂的情况，并请求指示。松永回复说："我现在就赶过去，你们在门司等着。"

她俩在门司站的站台等待松永。突然，纯子又一次地试图逃跑。她在电车开车之前的一瞬间，冲进了车厢。但是，恭子再一次紧跟其后，抓住了纯子，并用手机再一次向松永报告。电车到达小仓站，松永的身影出现在站台上。那一瞬间，纯子彻底放弃了逃跑的念头。她被恭子紧紧地抓住了胳膊，只好乖乖地下了电车。松永表扬了恭子，称赞她两次成功阻止纯子逃跑，还得意洋洋地说："好在我事先就狠狠地踢了她的大腿。""好在给她穿的是拖鞋，让她跑不快。""以后也要死死地盯住她，别让她再跑了。"

从小仓车站返回M公寓后，等待纯子的无疑是比以往更加残酷的惩罚。纯子也再一次陷入解离症的精神状态。在失去大部分记忆的情况下，纯子给出这样的证词。

她说："我告诉他，自己逃跑是因为害怕电击。他说：'那么，你对清志做的又是什么？你哪里有资格说这种话！'我以为松永所说的'对清志做的事'，是指对清志的持续通电等诸多的虐待，还有最终导致他死亡的事。虽然我知道这绝不是我一个人的错，但我确实是参与了。因此，我无言以对。在接受通电之后，松永强迫我一遍又一遍地笑着说：'电是我的朋友。'松永看着那一幕，笑得非常开心。"

纯子所描述的惩罚情形，从头到尾都是在她尽其所能才勉强回忆起来的范围之内。不用说，真实情况应该更为惨烈。关于那时被通电的记忆，纯子唯一记得清楚的，就是自己的右手手指被灼伤。

后来，她听松永说，自己吐血倒下，松永给她做了人工呼吸。那时，松永也斥责纯子道："下次你再倒下，我就不救你了""吐血也是你自己在演戏吧。如果把嘴里的哪块儿弄破了，就能演出那样的戏来"。

纯子的汤布院之行，不仅给纯子本人带来了灾难，而且也是绪方一家走进地狱的开始。

当时，松永为了寻找"第五个金主"，开始对早就不联系了的绪方一家展开了正式的拉拢和猎捕。

第一个问题是，松永一手策划了"假葬礼"，但绪方一家为什么会提供大力的协助呢？关于这件事，我们没有纯子的证词，只能根据目前所掌握的松永的作案手法，试着推测一下。

松永把誉他们一家人都叫了过来，当面揭露纯子过去犯下的诸多罪行，尤其是对清志的杀害和肢解。松永告诉他们，纯子是整个案件的主犯，并让他们相信"所有的责任都在纯子身上"。在此基础之上，他时而耐心地嘱咐说："如果像现在这样继续放纵纯子，那她就会犯下更多的凶残罪行。"时而又恫吓道："如果纯子不回来，那就必须让绪方家负起相应的责任，包括抚养被纯子遗弃的孩子。"

誉一家人一直在久留米乡下过着平静的生活，这一下，被松永的话惊呆了！而且，他们一定会认为纯子是"绪方家的累赘"，也一定会视之为沉重的负担，感到异常的愤慨。在那样的情形之下，当松永提议说要上演一场葬礼剧，对纯子施以惩戒的时候，他们大概就会点头应承了。

但是，即使松永的"策略"取得了成功，纯子也被骗了回来，誉一家人也没有被放过。根据纯子的证词，从汤布院回来后，誉、静美和理惠子就开始频繁地出入M公寓。起初是两三天一次，但在门司站逃亡未遂事件之后，就变成了每天一次。他们三人从久留米的家中出发，开车约两个小时到达小仓。他们一般是在工作或家务完成之后出发的，所以最早也要晚上九点才能到小仓。然后在黎明前后，再回到久留米的家中。

一开始，松永和他们三个人一边喝酒，一边彻夜长聊。讨论的主要话题，就是今后如何处置纯子。不过，纯子没有被告知他们商谈的具体内容。对于纯子的处置，只有两个选择：要么由松永照看她，要么由绪方家领回去。

松永这个人，根本不可能就这么轻易地放走纯子。因为纯子知道自己的一切恶行。

但是，基于他自己的"人生信条"，松永当然不会自己下决断。他会让誉一家拿出结论，自己决定把纯子交由松永照顾，从而卖给他们一个人情，以便在照顾费的名义下榨取大笔的钱财。

松永的那一套娴熟的诱导技巧，是这样的。

首先，松永提出要和纯子分手。根据纯子的证词，在门司站逃跑未遂事件之后，松永对她说："想要分手的话，那就分手吧。但是，我要和你的父母好好谈一谈。"纯子半信半疑，但仍然觉得似乎可能就此而抓到一根救命稻草。她在证词中说："自己当时觉得那样肯定会对不起爸妈，但如果能用钱解决问题的话，我希望他们能帮帮我，所以我就求了他们。"

绪方誉他们，可能一直在两种情绪之间摇摆不定——"纯子回来的话，肯定会有麻烦"的那种不安，"如果她想分手的话，那就帮她一把”的一份责任感。然而，这恰恰就成了松永的突破点。

首先，松永当着大家的面，公开进行了对纯子的电击。起初，纯子幸免于在誉一家的眼前接受电击。但好景不长，松永开始当着家人的面，对她实施电击。誉一家甚至还目睹了纯子右手手指被电击灼伤后的惨状。

从汤布院返回之后的惩罚自不必说。但是，誉一家可能连做梦都没有想到，松永对自己女儿的惩罚，在那之后竟然仍在持续，甚至连面部和乳头都被通电。他们在亲眼看到纯子遭受电刑的时候，那种内心的震惊、动摇、恐惧，是不难想象的。纯子她再怎么说是家里的累赘，但女儿到底还是女儿，姐姐也到底还是姐姐。他们一定会怀着“想要拯救那可怜的女儿（姐姐）”的心情，努力地和松永反复谈判。

但是，他们越是急躁，就越是会落入松永的圈套。对于分手的问题，松永提出各种各样的条件，并索要一大笔钱作为“分手费”。誉一家都接受了。然而，就在谈判即将达成的时候，松永又使出了手段。他利用孩子作为筹码，劝说纯子撤销分手协议。事实上，纯子在知道“分手条件是两个孩子被松永带走”的时候，就丧失了离开的意愿。她作出了一个悲怆的决定：“与其孩子们被带走，倒不如毁灭了自己。就算是趴在地上爬着，也只能跟着松永。”

“我还是不会和松永分手的。”纯子这么一说，分手的事就算是告吹了。但这样一来，事情就演变为“照顾杀人犯纯子需要很多钱”这一话题。誉一家老老实实地答应了这种不合理的金钱勒索。纯子的证词如下：

“我记得，爸妈和妹妹经常讨论如何弄钱的问题。松永向他们勒索数以千万计的钱，并逼着他们快点拿出弄钱的方案。这一切，都是因为我。他拿我做文章，千方百计地提出各种各样的要求。包括迄今为止的照顾我的费用、我离家后的花销、行为保证金等等各种名目。而且，他还提起了我去汤布院那天的事，说是我在把妈妈叫到M公寓的时候，为了不让她看到恭子，就把恭子关在浴室里。借着这个由头，他又让我的父母写了一份'向恭子支付一百五十万日元抚慰金'的备忘录，并逼迫他们支付。"

根据检方的调查结果，平成九年（一九九七）四月至七月，也就是纯子从汤布院返回后的三个月时间里，誉一家共计给了松永一千三百五十万日元。而且，在第二年八月，誉又把本家的土地和房屋作抵押，向农协借款三千万日元，借到的款项全部都给了松永。

这样，绪方一家就一步一步地充当起了"金主"的角色。然而，就在他们完全陷入松永的操控之后，发生了一个决定性事件。

就是在这段时间里，松永安排誉完成了M公寓的管道更换工作。在清志的尸体被肢解后，松永曾命令纯子和恭子彻底清扫房间，以销毁证据。但是，他又对誉说："可能会残留肢解的痕迹。"要求誉把厨房管道也彻底换掉。

其实，松永的真正意图，是让作为一家之长的誉参与销毁证据，从而让他心怀愧疚，进而剥夺他抵抗自己的意志和气力。这个"击溃一家之主"的策略获得了完美的成功。

"即使犯罪的是自己的女儿，但杀人就是杀人。不能原谅，也不能隐瞒。纯子应该通过服刑来赎罪。"誉如果能这样判断，并向警察自首的话，绪方一家的案件也许就能避免。但是，誉最终走上了一条完全相反的道路。

或许，誉不仅仅是怀着不忍心让女儿进监狱的父母之心，恐怕还有一种“如果女儿的罪行暴露于世，那自己也就完了”之类的强烈危机感。据誉的上司和朋友透露，他当时并不满足于只是担任农协的副理事，而是一直虎视眈眈地盯着理事长的位子。农协有三位副理事，他们之间的晋升之争非常激烈，但誉是最有希望胜出的候选人。他平时自尊心很强，是那种非常在意他人评价的人。尤其在当时，他丝毫没有暴露出自己的弱点或者是家庭的耻辱。

松永看透了誉的这种心理。他循循善诱，对誉说：“我已经想方设法地销毁了证据，所以能够在不被任何人知道的情况下，制造完美犯罪。”并把“留在最后的任务”——更换管道交给了誉。当时，誉是六十一岁，连日来反复奔波在小仓和家之间，加上睡眠不足，导致身体极其虚弱，毫无疑问是已经缺乏了正常的判断能力。但是，誉“想要掩盖女儿杀人事实”的愿望，依然是无比强烈的。这一要害，也恰恰被松永击中。

誉一家开始每日奔赴小仓的两个月后，理惠子的丈夫主也加入了这一行列。纯子原本不知道这件事的原委，但她听到了理惠子跟松永说的话：“主也怀疑我为什么经常出去，所以我也不好每天都到这边来。”于是，纯子猜想一定是松永抓住这个契机，诱导主也和她一起来小仓的。

其实，对于松永而言，主也的存在正是自己控制绪方一家的最大难关。

主也是久留米市一户农家的次子。昭和六十一年（一九八六），二十七岁的主也成了绪方家的入赘女婿。结婚之前，主也是千叶县警察署的一名警察。结婚之后，他开始到誉的单位上班。主也对从未谋面的纯子印象很差，认为她是个不断制造麻烦的人。

绪方家原本应该是由长女招婿来继承产业的，但纯子脱离了户籍，离开了家。因此，誉和静美只好委托亲戚们帮忙给理惠子物色一个入赘女婿。理惠子和主也在相亲之后，决定结婚。但是，那个时候，纯子在松永的逼迫之下，给家人亲友逐个地打电话，并恶语中伤。在松永的指示下，纯子对自己的父母说："你们是要把财产双手贡献给主也的本家吗?!"又对做媒的亲戚说："你给理惠子找一个入赘女婿是多管闲事！其实是想要财产吧！给我少管闲事!"甚至还把电话打到了主也的父母家，说："你们家的这个主也，就是为了我们家的财产才入赘的吧!"等等等等，纯子歇斯底里似的恶语伤人。当然，这件事也传到了主也的耳朵里。因为这件事，纯子遭到两家人的孤立，也没有被邀请参加妹妹的盛大婚礼。

从这些情况来看，主也和誉他们不同。如果松永拿纯子作诱饵来引诱主也上钩，大概率是行不通的。

纯子也在法庭上证实，松永在当初是对主也怀着高度警惕的。

纯子说："松永认为，主也是上门女婿，做事认真，以前又当过警察，似乎是个正义感很强的人，所以有些忌惮。当主也开始出入M公寓的时候，松永虽然在私下里大肆宣扬'主也不可信'，但对主也本人则非常用心，采取温和相待的策略，接触的时候也是小心翼翼的，简直就像对待客人一样。"

因此，松永采取了另一种策略，就是想办法使主也产生对绪方家人的不信任感。平时喝酒的时候，松永会刨根问底地打听私事，然后编造恫吓和敲诈的素材。在主也开始奔赴小仓的时候，松永对誉一家人的弱点都已经全盘掌握了，又在向主也劝酒的时候，把这些情况一个一个地告诉了主也。

根据纯子的证词，松永首先提到绪方家将部分土地转让给主也的约定。他煽动主也的情绪说，那个约定之所以至今仍未履行，是因为“你是被骗来作上门女婿的”。接着，他开始揭露主也妻子的过去。说理惠子在结婚之前有过很多男人，甚至还怀了孕、堕过胎，但在结婚时却又对主也伪装成处女。不仅如此，即使是在结婚以后，理惠子还和男同事有过婚外情。这些秘密，都是松永从理惠子本人那里问出来的。松永告诉了主也，又在一旁起劲地煽风点火，说：“你呀！也被理惠子骗啦！”

根据上文中提到的理惠子的那位好朋友的证词，这些事在乡下会传得很快，所以理惠子一直都怀着高度戒备，从来都严密地隐瞒着自己堕胎和婚外情的经历，仅仅跟这位“无所不谈的好朋友”说过。然而，松永竟然连这种秘密都问得出来。他的诱导术，再一次让我大为惊叹。

当然，主也大受打击。然后，他开始指责誉和理惠子，同时对松永放松了警惕。

纯子的证词如下：

“松永宣称自己是主也的‘好知己’。主也上门入赘的条件，是变更土地的所有权，但这个约定迟迟没有兑现。然而，松永却说，自己可以设法实现土地的更名。所以我认为，主也可能因此觉得自己欠下了松永的人情。渐渐地，主也开始讲起自己到绪方家之后的种种不满。例如，岳母做的菜太多了，自己下班到家之后还要帮着岳母把生菜摊开，等等。

“我也不知道主也是否真的心存不满。因为我早早地就离开了家，也从未与主也有过接触。但是，松永却总是把事情往坏处去解释，又对主也煽风点火，把那一切都归咎于我的父母和妹妹。主也来M公寓之后的大概一个月左右，松永告诉他：'绪方家根本就不是什么体面的人家，不过是虚有其表罢了，里面其实都烂透了。你呀！是被利用了。''你可真是个傻瓜，竟然被骗成这样。你如果打他们，也是理所当然的。就算打了，也没什么大不了的。'令人不可思议的是，主也竟然真的按照松永说的那样，动手打了爸妈和妹妹的后脑勺。如果打得稍微轻了一点，松永就会说：'你怎么不使劲打?'看着这一幕，松永似乎很是享受。"

但是，松永也并非一味地站在主也一边，有时也会把主也逼到饱受指责的境地中。

纯子说："在松永和主也联合指责理惠子之后，理惠子告诉松永说自己'一清早就被迫着和他发生了关系'。于是，松永又转而开始指责主也。其实，当我听到这件事时，我认为主也没什么错。因为理惠子晚上一直在小仓，直到早上才返回自己家，她和主也在晚上也见不着，所以早上做那事也是无可奈何的。但是，松永却责怪主也，说：'你强迫她算是怎么一回事?你这是在侮辱女性!'理惠子也在一旁发着牢骚。"

松永渐渐地对主也作出越来越多的指责。理惠子抱怨说，主也要在自家卧室里放一张双人床，但她不喜欢，觉得那样会使房间变得很狭窄。松永一听到这个，就立刻指责主也道："放双人床，本来就是大错特错的!"他让主也回家之后，马上把双人床收起来，竖着放在墙边。甚至，他说仅凭主也的报告也是无法让人相信的，就又让理惠子拍了卧室的照片（这张照片已被法院采纳为证据）。

就这样，主也和理惠子的夫妻关系迅速恶化，甚至开始谈论起离婚的问题。于是，松永又开始扮演起“协调人”的角色，听取他们二人的争论，甚至还让他们写了一份‘关于离婚的协议备忘录’。这样一来，主也就和绪方一家有了龃龉，不可能带领一家人进行反抗了。至此，松永的阴谋完全得逞。

大约在一个月之后，松永开始物色人质。这也是他过去使用过的手段。根据纯子的证词，主也曾透露过自己的难处，说：“我不太放心把孩子们扔在家里，自己来小仓，所以有时候很难过来。”松永一下子抓住这个契机，开始说服主也把当时九岁的小彩和四岁的优贵也带到小仓来。主也或许是产生了一种不祥的预感，所以在最开始的时候，拒绝了这个邀请。但是，随着每年八月都会在小仓隆重举行的“嗨哟百万夏祭”逐渐临近，松永也步步紧逼，对主也说：“正好也放暑假了，你就带着小彩和优贵来小仓看祭典怎么样?”主也最终没能拒绝。但是，两个孩子一到小仓，松永果然编出各种理由，比如说“反正也是暑假，不如让他们放松放松”等等，没有让小彩和优贵回去。

但是，暑假一旦结束，学校就要开学了。送孩子上学是父母的责任，主也却从未要求把孩子们送回久留米市。相反地，主也甚至按照松永的指示，前往优贵的幼儿园办理了退园手续。他一边流着泪，一边说：“其实我还想让孩子来幼儿园的，但我们就要搬去熊本了，所以也只好退园。”一直到最后，两个孩子都再也没有回到久留米。

需要补充的是，当时主也确实签下了熊本县玉名市一处公寓的租约，并且把家人的居民登记表迁到那里。然而，那里却没有他们居住过的痕迹。根据纯子的证词，为了隐瞒绪方一家来到小仓的事实，松永自编自演了一场虚构的“搬家”戏。

主也和其他的绪方家成员一样，也陷入了绝对遵从松永指示的心理状态。自从小彩和优贵开始在小仓生活以后，主也来小仓的频率也增加了，甚至还在松永的指示下请假不上班。纯子说：“主也睡眠不足，再加上彻夜酗酒，所以松永就叫他请假休息。表面上，松永是担心主也的身体，但他有时候又训斥主也说：‘弄钱的事儿，也没有个眉目，你还上个什么班！’实际上，这才应该是松永命令主也请假的真正原因。”

松永应该在某个时候告诉了主也说纯子是杀人凶手，并且让主也明白需要很多钱才能让纯子不被抓住。主也当时的反应已经无从得知了，但应该是怀着和誉等人一样的想法——“绝对要隐瞒住家族的耻辱。这种事一旦传出去，绪方家也就完了”。

但是，正是主也的这种责任感，又被松永利用了。和誉一样，主也接受了更换浴室瓷砖的任务，用来消除杀害清志的证据。根据纯子的解释，“松永一直说必须更换瓷砖。之所以让主也去做这件事，我想应该是为了让主也感到内疚。”事实上，这项工作确实变成了松永掌控主也的诅咒。此后，松永不管说什么，都会在前面加上一句“明明是个前警察……”这样的开场白，并且乐此不疲地反复提起主也销毁杀人证据的事。通过这种方式，松永向他灌输了共犯意识。

绪方一家的这种诡异的小仓之行还在继续。然而，松永以浪费钱为由，禁止他们走高速公路。但那样的话，单程就要花费大约三个小时。由于疲劳驾驶，静美和理惠子出了车祸。静美开着车，一头冲进农田，头部受到撞击，患上了头部震颤症。然而，她并没入院治疗，而是仍然继续每天驱车前往小仓。

一到公寓，绪方家四个人的驾照和车钥匙就被没收了。他们仅被允许随身携带最低数额的钱，而且每次要支付汽油费或停车费时，都必须逐一向松永报告才能拿到钱，并且要打一张欠条。即使是回到久留米，也必须频繁地用手机与松永联系，报告自己的位置，以及在做什么。当然，这些电话费也算作是从松永那儿借来的。

那么，在当时，当地的人又是如何看待誉一家的呢？其实，但凡是关系亲近的人，都能觉察到这四个人的异常变化。誉曾经工作过的农协的前理事长说：

“誉先生家的人经常不在家，也联系不上，于是我觉得很奇怪。誉先生本来是个很健谈的人，但在那段时间，即使我主动搭话，他也是一副心不在焉的样子。去市政府做报告或者开会的时候，誉先生虽然一直都是穿着整洁的西装，但有些时候头发乱蓬蓬的，胡子也没刮，身上什么东西都不带，甚至穿着橡胶拖鞋就来了。为此，我也提醒过他。我很担心，也好几次跟他说：‘如果有麻烦的话，可以来找我聊聊。’但是，他本来就是个不愿向人示弱的人，除了说句‘没问题，没问题’之外，什么话也不说。

“有一次，他和静美甚至一个星期都没有回家。我们真的很担心。当他们回来后，我们急急忙忙地赶到他家。他们却若无其事地说什么‘一直都在旅行，环游九州。因为鹿儿岛实在太好了，就比原计划多玩了一段时间’。赶巧，那个时候工作上的事务很多很忙，我真是有些生气了，就说：‘你这也太不像话了！这么重要的时候，连个招呼都不打就去旅行，这算怎么回事！’不过，生气归生气，我却也没有抱怨。还有，我记得比较清楚的是，誉突然问我，如果田没有了，是不是就必须辞掉理事的职务。我回答说：‘连农民都不是了，那当然要辞职。’现在想来，誉先生一定是很担心自己用作贷款抵押的田地会被收走。但在当时，我没有想到这一点。我也因此而后悔不迭。”

前文提过的那位和誉关系较近的市议员说：

“誉从农协借了三千万日元之后，他的弟弟曾来告诉我说：‘我哥哥不太对劲。好像是被一个叫松永的，也就是纯子的男人给骗了，钱也被人给骗走了。我苦口婆心地劝过他，但他不听我的。你是唯一能说服我哥的人，所以请你见见他。’之前，我倒是也听说了各种各样的传言。有人说，他们一家一个礼拜都没回家。也有人说，他们沉迷于传销，而誉就是传销的头头，等等。但是，我一逼问他，他就会笑呵呵地说：‘别担心。松永不是你说的那种坏人。虽然他现在的处境还比较艰难，但将来一定会成功的。他很努力，我也一直在指导他。我借的钱，一定会还上的。’于是，我进一步地说，如果松永是好人，那就让我见见他。誉听我这么一说，就不说话了。静美则不停地给我倒茶，在旁边转悠来转悠去的。这样的谈话差不多有三回吧，但我最终还是没能让誉敞开心扉，也没能说服他。事到如今，我也真是后悔万分。我估计，誉为了编出这些借口，也一定是耗尽心思了的。”

平成九年（一九九七）九月下旬左右，誉的两个弟弟得知家里的土地和房子都被抵押给农协，换取三千万日元贷款。于是，他们就去医院找誉。当时，誉因为患了十二指肠溃疡，正在住院治疗。他们把誉和静美带了出来，召开了一场亲属会议。

会议上，大家围着他们夫妻俩，猛烈地追问：“为什么要融资?”“那些钱都去哪儿了?”“是不是给了松永?”“主也一家现在在哪儿，在做什么?”……但是，他们两个只是支支吾吾地，语焉不详。

松永听到这个消息后，当即决定亲自去找绪方家族的亲戚们谈谈。会议地点定在静美的娘家，誉和静美早早地等候在那里。他们准备了丰盛的菜肴和啤酒，恳求在场的亲戚们“不管怎样，也千万不要得罪松永”。之后，松永带着主也和理惠子出场了，趾高气扬地向大家出示了几张纸。那些纸上，罗列着花在纯子身上的各项费用，金额总计三千万日元。松永一边展示，一边声称：“我之所以接受那三千万元，是为了填补花在纯子身上的费用。”

接着，他还用一种黑社会式的气势大声嚷道：“绪方家的继承人，是纯子的长子，也就是我的长子。”“绪方家的财产应该是由我的长子来继承的，所以我根本就没有偿还三千万日元的义务。”然后，松永又向誉一家人征询意见。他们一家异口同声地表示赞同：“正如松永所说。”并试图说服亲戚们。但是，亲戚们根本不可能接受这套说法。

于是在第二天，松永让誉写了一份委托书。委托书中写道：“亲属会议当天，静美被监禁在某处（实为誉的弟弟家），本人委托松永提起刑事指控。”然后，松永又让他们朗读其中内容，并作了录音留证（这份文件和录音带，都已被法庭采纳为证据）。当然，松永实际上并没有提起刑事诉讼。那只不过是用来恐吓亲属们的伎俩罢了。

然而，亲戚们也不屈不挠地坚决应战。例如，松永命令静美去委托住宅销售公司，出售其祖父名义下的田地，亲戚们就为那块田地作临时登记，阻止交易谈判。松永又派誉去恳求他们撤销临时登记，但亲戚们则坚决予以回绝。

不仅如此，亲戚们还去见了负责松永和纯子通缉案的警察，提供线索说，“誉一家和那两个人一起行动，似乎潜伏在某个地方，但有时会回到他们在久留米的家”，建议警方对绪方家进行监视。正巧静美从小仓返回，警察便追问她，但她一直回避警察的询问，坚持说自己什么都不知道。之后，她就用手机向松永报告说：“警察正在监视我们在久留米的家。”

应该就是在那一个节点上，松永下了决心。他决定不让他们六个人——誉、静美、理惠子、主也、小彩和优贵返回久留米，而是把他们留在 M 公寓，囚禁起来。小彩和优贵已经完全成了人质，主也和理惠子也在九月中旬左右就不再去上班，而且都在十月三十一日辞了职。据说，他们连声招呼都没打，只是把辞职信扔进公司的邮箱。接下来，誉在参加十一月下旬的选举议事会时，对同事留下一句“我去抽根烟”，之后就不辞而别了，再也没有返回自己的工作岗位。静美原本为了治疗蛀牙，在牙科诊所做好了蛀牙模型，但也取消了原定在几天之后的就诊预约，和誉一起开始在小仓生活了。

十二月下旬，松永把由誉、静美、理惠子、主也联名签署的信寄到各个亲戚家。信中写道：“你们记着，我们不能再住在久留米，都是你们的错。如果你们还有一点做人的良心，就请把临时登记撤销。”这一切，都是他精心安排的表演。

在当地，传言骤起——“誉一家失踪了”。

而且，同一时期，绪方家族本家的储蓄账户里的钱几乎已被陆续全部取走。进一步的调查发现，静美在多家高利贷公司都借了最高限额的贷款（三百万日元）。这样一来，因为誉和静美是夫妻关系，所以誉就无法再向高利贷公司借款了。主也和理惠子也因为没有了工作而不能借贷。因此，事情发展到这一步，绪方一家可以说是已经失去了可供敲诈勒索的利用价值。根据检方的调查，截至此前，松永向誉勒索的钱财总额至少达到了六千三百万日元。

毫无疑问，誉一家在M公寓的生活也和服部清志、宫田贵子的情况一样，都置于残酷的境况之中。让我们根据纯子的证词，了解一下他们一家在行为、着装、睡眠、饮食、排泄等方面所受到的严格限制。

首先，玄关的防盗链被锁上了挂锁，自由外出是被禁止的。任何人外出，都只能在松永有指示的时候，而且也仅限于去停车场挪车，或是被派去处理亲属那边的事情。时不时地，松永也会派人返回久留米的家中，有时是在半夜取回邮筒里的邮件，有时是检查房子的情况。

其次，外出的时候，每隔十五分钟就必须用手机和松永取得联系。纯子说："即使松永不在身边，也是长期处于被监视的状态中。松永的脑子里，大概掌握着大体的地理位置。如果没有在规定时间内到达指定地点，那就会成为被通电的理由。"

此外，即使在室内，也不允许随意走动。一般情况下，他们都被要求站在靠近玄关的厨房里，所有人都要背对着过道。有的时候，他们则不得不站在一个装了水的狭窄浴槽里，彼此身体紧挨着。谈话是被禁止的，必须保持静默无声。如果松永下了指示，说"讨论一下怎么弄钱”，这时，大家则必须站着讨论。

睡觉是大家都挤在厨房里一起睡。基本上不给被子，严寒的冬天里也不能使用取暖器。白天往往能睡上三四个小时，但也会根据松永当天的心情而有所调整。

绪方家的每个人都只被给了一套运动衫。他们从久留米家中拿来的衣服，都在松永的指示下被扔掉了。他们被要求一直穿着同一件衣服，只允许偶尔地把衣服洗一下。

他们的饮食，一开始是从便利店买的便当或者外卖拉面，但不久就变成了碗装方便面、微波米饭、吐司面包或日式点心面包。一日一餐，用餐时间限制为七八分钟。如果没在限定时间内吃完，就会受到电击惩罚。吃的时候，一般是在厨房地上铺上报纸或广告纸，以深蹲的姿势吃饭。

只有在大便的时候，他们才可以使用厕所。而且，每天只允许使用一次，并且不允许使用坐便圈。总有人担任监视的任务，盯着上厕所的人是否把屁股放在了坐便圈上，是否正确地擦了屁股，等等。小便必须在浴室或厨房，尿在空的饮料瓶里。

当检察官问起“绪方家的人处于何种处境”时，纯子非常干脆地答道：“他们是松永的奴隶。”

根据纯子的证词，早在监禁生活开始前的八月份，通电就已经开始了。

最先成为靶子的是静美。纯子在出发去汤布院之前，曾经叫静美到M公寓见面。静美因此而被追究“共同责任”。松永一边给静美通电，一边责问：“你们为什么合伙骗我？”

之后，目标转移到誉的身上。誉曾经参加绪方家族的亲属会议，因而被松永一边电击一边问："都有谁说了什么样的话?"此外，当理惠子和主也发生了争吵，松永就分别作为他俩的代理人，给对方通电。除了四岁的优贵勉强得以幸免之外，就连九岁的小彩也和大人一样，成了电击的对象。

不久，松永开始对他们进行持续好几天的长时间电击。电击的部位有手、脚、面部、乳头，甚至还有男女的私处。通电之前，还是和服部清志那时一样，松永每一次都一定会给出理由，不管多么小的事情都会被当作通电的借口。

作为其中的一个荒唐的理由，纯子回忆起这样一个情节。

她说："理惠子有一个习惯，当她回答'是'的时候，都会习惯性地说成'啊？是'。松永视自己心情而定，如果他不满意那种回答，就会给理惠子通电。还有小彩，只是因为吃了一小口放在厨房里还没吃完的点心，松永就命令道：'赶快坦白！'然后就给小彩通电。"

在以松永为顶点的纵向序列中，接受通电的总是最后一位。由于序列不断变化，绪方家的每个人都不敢有一时一刻的松懈。也就是说，他们彼此之间就是竞争对手。

如果有人因为一些微不足道的理由而被降到最下层，其他人就会松下一口气，并继续保持着绝对服从的态度。被列为最下层的人，则会毫不犹豫地背叛家人，试图赢得松永的青睐，以提升自己的地位。就这样，一家人之间充满着敌意，自然也无法团结起来共同对抗松永。

松永早已对这种心理洞若观火。他一个接着一个地分化这个家庭。纯子讲述了一个较具代表性的情节。

她说："平成九年（一九九七）十月左右，发生了一起窃听事件。那个时候，理惠子的位次比主也低。于是，松永一边抬高主也，一边欺负理惠子。当时机成熟的时候，松永就去煽动理惠子，说：'你一定很不甘心吧。一定想要整一整主也吧。'就这样，松永把理惠子变成了自己的间谍，又给了她一个窃听器。理惠子把窃听器安装在房间里，然后向大家提议要进行讨论。松永则在另一个房间里，窃听并记录讨论情况。松永的目的，是想让我爸妈或主也亲口说出'我们杀了纯子吧'。因为只要有我在，他们就不得不把大笔的钱支付给松永。但是，直到最后，谁都没有说出要杀我。理惠子因为接受了松永的指示，于是就怂恿大家说松永的坏话。不过，绪方一家谁都没上当，谁也没说松永半句坏话。松永的计划失败了，他摊牌说理惠子是自己的棋子。那个时候，大家都在心里想：'再也不能相信任何人了。'因为，就连理惠子都要陷害这个家。从那时起，他们开始互相猜疑，各自藏在厚厚的外壳下。"

绪方一家人被囚禁在公寓的一个狭小房间里，受到各种各样的严苛限制，还要接受残酷无情的电击。在这种异常的监禁状态之下，他们一家人的心理状态又有着怎样的变化呢？

他们中的任何一个人，在最开始受到电击等暴力的时候，毫无疑问都会感到一种难以名状的恐惧。然而不久后，他们就应该像当时的服部清志那样，产生正如上一章中所提到的那种"习得性无助"的心理状态，从而完全放弃反抗和逃跑，陷入心力交瘁、无能为力的状态之中。

在持续的通电处罚中，他们一个一个地都变成了前文中宫田贵子所说的那种"傀儡"。根据纯子的证词，大家的一切思考都是以松永为中心的。她说："一连几天的通电，会让人产生一种失去自我的感觉。大家不再去思考好和坏的问题，只是在不惹恼松永的基础上，一味地执行他的指示罢了。”可见，不仅是纯子一个人，而是绪方一家形成了一种集体性的心理定势——失去自我判断、把松永的指示绝对化、把松永的利益视为最优先项。

接下来，他们似乎进入了一个颠倒错乱的心理阶段，即形成了对施虐者松永的依赖心理。例如，根据纯子的证词，誉在献出大部分财产后，对松永说：“事到如今，我也只能依靠松永先生才能活下去了。”相反，我们察觉不出有任何一个人有发自内心憎恨松永的任何言行。誉自己说出的要跟随松永的这句话，应该是他的真心话。他与弟弟们的斗争，或许更多地是出于对松永的忠诚，而不是出于违抗指示就会遭到报复的恐惧心理。

绪方一家的心理状态，也可以从集中营的囚犯身上作出类似的推断。他们和集中营里的囚犯一样，也受到了“集团性的各种虐待和生活限制”。根据犹太裔精神病学家、《集中营中的人类行为》（清水几太郎译，岩波书店）的作者科恩博士的研究，纳粹集中营里囚犯的心理状态，会从恐惧转向冷漠，直至最后演变成对随时可能夺走自己生命的纳粹队员的过度依赖。

而且，囚犯之间并不会互相帮助，而是互相争斗的关系。他们会折磨更弱小的人，也有些人会毫不犹豫地抛弃自己的亲人，甚至还出现了“卡波（特权囚犯）”那样的角色——他们成了纳粹的爪牙，负责监视、殴打和杀害其他囚犯。

在M公寓的监禁生活中，绪方一家轮流成为松永的特权囚犯。至亲骨肉之间不断地相互背叛，不断地彼此虐待，最终酿成了自相残杀的惨烈悲剧。

第五章　第二个人、第三个人、第四个人

施加通电等虐待的地点——M 公寓的厨房

平成九年（一九九七）十二月二十一日，在汤布院事件的大约八个月后，绪方一家之中出现了第一个死者。

根据纯子的证词，前一天晚上，松永把站在厨房里的誉一家人叫到和室，说："现在开始讨论。"像往常一样，绪方家的成员呈扇形分布，跪坐在松永的周围。松永则盘腿而坐，喝着清酒。松永担任议长角色，让他们开始讨论绪方一家的未来发展方向以及如何赚取松永索要的那些钱。

在这期间，誉不知道被电击了多少次。誉的排名，仅仅是在完成十二指肠溃疡手术之后，上升了一点，这段时间又掉到等级序列的最底层，一直遭受着残酷无情的电击。

这一切都是因为前文中提到的一件事，即绪方家的亲戚们给誉的父亲的田地作了临时登记。对松永而言，这件事不外乎是一个晴天霹雳。松永仿佛相当沮丧，于是开始寻找罪魁祸首，最后把怀疑的目光转向了誉。他质问道："最清楚这件事的人就是誉。是不是你在亲属会议上偷偷地提出了这个主意?"绪方一家人已经失去了作为金主的价值，也许松永是把这些已经成为累赘的人当成了消遣的对象。总之，松永最先把作为一家之主的誉确定为攻击对象。

那一天，松永再次指责誉"态度傲慢""嘴巴不干不净的"，命令誉自己给自己夹上导电夹子。誉就跪坐在地上，按照吩咐把夹子夹到自己那已经衰老的身体上。甚至在通电的过程中，他仍被不断地追问关于土地临时登记的事。

“是你说的吧!”

“不是我。”

“不许撒谎!”

松永把手中的导线迅速地接触誉的身体。

誉紧闭着双唇，坚持说“我没撒谎”。

“亲属会议都被我监听了，你们谈论的内容我也全都知道。我不是说过嘛！我背后有个庞大的组织，可以轻轻松松地监听。”

“就算你这么说，那也不是我干的。”

“所有的事我都清楚，你还是坦白地说了吧!”

誉又一次被通了电，但还是没有任何动摇。那天晚上，誉到底也没有承认。

第二天一大早，誉、静美、理惠子、主也四个人接到松永的指示，要从其他藏身处取回行李，便开车去往熊本方向。纯子负责接听他们四人打来的联系电话。在接完十分钟、十五分钟的定期联系电话之后，松永突然允许她去洗澡。纯子说了声“谢谢”，就去洗澡了。纯子好久都没有被允许洗澡了。但是，恭子马上又进了浴室两次，问她橙子醋在哪儿。纯子和她交代了冰箱里放橙子醋的地方，但恭子又来了第三次，向纯子传达松永的指示：“快点洗完。”与此同时，誉他们也被叫了回来。

关于当时的心境，纯子在法庭上讲述道：

“她问了我两次橙子醋在哪儿，我以为是因为冰箱里放得乱七八糟的，她找不到橙子醋，惹得松永生了气，所以他要把火气发泄到爸爸他们身上。我一旦惹了麻烦，就都会成为家人的错。为此，我甚至写了一份备忘录，声明我会对自己的一切行为负责。但是，如果我做了松永不喜欢的事，家人们还是会受到牵连，受到惩罚。”

纯子仔细地用毛巾擦拭身体。因为不能用吹风机，她就用毛巾一遍又一遍地擦干头发。因为如果身体是湿的，就更容易导电。

纯子穿好衣服走进厨房，向松永询问把誉他们叫回来的原因。松永回答说：“小彩的态度不好。”好像是他也让小彩去找橙子醋，但小彩没找到，于是松永就生气了。在纯子的记忆中，小彩从来就没有打开过冰箱，找不到橙子醋也是没办法的事。事实上，就连看过冰箱好几次的恭子也来问过她两次。

松永会不会是因为预料到小彩一定找不到橙子醋，所以才故意让她去拿呢？总之，小彩的“失态”，成了叫回誉等人的绝佳借口。

誉他们匆匆忙忙地赶了回来。松永在和室里盘腿坐着。在他的面前，誉、静美、理惠子、主也、小彩、纯子跪坐着围成一个半圆。恭子在隔壁房间里，照顾松永的孩子们。优贵站在用折叠挂帘隔开的玄关附近。

松永就小彩的态度做了一大通的说教，然后命令纯子准备通电的设备，道：“喂，把电拿来!”誉又一次被点名为通电的对象。纯子说：“我不记得为什么要给爸爸通电，我记得在那个时候，除了爸爸以外没有人被通电。”当然，理由是什么，其实也都无所谓。

誉听到自己被点了名，马上站了起来。他走到盘腿坐着的松永面前，跪坐了下来。听到“首先是手指和手臂”的指示后，誉就卷起了袖子，把夹子夹在自己的右手手指和右前臂上。被通电之后，誉的手腕和手肘不停地抖动，而且一直弯曲着，没法伸直。但在那个时候，誉仍然紧闭着双眼，紧闭着双唇，好像什么事情都没发生一样地继续跪在那里。然后，松永又下了指示："这次夹在这儿。"誉便按照松永的指示，自己变换了电击的部位。纯子说："被通电的人，都要按照松永的指示自己安上夹子，爸爸尤其遵从这些指示。我知道，如果夹子夹的肉多的话，就会有更多的电流通过，所以我们都会尽可能地少夹些，作为一种投机的手段，来减轻一点点通电的苦痛。但是，我记得当时看到爸爸是用整个夹子去夹住自己的肉，其实他本来也不用夹那么多的。而且爸爸总是痛苦地忍耐着，即使疼痛难忍，他也不会表露在脸上，更不会喊出声来。爸爸就是这样的性格。"

然后，松永又指示给乳头通电。誉把衣襟翻上去，露出乳头，把夹子夹在两个乳头上，然后把衣襟放下。

"我累了，换你来。"

松永把通电的工具递给了纯子。

纯子说："其实我一点都不想给爸爸通电。但是，我从来都没有对松永说过'我不愿意'，也从来就没有违抗过他的命令。从一开始，我就没想过要去违抗他，也从没想过违抗他的后果会是什么。"

但是，给乳头通电是很危险的，因为离心脏很近，而且这是纯子第一次给别人的乳头通电。因此，她跪坐在誉的面前后，向松永询问道："这样做没事吧？"

松永答道："没事的、没事的。"

纯子在听到松永回答的一瞬间，心头的不安一下子就消失了，彻底地沦为松永的帮手。她直呼父亲的名字，用着和松永一样的口气，冲他破口大骂。

纯子说："虽然那样做是一种很懦弱卑劣的事，但我知道，如果自己不拼命去挑刺儿的话，灾难就随时都会落到自己身上。所以我尽可能地指责爸爸，尽管那不是出于我的本意。”

纯子用右手拿着安装好的电线插头，左手拿着插在电源上的延长线插座。为了能在尽量短的时间内做好通电的操作，她手腕用力，把插头插进了插座。但是，紧接着发生了一件对松永而言也是始料未及的意外。誉本来是把双手放在大腿根部，一直保持着跪坐的姿势，但在刚一受到电流冲击的时候，身体就向右斜方慢慢地倒了下去，额头跌在榻榻米上。纯子说：“当时，我很生气，我觉得他不是因为触电倒下的，这个姿势太夸张了。我自己在乳头被通电的时候，当然也会痛得不由自主地向前弯腰，但他把头都贴在榻榻米上，这种动作实在是太夸张了。有时，我也会采取一点权宜之计，就是在通电时装出一副异常痛苦的模样，因为我知道如果表现得若无其事，那往往就会让通电时间拖上很久。我知道爸爸的性格，原以为他不会那么做。但是，没想到他竟然和我想到一块儿去了。”

纯子像凶神恶煞一般地训斥道：“你在干什么！”“抬起头来！”然后，再次接通电线，让电流穿过誉的身体。就在那一瞬间，松永喊道：“住手！”

“诶？怎么了？”

纯子在慌乱之间，赶紧停了下来，瞄了瞄松永的脸色，不明白他为什么要让自己停下。松永让誉仰面躺下，大家也都默默地围在誉的身边，只有小彩在大声哭喊着“爷爷”。

松永发出了指示：“别大声喊！我现在给他做人工呼吸。纯子、主也，你们给他做心脏按摩。静美、理惠子，你们揉他的脚。”然后，大家都各自行动起来。

纯子也终于意识到自己闯祸了。“一、二、三”，她和主也一起数着节拍，持续地用力按压誉的心脏部位，一边在心里喊着：“爸爸，快活过来吧！”但是，誉的脸色眼见着变得苍白，体温也越来越低。终于，松永下令让大家停止抢救。

在隔壁房间目睹了整个过程的恭子，也对誉的死亡现场作出了陈述。她的证词和纯子的几乎一样。只有一点不同，就是恭子说夹子不是夹在乳头上，而是嘴唇上。“誉被迫咬住折叠起来的广告纸，然后他的上下嘴唇被各夹了一个夹子。”

关于这点差异，我想应该是纯子的记忆更为准确。因为，她是任务的执行者。恭子之所以作出不同的陈述，可以认为是她把这次与其他通电情形混淆了。但是，不管是哪一种，危害都极大。对乳头通电，会有诱发心室颤动的危险；对嘴唇通电，会使电流通过湿润的口腔直达大脑，从而产生危险。而且，不管是乳头还是嘴唇，两个人的证词都有完全一致之处——仅仅电击一次，就造成了誉的死亡。

松永在下令放弃心肺复苏抢救，并确认了誉的死亡之后，突然说了一句怪异的话。他说：“誉的金牙不见了。赶快去找！”

对于这个离奇的指示，纯子推测说：“松永的目的应该是不留下任何东西吧。他一定是想到，如果有人拿着誉的任何一部分去跟警察告发的话，都会给自己带来麻烦。”但是，也存在另一种可能——松永是为了缓解绪方一家失去一家之主的不安，防止大家把那种悲伤和愤怒的情绪指向自己。

实际上，静美他们确实也完全就像机器人一样地做出回应，开始了全面搜索，无论是家具，还是地毯下面都找了个遍，但一无所获。于是，松永板着脸说："金牙应该就在他的体内。可能就是在人工呼吸的时候，金牙脱落了，掉进气管，堵塞了呼吸道。这就是死亡原因!"这个死因，显然是荒诞可笑的无稽之谈，任谁听了也都不会相信。但是，纯子因自己所犯下的过错而感到无比恐惧的时候，正是被这些话给拯救了。

之后，大家一边围着被平放在被子上的誉，一边讨论如何处理尸体的问题。松永察觉到绪方家的人都想要举行一场正常的葬礼，让他入土为安。于是，松永提出了反对意见。他说："如果举行葬礼，就肯定会被警察发现。这样一来，我们就会被审问、被逮捕。""如果被警察发现了，纯子的所有罪行也都会暴露无遗。""如果有担任公务员的亲戚，就不得不辞职，从而给他们带去很大的麻烦和恶劣影响。"诸如此类都是葬礼会带来的"损失"。他又暗示性地说了一句："像处理清志那样，也不失为一个办法。"

纯子在法庭上，讲述了自己当时的心境。她说：

"我在心里想：'我不愿意那样!'归根结底是我杀死了自己的父亲，我想为他举行一个正常的葬礼，即使最终因此被捕，我也心甘情愿。不过，我也预料到如果自己这么说，松永一定会怼我说：'清志那时候，你都把尸体肢解了。这次轮到你爸爸，怎么就做不了!连恭子都能那么干，你为什么不能!'所以，我想自己是别无选择的，只能服从。确实，松永甚至都让比我还小的孩子做了那么恐怖的事。那我，还能说些什么呢?!"

但是，连纯子都没有作出回答，大家也就默不作声了，房间里一时间陷入沉寂。这个时候，静美说了话，仿佛是要打破这种沉重的沉默似的。她回答道："就那么做吧!"松永点了点头，说："具体的做法，纯子都知道。”

纯子说明了肢解需要用到的工具，主也和理惠子便出去采买。购买工具的费用，采取向松永借款的形式，由静美写了借条。

这事当然不能让孩子们知道。他们被带到小仓北区的一个旅馆，由恭子负责照看。但是，小彩很快又被叫了回去。因为小彩目睹了誉的死亡现场，所以松永追问主也和理惠子“怎么跟小彩解释呢”。最后，松永让他们自己拿出了结论——“告诉小彩肢解的事，让她来帮忙”。

松永对小彩说：“小彩！你以前去神社的时候，向神社的神灵们祈求说‘让爷爷去死’，所以他现在真的就死掉了哟！就是因为小彩的错，你爷爷才死的！”在纯子的记忆中，那件事发生在他们还在久留米的时候，那时的他们过着平静的生活。有一次在外面吃饭，小彩的爷爷没有兑现让小彩吃中华冷面的承诺。小彩生了爷爷的气，就在神社许下那样的一个愿望。

松永竟然利用了孩子的这种幼稚言行，在年仅十岁的小彩心中植入罪恶感，并拿它当借口，让小彩协助完成肢解操作。纯子说：“松永非常善于从每个家庭成员那里获取各种素材，然后把它们记在脑子里。”

肢解的任务分配全部是由松永决定的，任务的内容则具体到每一个细小的环节。他们把誉的尸体搬进浴室，准备动手。这时，松永拿着一瓶清酒出现了。他让除小彩以外的四个人都喝了酒，然后自己又回到和室，不再出来了。放血、切割、炖煮、搅碎、装瓶，最后扔进了大海，或者从公共厕所的下水道冲走。他们五个人默默忙活了十来天。

大家接到了寻找金牙的指示，所以都拼命地搜寻，甚至连脏器内部都一一检查。后来，居然在肺里找到了金牙，便向松永作了报告。

誉的尸体肢解工作，在平成九年（一九九七）的年底结束了。平成十年（一九九八），监禁生活又照常拉开了帷幕。一直以来，通电都集中在誉的身上，可是他现在已经去世了。松永把下一个目标转移到静美的身上。通电的场所还是在厨房。除了对肢体和脸部的电击之外，最令纯子印象深刻的，是对阴部的电击。

纯子说："在对阴部通电的时候，她仰卧在厨房的地面上，保持着膝盖弯曲的状态。有时候，妹妹也要在母亲的旁边，摆着相同的姿势躺在那里。松永坐在椅子上，手里拿着一端插进妈妈或妹妹下体的电线，一边说着什么一边通电。恭子就像松永的助手一样，站在靠近妈妈或妹妹脑袋的位置。"

在经过连续半个月的密集虐待之后，静美开始发出类似于"啊""呜"之类的奇怪声音。松永说"静美的脑子不正常了"。由于担心这种怪声会传到外面，他命令把静美从厨房移到了浴室。

静美毫无抵抗，起居都在浴室里。不过，她开始拒绝吃东西，也拒绝喝水。即便把水或食物放到她的嘴边，她也不张嘴，也不再对谈话作出任何的回应。

那种奇怪的声音依旧如故，松永也越来越烦躁。他开始拿出强硬的态度，说："如果让外面的人听到这种声音，他们可能会打一一零报警。那样的话，就会给我和恭子带来麻烦，我不能把她留在这儿。"终于，在一月二十日那天，在松永的指示下，大家讨论起对静美的处置问题。

松永对站在厨房里的纯子他们说道："如果就这样放任不管的话，情况就会越来越糟。一旦事态的发展无法控制的话，那要怎么办？实际上，是你们肢解了誉的尸体。如果有人报了警，倒霉的就是你们！"

甚至在松永说话的时候，还是能听得到静美发出的"啊""呜"的奇怪叫声。纯子顿时感觉到了一阵焦躁，心想："的确是这样。如果外面的人听见了妈妈的怪声，说不定就会报警。所以，必须要避免给作为局外人的松永和恭子增添麻烦，必须让妈妈离开这里。"

纯子他们绞尽脑汁地想来想去，最后向松永提议说，或者租一间公寓，把静美带过去，或者干脆把她送进精神病院，等等。但是，松永却说："如果把静美带出去，她要是说一些多余的话，那怎么办？如果被警察知道了，有麻烦的是你们啊！""不管是租房还是送进精神病院，都是要花钱的。你们还欠着我几千万呢！你们上哪儿去弄那么多的钱？"就这样，松永拒绝了纯子他们的所有提议，扔下一句话："给你们一个小时的时间，赶紧拿个主意出来！"然后就走进了和室。

时间一分一秒地过去，四个人也越来越着急，虽然他们提出了方案，但似乎哪个都说服不了松永。在这期间里，松永时不时地探出头来，对低头致歉、求他再稍等片刻的纯子他们威胁道："你们还有×分钟哟！"

终于，规定的时间到了。松永从和室里走出来，突然低声说："我可以借钱给你们。"然后立刻返回了和室。那一瞬间，纯子他们面面相觑，谁也没有开口。

纯子在法庭上讲述了当时的心境。她说：

“起初，我完全不明白松永的真正意图。但是，当他说出‘我可以借钱给你们’这句话时，我猛地意识到他的意思或许是在说杀了妈妈。我想，既然他否决了租房和送往精神病院的方案，那么他说要借给我们的钱，就应该不是用来带母亲在外面住的。还有，当爸爸被肢解时，他也说过‘我借钱给你们’这句话，后来我写了一张购买肢解工具费用的欠条，因此我只能认为他的话和上次是一个意思。”

这段长时间的静默，终于被纯子打破了。她低声说道：“他的意思，是让我们杀了她？”不知是理惠子还是主也，声音低到几乎听不见地答道：“很可能是那样。”然后，大家又一次地闭口不言，低垂着头，被包裹在深深的静默中。

纯子回忆道：“我不想杀死我妈妈。我觉得那简直是无比荒唐、难以想象的。虽然说存在着可能暴露我们犯罪行为的危险性，但并不会因此就想把她杀掉。妈妈的确恨我，因为我和松永的关系，她自己也被卷了进来。但是，即使她恨我，我也从来都不恨她。可我也实在想不出一个足以说服松永的好办法。当时，谁也没能说出‘杀了妈妈吧’这句话。时间一点一点地逼近了。我在心里想：‘为了说服松永，倒不如我暂时先说杀了妈妈，然后再争取时间去想办法。’那个时候，我认为松永不会马上就杀她。以我的观察来看，妈妈的情况并不是很糟糕，说不定会康复，所以我打算拖延时间。我觉得主也和妹妹也抱有同样的想法。”

接到商谈命令之后，过了大约两个小时。纯子去叫松永，告诉他说：“我想，只好杀了妈妈。”松永的脸上浮现出了满意的表情，他回答说："你们想那么做，那就去做吧。"那一瞬间，纯子确信了："从一开始，他就想让我们杀了妈妈，所以才让我们讨论，诱导我们拿出他所期待的那个结论。"

到此为止，情况还是在纯子的意料之中的。但是，事态的发展马上就让她意识到自己的想法太天真了。松永对着呆呆地站在厨房里的纯子等人说："既然说要动手，那就快点动手吧！"主也急忙回答说："说不定会好起来，还是再观察一段时间吧。"松永马上驳斥道："要是局面失控了，那怎么办。现在没暴露，还好办。如果等到暴露了，再想杀可就难了。"纯子丝毫无法反驳，终于从嘴里说出了一句："明白了。"主也和理惠子也点了头。

就是在那一瞬间，基于刑法而言，事件迅速进入一个新的阶段。

对于清志和誉的死亡，纯子否认自己怀有杀害他们的意图，说自己"没打算杀死他们"。纯子的辩护律师也主张"杀害清志、誉的指控不成立"。但是，在静美的案件中，纯子全盘承认自己是怀着明确的杀人意图杀害了静美。

当时，在纯子回答说"明白了"之后，松永马上就再三地追问道："那么，怎么杀？"他的目的，就是要用这种强势的逼问施加强大的心理压力，防止他们犹豫不决。果然不出所料，他们迫于松永的压力，开始思索杀人方案。

纯子回忆道："我能想到的杀人方式，就是用刀刺、切断颈动脉、勒死，但从来就没有想到用通电的方法。我从一开始就没有过通电致死的这种想法，只知道爸爸是因为各种巧合而被电击身亡的。不知道谁说了一句：'如果用刀刺的话，也不知道是不是立即就会死，被刺的人也会很痛苦，如果血溅出来就不好了。'松永极其厌恶鲜血飞溅。有一次，我被他打在脸上，血溅到了墙上，他马上就大发雷霆，然后把纸巾塞到我的嘴里，再狠狠地打我。”

最终的方案，确定为用电线绞杀。主也负责勒脖子，理惠子负责按住脚。主也在被松永点到名字的那一瞬间，应了一声：“诶?”语气中显然带着惊讶，脸上也表现出不情愿，但完全没有提出反对意见。

纯子准备了电线。房间里的东西，必须要在征得松永的同意之后才能使用。于是，纯子请求松永借给她电线，并得到了许可。纯子想，杀死之后的尸体肢解已有既定方案，所以可以事先买好肢解用具，于是向松永去借用于买工具的钱。但是，松永强硬地命令道：“万一就在你出去买东西的时候，她的声音被外面人听到了，那怎么办？先去杀了她。”

纯子、理惠子、主也还有小彩，静静地打开厨房和盥洗室之间的门。主也从纯子手中接过电线，一脸紧张地把浴室的门打开。盥洗室的灯光照了进去，隐约可见躺在洗澡间里的静美。她仰面躺着，脑袋朝里，脚伸向门口的方向，闭着眼睛，发出睡眠中的轻微呼吸声。主也和理惠子轻轻地走进去，主也在静美的脸旁蹲了下来，理惠子蹲在了静美的膝盖旁边。纯子和小彩，因为接到“你们什么都不要做”的指示，就没有走进浴室，而是站在盥洗室，看着洗澡间里的情形。

主也用电线绕着静美的脖子只缠了一圈，电线交叉在脖子上方，他盯着静美熟睡的脸看了一会儿。然后，他的上半身几乎一动不动，仅仅手腕发力，开始拉紧电线。静美发出“咕”的一声，随后就开始双腿乱蹬。理惠子一开始只是用手按着脚，这时赶紧慌忙地抱住了静美的双膝，压在静美的身上，拼命地压制静美的双腿。主也的上半身渐渐地前倾，继续把电线拉得越来越紧。

几分钟后，静美的动作完全停止了，但主也并没有放松了力气。他是在忠实地遵守松永的指示——“就算是她不动了，也要继续勒”。但是，主也大概是把力气用到了极限，他一边紧勒着静美的脖子，一边慢慢地抬起头，看向在盥洗室里观察情况的纯子，询问道：“可以了吧？”

纯子答道：“应该是可以了吧。”

听到纯子的回答，主也终于松了劲儿，放下手中的电线，慢慢地站起身，走出了浴室。

纯子看向母亲，目不转睛地盯着已经死去的母亲的脸。之前，那张脸被挡在了主也身形的另一侧。现在，纯子终于能看见那张脸了。纯子回忆道：“那一刻，我甚至没有感到一丝的悲伤或者难过……我不知道怎么描述当时的心情，只是记得当时在想：我的门牙像妈妈，也向前凸出的，所以‘我死的时候，应该也是那个样子，牙齿会凸露出来。等到了那一天，我还是在嘴上贴上胶布吧’。”

向松永汇报，是纯子的职责。她在和室门口说：“结束了。”松永只回答了一句“哦，是吗”。他来到浴室，检查了静美的尸体，并指示，“把她的双手叠放在胸前”，“用毛巾盖上脸”。

肢解作业即刻开始。他们向松永借钱买来肢解用具，包括小彩在内的四个人一起开始了操作。但是，静美的皮下脂肪较多，导致最初的切割作业并不顺利。而且，因为静美一直便秘，所以在切开大肠的时候，有很多粪便，以致空气中弥漫着一股强烈的恶臭。

尽管如此，松永还是催促他们加快肢解静美尸体的速度。在切割和炖煮工作结束之前，松永根本不允许他们睡上一小会儿，即便是在那之后，也只是偶尔允许他们坐在浴室或厨房里打个盹。

关于如何切割脂肪多的部分以及如何处理恶臭，松永也给出了细致的指示。为了消除臭味，他们在煮肉块的锅里放进大量的茶叶，在准备把内脏打成泥状的搅拌机里放了大量的生姜。

在一月下旬，也就是案发后的大约一个星期，静美尸体的肢解作业结束了。随后，他们的生活场所就被分散开了。松永、纯子和他们的两个儿子，还有理惠子和小彩搬到他们租来的另一个藏身处——V公寓，距离M公寓大约有步行十五分钟的距离。主也、优贵和恭子则留在了M公寓。

纯子推测，松永作出这一指示的目的，应该是为了防止有人逃跑。

她说："首先，把我妹妹和主也分开，应该是为了防备他们勾结逃跑。而且，让小彩和优贵分开来住，这应该是考虑到便于掌握人质。如果主也要逃跑，小彩就会被扣为人质。反过来说，即使我妹妹想逃跑，优贵又不在自己身边。因此，我觉得松永的这一安排，形成了一种心理上的压力。"

不仅如此，让主也和恭子一起居住，也是松永的一个阴谋。在纯子的记忆中，有这样一件事。她说："我记得松永对恭子说过，'你去诱惑主也''试一下色诱'。而且，松永曾经说过'让她成为主也的软肋''可以拿这个来威胁他'之类的话。这应该就是松永作出那种安排的真正目的所在。"

此外，关于松永把理惠子一起带走的目的，纯子语焉不详。她说："当时，像买东西这样的琐事，都是让妹妹去做的。除此以外，因为都只是猜测，我想也没有说的必要。"

不过，松永本人在法庭上讲述了自己的想法，他明确承认自己和理惠子有肉体关系。松永声称，和静美的情况一样，是理惠子主动引诱自己的……

但是，松永把理惠子从主也的身边带走，其实并不是宠爱着她。根据纯子的证词，理惠子平时是和小彩一起被关在浴室里的，睡觉的时候是让她们在浴缸里面对面地保持体育坐的姿势，其他时间都是让她们站在洗澡间里。

一旦松永发出指示，纯子就要马上去浴室叫理惠子。理惠子不仅被随意地使唤去做各种各样的事，而且还遭受了剧烈的电击。她保持着四肢着地的姿势，然后在两颚处被通电的次数是最多的。如前所述，她的阴部也被电击，且多次被电流灼伤。每一次，都是纯子给她处理伤处。

此外，理惠子有时会被用胶带绑起头发，然后被用剪刀咔嚓的一声剪掉头发。做家务的时候，也必须赤裸着上身，下身只穿着内裤，两个乳头上贴着小块胶布（有一段时期，纯子也接受过这样的惩罚）。

也就是说，在静美死后，等级序列最末尾的一个变成了理惠子。没过多久，理惠子的身上出现了一些异常变化。纯子的证词如下：

"理惠子比以前更瘦了，耳朵也出现了失聪的症状，而且越来越严重。因此，她开始听错松永的指示，又因此而被电击。松永一般会作出非常细致的指示，但又往往说变就变。我也出现过很多次这样的失误，没有完全听明白他的指示。松永就说：'我可没说那件事’‘我的指示随时可能有变化。最后一秒说的才是最正确的。你给我仔细听好’。但是，他有时候又会说‘你自己去判断’。所以，我认为不只是理惠子耳背的原因，松永下达指示的方式也不好。”

关于理惠子身上的异常变化，纯子给出了更进一步的证词。

她说：“理惠子的例假已经不来了。理惠子上厕所的时候，一定是由我来担任监视的任务，所以我很清楚。在她例假的时候，也是由我负责给她卫生巾。但在那段时间里，我没有给妹妹拿过一次卫生巾。”

据说，松永特别关注理惠子停经的事。他多次询问纯子：“理惠子的例假来了吗？”在听到“还没”的回答时，他就会沉默下去，陷入思索。有时，他好像是为了说服自己似的，开口说：“一下子瘦了下来，或者是体重变化，都会导致停经。很可能这就是她没来例假的原因吧。”

纯子说，对于松永的这种反应，自己当时并没往深处去想。但在被捕之后，纯子在慢慢找回记忆的过程中，考虑到了以下这种情况。

她说：“我想，妹妹难道是怀上了松永的孩子吗？我那样推测的根据，是松永曾对我说过的一些话。例如，他说，‘我没有和理惠子发生关系’‘理惠子引诱过我，但我拒绝了’‘我喜欢丰满的女人，所以没和理惠子做过’。我和松永一起生活的几年里，注意到他有一个习惯——即便是我根本就没有察觉到的问题，他也一定会出于掩饰的目的，自己主动开口去解释。我认为，那个时候，他也是不由自主地表露出了这个习惯。我甚至怀疑，之所以在理惠子停经后，对她的阴部进行电击，应该就是为了让她流产。他肯定不想让我妹妹知道自己怀了孕。那样的话，他要控制绪方一家的难度就提升了。而且，他大概也格外担心会引起主也的反感，以及我的反应，等等，有很多要在意的问题。”

而且，纯子甚至还推测出了这一步。

她说：“我在当时并不明白为什么要把理惠子杀死，现在觉得他的目的可能就是要防止理惠子发现自己怀了孕。”

如果把这一推测和松永当时的言行对照起来，就会豁然发现其中的现实意义。

把理惠子关在浴室，是松永自己作出的指示，但他突然开始发难道：“就因为理惠子在这儿，我都不能洗澡。真是麻烦！”于是，纯子提议让理惠子和小彩从浴室里出来。但是，松永又拿出些牵强的理由加以拒绝。例如，他说：“如果让理惠子她们出来，就得让她们站在玄关前。那样的话，她们能看到我在盥洗室里脱衣服。我为什么必须要在理惠子她们面前脱衣服？”然而，松永还是会反复地催促纯子：“我都不能洗澡了，赶快想想办法！”

而且，松永开始说：“理惠子的脑子变得不太正常了吧。”随着时间的推移，他说那种话的频率也越来越高，甚至说出了：“如果她变得像静美那样可怎么办！”

纯子推测松永的意图说：

“开始的时候，我还因为他无法洗澡而觉得很歉疚。但是，即使我请他去洗澡，也会被他拒绝。那个时候，我就开始思考他到底在想什么。结合着他说过的一些话，比如‘脑子不太正常了’‘变得像静美怎么办’，我开始怀疑他可能是想把我妹妹杀掉。但是，我从来没和松永确认这种推测。因为，一旦我说出了口，他就一定会抓住机会，把任务推给我，诱导我去杀死妹妹。我不想杀死我的妹妹，所以也不会主动去招来这个任务。所以，对于‘脑子不正常’这种说法，我总是含糊其辞地否认，说‘应该是因为耳背吧’，或者故意训斥妹妹，装作没听到松永的那句话。”

但是，逃无可逃、避无可避的时刻最终还是到来了。

二月九日晚上，浴室里传来了理惠子和小彩大声说话的声音。

“不，松永先生是那么说的!”

“妈妈，不是那样的!”

看来，两个人为如何理解松永的指示发生了争论。松永和纯子都是第一次听到理惠子和小彩吵架。果不其然，松永没有放掉这个机会。他侧着耳朵听了一会儿争吵的内容，然后得出了结论：“理惠子果然是疯了。”

那天晚上十点左右，松永对纯子使了个眼色，说：“现在我要到那边（M公寓）去。你应该知道我说去那边是什么意思吧。”在那一瞬间，纯子清楚地看懂了他的意图，她确信“松永是在说：把理惠子杀掉”。

松永指示纯子道：“去准备眼下需要的生活用品。”于是，纯子把奶瓶、牛奶和松永的内衣装进一个旅行袋。深夜的时候，主也被叫来，开车把松永、纯子、他们的两个儿子、理惠子和小彩送到M公寓。到达后，松永温柔地说：“理惠子可以睡在洗澡间里。”理惠子说了声“谢谢”，然后走进了浴室。

松永在确认好情况之后，转身面向站在厨房里的纯子、主也、小彩，仅仅作了一个这样的指示：“我现在要睡觉了。你们绪方家的人商量一下，拿出个结论来。”纯子他们一脸的茫然，松永就一边催促着说："快去！快去！"一边把他们赶到了盥洗室，然后扔下一句："在我起床之前，要把事情处理完！"便关上了盥洗室的门。

在狭窄的盥洗室里，纯子、主也、小彩三个人挤得紧紧的，站着商量松永的意思。纯子在听到松永说"拿出个结论"的时候，还弄不明白松永的意思究竟是要让他们"拿出杀掉理惠子的这个结论"，还是直接下了"杀掉理惠子"的命令。但是，当松永说出了"把事情处理完"这句话，纯子理解到了松永的意思百分之百地就是"杀掉理惠子"。

纯子向当时和理惠子分开生活的主也详细说明了情况，然后明确说出自己的理解道："我觉得松永的意思是说'杀掉理惠子'。"主也听后，沉默了一会儿，然后像是下定了决心似的附和道："应该是吧。"

然后，话题很快就转移到了绞杀方式："用什么勒呢？"他们讨论说："擅自使用新东西的话，可能会被松永先生训斥。""妈妈那时候的电线还在呢。本来也是要当垃圾扔掉的东西，所以用那个的话，也不会挨骂吧。"等等。纯子就走出盥洗室，去玄关处取回了放在那里准备扔掉的电线。

眼见着杀害理惠子的事情就要成为现实了，主也却生出了犹疑。他再次向小彩确认道："你妈妈真的疯了吗？"小彩用淡淡的语气，说明导致她们搬进这个房间来的原因，并得出结论说："妈妈看起来确实是疯了。"纯子也确认道："理惠子是疯了。"

纯子回忆道："我并不想继续杀人。但是，松永认定理惠子疯了，指示我们把她杀掉，还把我们关在盥洗室里。我觉得再怎么反抗，也是无济于事的。总之，就只能去考虑执行松永的指示。"

然而，主也说了一句话，纯子的心境为之一变。主也在经过短暂的思考后，面露悲切地说：

“既然松永先生说要‘杀了她’，那就是非杀不可了。但是，我要怎么和优贵解释呢？优贵是恋妈的孩子，很依赖妈妈，要是把理惠子杀掉了，他会怎么想呢？我又该如何对优贵解释妈妈不在了呢？”

正是这句话，让纯子更坚定了“如果可能的话，我还是想避免杀人”的想法。然后，他们三个人的谈话也发生了一百八十度的转变，开始绞尽脑汁地去思考怎样才能避免杀人。

主也提议说：“再问一次松永先生怎么样？松永先生的指示并没有断然说‘杀了她’，而是很委婉的。我们可以利用这一点，就说‘不明白您的意思’。”纯子立刻提出异议，说：“那样的话，就会被通电的。松永正在和室睡觉，如果叫醒了他，肯定会被通电。他会说‘不要什么事儿都来问我’，然后给我们通电。”但是，怎么也想不出来好的主意。于是，纯子下定决心道：“只有按照主也的方法了，再去问一次松永吧。”此时，自纯子拿来电线，已经过去了大约两个小时。

纯子的证词如下。

“我们得出的结论是去问松永，于是三个人思考着具体怎么问。终于，我想到了一个问法，既不会被他责备，而且也可以避免杀害妹妹。我觉得‘没有比这更好的主意了’，那就是问他：‘意思是现在就杀吗？’这样问的话，松永一定会为了逃避责任而回答说：‘我可没那么说。’这样一来，就可以暂时不杀妹妹，争取到时间。具体的问法记不清了，但主要意思是准确无误的。”

但是，这个计划马上就受挫了。盥洗室的门，打不开了。之前，在纯子去取电线的时候，门并没有任何异常，但那时突然就打不开了。纯子想要转动门把手，但门把手纹丝不动。主也用了全身力气去拧，还是纹丝不动。

关于门的状况，纯子讲道："那个门把手以前就不太好用，很多次都是那样，所以我认为当时应该也是坏了。"可是，门把手偏偏就在那个时候坏掉了。于是，她有了一种"被上天抛弃了的心情"。

就那样，他们被关在盥洗室里，时间一分一秒地流逝。不久后，在纯子的心中，那种对电流的恐惧开始发作。她思想的钟摆，从避免杀人的心理，再一次摆回到了之前的位置。

她回忆道："当时，一种强迫性观念向我的心头席卷而来——'如果没有按照指示杀死她，就会受到通电惩罚'。因为松永在两三个小时之后就会醒来，我开始想必须在这段时间内杀了她。而且，就算是能躲过一时，总有一天我们还是不得不杀了她。如果犹疑不决地拖延下去，妹妹反而会遭受更多的严酷虐待、更加痛苦。事后看来，那不过是个借口罢了。但在当时，我就是这样说服了自己去杀害妹妹的。"

纯子打破了漫长而沉重的静默，开口对主也和小彩说道："松永快醒了。如果我们不完成任务，下场就会很惨。理惠子就算是活着，也很痛苦……"听了这话，主也立即提议说："如果那样的话，我亲自动手。"纯子把这句话理解为一种悲怆的决心："如果不能改变她即将被杀死的结局，那么，自己亲手杀死她才是对理惠子更好一点的安排。"纯子的胸口仿佛被什么堵住了似的，一句话也说不出来。

小彩低着头沉默不语。主也看着小彩，毅然决然地说："爸爸要勒妈妈的脖子，你按着她的脚，做最后的告别。”小彩抬起头，看着父亲，轻轻地“嗯”了一声，点了一下头。

轻轻地打开浴室的门，一切都和静美那时的光景一样。洗脸台上的灯光照进了那一片黑暗，理惠子躺在洗澡间的身影依稀可见。她躺在浴槽里，头朝里，腿伸到了浴槽的底边。

主也和小彩悄悄地进去，分别蹲在她的脸旁、膝盖旁。主也正要把绳子套在理惠子的脖子上，就在那一瞬间，理惠子突然睁开了眼睛，凝视着自己的丈夫，轻声地问了句：“主也。我，是要死了吗？”

面对小声询问的妻子，主也回答说“理惠子，对不起”，然后把电线绕在理惠子的脖子上，两端交叉着向两边用力拉紧。小彩把双手按在她的膝盖上，用自己的体重压住她的双腿。纯子在浴室门附近，静静地盯着眼前的一幕。

纯子供述说：“当时，让主也一个人去实施那一行为，我觉得很歉疚，同时也有一种疏离感。当主也说‘我亲自动手’，并指示小彩按住脚的时候，我总觉得自己是被冷落了。没错，主也和小彩确实是理惠子的家人，但理惠子也是我的妹妹，是我唯一的妹妹。所以，我也想做最后的告别。我蹲在门口，捧起妹妹的脚趾，低声说：‘先去吧，等着我。’”

主也并没有像杀死静美时那样地进行确认，而是迅速地松开电线，把手撤走，然后默默地站起身，快步走出了浴室。他一动不动地站在盥洗室里，低声抽泣着说：“到头来，我把自己的老婆杀死了。”与之形成鲜明对比的，是跟在父亲身后出来的小彩。她没有流泪，面无表情，仿佛没有了情感。三个人都呆呆的，时间仿佛凝固了一般。过了一会儿，小彩猛地想起杀死静美时，松永曾指示说“不要让已故的人迷路”，所以让他们把死者的手放好，就低声说了句：“要把妈妈的手放在胸前。”主也回道：“啊，是啊。”就又让小彩进了浴室，把理惠子的双手交叉着叠放在胸前。

他们不得不去向松永报告杀人结束，但门把手依旧卡着动不了。三个人陷入一种沉闷的气氛中，谁都一言不发，默默地等候松永的到来。终于，脚步声响起，越来越近，松永的身影透过盥洗室门的磨砂玻璃，模模糊糊地映现出来。

纯子回忆说：“我当时心想：‘来得及，真是太好了。’这意味着，我们赶在松永醒来之前，结束了杀害理惠子的任务，能忠实地执行松永的指示真是太好了。”

奇怪的是，原本卡住了的门把手，从外面转动了，然后松永走了进来。纯子仅仅报告了一句“结束了”，松永一脸诧异地打开浴室的门，看到了理惠子的尸体。他马上就大声喊道：“你们干了什么啊！”说着，他又把浴室里认真仔细地检视了一遍，再一次喊道：“你们干了什么啊！”

看着松永的反应，纯子惊得一脸愕然，心中泛起了一股不安，暗自想道：“难道是理解错了吗？……”主也一脸诧异着“咦”了一声，和纯子对视了一下。显然，主也的表情里充满着悲伤。纯子的心头也涌上了一团强烈的罪恶感：心想：“是我做了对不起主也的事。”

松永要求他们详细说明杀害理惠子的经过，并不断责问纯子和主也，说：“为什么要这么干？”“动手之前，为什么不来问我？”“你们这些人，干了这么个荒唐事哟。不会被诅咒吗？”纯子解释道：

“我们确实很迷惑，想去问你，但是打不开门。”松永立刻就反驳道：“就知道事情会这样，所以我早早地就醒了。”“你还真是运气坏啊。”

就在那一刻，纯子的心中腾起一团怒火。

“事情走到这一步，我就在想‘还真是装傻充愣啊’。爸爸也是在我给他通电的时候去世的。这次轮到妹妹，我感到迷惑不解的时候，却怎么也打不开门。所以，我能理解那句‘你还真是运气坏啊’。但是，我的心里猛地腾起了一种反抗的想法，想道：‘难道不是你作出了指示，我才杀了人的吗?!’我可以百分之百地确定松永指示我杀死自己的妹妹，但他为了逃避责任而百般狡辩，装作毫不知情的样子，真是令人厌恶至极。当然，那是松永的一贯做法……”

但是，那一股反抗的情绪，并没有化作任何的语言或态度被表达出来，就像泡泡一样，消逝了。

随后，松永开始谈起肢解的问题。像往常一样，他说：“你们自己看着办吧。这不关我的事，真是太烦了。”“要是在这里肢解的话，会让我很为难的。”纯子和主也一边在嘴上说着“对不起，拜托您了”，一边再三地深深鞠躬，乞求松永允许他们进行肢解作业。

但是，松永虽然是那样一副态度，却也没有忘记给出一些建议。他命令把理惠子叠放在胸前的双手“立刻放开”。这一命令的背后，其实是松永在一瞬间里作出的精密计算。理惠子的情况与静美那时并不相同。静美是在被杀害之后立即就开始了肢解作业的，但理惠子被杀是在半夜里，所以必须要等到第二天早上才能出去买工具。但是，人在死亡几个小时之后，尸体就会僵硬，手臂也就无法放下来了，会导致肢解的时候很费工夫。

于是，松永命令道：“尽可能地快些做完。”

最后，松永直截了当地以借款的形式，拿钱给他们去购买肢解用具。而且，肢解作业一旦开始，他就如同恶魔一般反反复复地催促说：“再不快点，就要通电啦!”实际上，他以工作缓慢为由，给三个人都施加了通电惩罚。

那时，纯子受到了嘴唇的电击。松永说：“反正还会通电，不用收拾了。”就把通电工具放在了盥洗室的地上。至于主也，则是受到了手臂的电击。夹子是用绷带粘在他的两只胳膊上，电线则缠绕在脖子上。他保持着这种姿态，进行肢解作业。松永会不时地过来监视，一旦他张口骂“太慢了”，主也就会停下手上的操作，保持着直立不动的姿势，专注地忍耐着通电。

第六章　第五个人、第六个人、第七个人

在这个浴室里，一家人逐个被杀害、被肢解

在短短一个半月的时间里，绪方家的成员从七人减少到了四人。理惠子死后，掉到奴隶序列最末一位的，是主也。

有一天，他们楼下的住户来敲门，抱怨道："不知道是谁在我家门前的过道里撒了好多的尿，恶臭熏人。看脚印，是走向了这个屋子。是你们干的吧！"出面应对的纯子，立即判断是大儿子的错，就在玄关门边打了他一巴掌。母子俩人一起道歉，取得了对方的谅解。但是，松永在听到关于这件事的报告之后，勃然大怒，追究起主也和小彩的责任来。他一边给主也和小彩通电，一边追问道："你们两个，谁把瓶子里的尿给倒掉了？"当时，主也和小彩都否认是自己。但在两三天后，主也却承认说："是我干的。"

在法庭上，纯子代为说明了主也当时的心情。

她说："平时，他们是往饮料瓶里小便的，然后由我负责把尿倒进马桶，放水冲走。但是，主也想小便的时候，两三个饮料瓶都是满的。我想他当时只能自己去倒掉瓶子里的尿。我能明白主也为什么要选择楼下通道作为倒尿的地点。如果倒进马桶放水冲走，冲水的声音会把松永吵醒，肯定会被责骂。如果倒进马桶不冲水，也会被责骂为'随意倒尿'。如果去外面倒尿的时候，松永醒来，被他察觉出来，那还不知道将会受到怎样的惩罚。所以，我认为主也是想尽可能地缩短冒险外出倒尿的时间，因而作出了那种选择。"

但是，对松永而言，这一行为正是他加大虐待主也力度的绝佳理由。从那以后，主也身体的各个部位都会被夹上夹子，甚至连私处也被频繁地通电。

其实，对主也私处的电击在这之前就已经开始了。负责通电的要么是纯子，要么就是当时还在世的理惠子。松永一旦说道："现在开始给主也的下边通电！"主也、纯子、理惠子就排队走进盥洗室，主也裸着下半身，直立不动，阴茎耷拉着。纯子或者理惠子就拿住阴茎，夹上夹子，然后按照松永所指示的次数给他通电。

主也毫不抱怨地熬过了通电。有时候，他的阴茎因为灼伤而出现浮肿症状，就涂上买来的消毒药，再用绷带缠上。即便这样，只要松永一下命令，还是要给他满是伤的阴茎通电。

主也还受到严苛的饮食限制。刚开始住在M公寓时，主也是一日一餐。一开始的时候，每天只吃八片涂上蛋黄酱的面包。但在两个月后，面包就从八片减到了六片。松永曾说："理惠子是女的，所以是六片。主也是男的，所以是八片。"不过，主也为此而对松永抱怨说："自己吃得多，却要在同样时间（七分钟）内吃完。这是不合理的。"松永听后，说道："本来是好心让他多吃一点。谁知他非但不领情，却还那么说。那就也给主也六片吧。"那段时间，主也似乎仍会向松永诉说着他的不平与不满。

偶尔也会有便利店的便当。松永非常巧妙地利用了这种"奖赏"。在减少主也的面包数量后，松永说："理惠子能在规定时间内吃完，真是了不起啊。作为奖赏，这个也给你吃吧。"把便当给了她。松永反复使用着这种"糖"加"鞭子"的手段，主也逐渐也不再抱怨饮食限制，原本有点肥胖的身体急速地消瘦了下去。

饮食最为贫乏的时候是在肢解作业的过程中。那时，绪方家的人被给予的只有“波旁”罐装饼干。其实，这还是因为需要用到饼干罐，把肢解后的遗骨碎末装进去，再扔进大海。松永指示说，扔掉里面的东西的话太可惜了，于是就把饼干作为肢解作业期间的工作餐。

主也一次被给予的饼干，大约是二十块。主也正在进行切割作业，手脏没法儿自己拿饼干。纯子她们就把饼干放进主也嘴里，让他在五分钟之内吃完。还有一段时期，他们被频繁给予可乐、果汁。这也是因为要用到空的饮料瓶，把用搅拌机打碎的肉片和内脏装进去，于是便需要清空瓶子里的饮料。

理惠子被杀害的大约一个半月后，也就是平成十年（一九九八）三月下旬，主也的身体发生了异常变化。法庭上，纯子说明了主也当时的情形。

她说：“主也的身体非常瘦，面部瘦得脸颊凹陷，眼圈深陷，眼眶突出，皮肤干燥，腿上也没有肉，还一直浮肿着。我记得他的大腿和小腿几乎一般粗细了。我想应该是他一直站着的缘故，导致腿部浮肿。不久，主也渐渐地无法走路了。按照松永的指示，我们租了好几个停车位，主也负责每隔几个小时把车子挪换一下车位。跟主也一起出去的小彩打电话来，说‘爸爸走不了了，坐下就起不来了’。最后，主也和小彩好不容易才回来，他恳求松永道：‘我太难受了，能不能让我躺一会儿。’那时，我还有些生气，心里想：‘肯定是故意装着叫苦。’现在回想起来，从不叫苦的主也竟然那样地哀求，说明他应该是非常难受的。”

而且，那段时间里，主也开始剧烈地呕吐，于是和小彩一起被关进了浴室。主也不被允许使用马桶，要吐到塑料袋里，然后由纯子负责把呕吐物倒进马桶，再放水冲走。

那个时候，主也每天被给予四片面包。他因为恶心而吃不完的话，松永就会毫不留情地给他通电。纯子对松永的意图作了如下说明：

“这大概是松永的一种怪癖。他明明知道别人病了，还要去折磨人。我认为，他是担心病人会以生病为借口而希望放宽规定，所以通过这种手段发出警告：‘别做梦啦！’但是，他似乎渐渐地明白了主也是真的不舒服，之后就没再惩罚了。”

主也的腹泻症状愈加严重，于是开始给他使用成人尿裤。但是，松永警告说，用了尿裤就不许漏到外边。一旦漏了，松永就会愤怒地责骂说“真是浪费尿裤”，并给主也通电。

有好几次，松永甚至让主也把粘在尿裤上的大便吃掉。松永对纯子下达指示说，“下次再漏的话，就让他吃了”，而且他居然还详细指定了吃大便的量和方式。纯子遵照指示，把大便分成两三份，分别用卫生纸包好，然后让主也张大嘴巴，一个一个地塞进去，再给他一杯水，让他连同水一起咽下去。

进入四月份以后，主也的症状逐渐好转，呕吐和腹泻也停止了。于是，松永马上就命令主也负责开车，接送自己往返于小仓和中津之间。因为，松永当时有一个情妇住在大分县中津市。

四月七日，松永要去中津，命令主也把胡子茬剃干净。纯子陪主也从浴室走向盥洗室。主也走得很慢，倚靠着洗脸台站在镜子前，两眼无神地看着镜子，用剃刀刮起了胡子。松永问他：“没事吧？”主也坚强地答道：“没事。”

纯子负责监视主也，所以也一同前往。大约两小时后，他们到达中津。松永命令他们在指定的餐馆等候，直到松永联系他们。松永还详细地指示说："既然是带着二儿子的，那你们就要表现得像一对带着孩子的夫妇。""要点量大的套餐，尽可能地慢慢吃，多消磨一点时间。"

纯子和主也忠实地遵从这些指示。他们点了盖浇饭配小碗乌冬面的套餐，并且用了很长时间才吃完。不过，他们开始担心"可能很快就会引起店里人的怀疑了"。这时，松永打来电话说："还要再过会儿，再点一些什么吃的吧。"主也吃完一份套餐后，似乎也吃得起劲儿，于是又点了一份炸肉饼，又是一口不剩地吃了个精光。

之后，他们三人和松永在餐馆停车场会合，深夜里返回了小仓。主也在得到就寝许可后，进了浴室，和小彩一起躺在塑料帘子上睡了。

第二天一大早，纯子像往常一样去监视主也和小彩的情况。她看向浴室里面，发现主也蜷缩着身子躺在那儿。按照松永的规定，早晨监视的时间里，主也是必须要站着的，可是……主也似乎察觉到纯子来了，于是稍稍地抬起上半身，但随后又有气无力地躺了下去。

站在主也旁边的小彩说："爸爸吐了很多。"又拿出了两三个塑料袋。纯子吃了一惊，问："没事吧?"然而，主也没有任何的回答。

松永得到了报告，来到浴室，让小彩说明呕吐时的情形，又向纯子询问前一天吃了什么。随后，他怒不可遏地责骂道："就是贪吃那些油腻腻的东西，所以才把身体搞得那么糟糕!"不过，松永当时并没有惩罚主也，而是指示给他吃些胃药。

但是，在吃完药大概三十分钟后，主也又吐了。于是，松永命令让主也禁食，说："暂时让他的肠胃休息一下比较好。"并在浴室里放了一个装满自来水的饮料瓶，告诉小彩说："为了防止脱水，要尽可能地让他喝水。"主也就这样咕咚咕咚地喝完那一瓶水。大约三十分钟后，主也又开始难受了。第二天，也就是九日，又给主也吃了三次胃药，但是每一次都是吃完了就吐，而且一整天里都在反复地呕吐。

又过了一天，也就是十日，主也的症状进一步恶化。就在前一天，他还能直起上半身吐，现在只能抬起头，吐在小彩拿到脸旁的塑料袋里。松永命令停止服用胃药，说："要是吐得那么厉害，就把药浪费了，所以不给他吃药了。"在那之后，主也自己拒绝了给他的面包和"力保健 D"。按照惯例，违抗松永的指示是必然会遭受惩罚的。但在那时，就连松永也说："最好别勉强地让他吃东西了。"主也脸色苍白，声音微弱，头也不抬地躺在那里，而且还是不停地呕吐，刚吐完却又要吐，但明明是已经没有东西可吐了，只是"呃、呃"地干呕。这样的状态，持续了一整天。

关于主也的症状，纯子作了如下讲述：

"去中津之前，主也的病情时好时坏，但腹泻和呕吐已经停止了，所以即便从中津返回后的第二天早上，主也又出现呕吐情况，我们也还是比较乐观的。然而，第二天，我觉得如果不把他送去医院的话，就可能会有生命危险。之后，他的病情一天比一天严重。十一日前后，我确信：'如果不把他送到医院，他就一定会死。'但在当时，我没想把主也送去医院。因为我曾在妈妈病重的时候，提议送医院，但被松永否定了。我想如果主也会死，那也是没有办法的事情。"

这份证词具有极其重要的意义。因为纯子自己承认了对主也的杀人意图。

在法律意义上，杀人罪的成立，必须以认定杀人者怀有杀人意图为前提。杀人意图包括两种，除前文提到的“确定性杀人意图”外，还有“非必然杀人意图”。简而言之，前者是一种积极性杀人意图，即“一定要杀”，后者是一种消极性杀人意图，即“他可能会死，但我别无选择”。但是，即便是后者，一经认定，也足以构成杀人罪。

主也一案和清志一案存在相似的情况，即施加各种惩罚和限制，致使受害人身体衰弱，并在不久之后死亡。但是，纯子在清志一案中否认了自己具有非必然杀人意图，但在主也案中则作出了全面承认。纯子应该是在经历了清志的死亡之后，能够预见主也的结局，并在某一时刻确信：“这样下去的话，主也会成为清志第二。”

四月十三日，主也的情况稍稍有了一点变化。他喝光了松永给的具有提振精神作用的功能性饮料“ALL P”，接着又喝下了五百毫升的罐装啤酒。

纯子没有目睹那一情景，所以不知道是主也自己喝的，还是被灌下去的。但据她说，松永一边摇着空罐，一边返回和室，一脸得意地说：“哟，啤酒也喝光喽。”又嘲讽着说：“喝水和力保健D的时候会吐，但是喝价格贵的ALL P和啤酒怎么就不吐了呢?”

负责把啤酒送进浴室的是恭子。她在法庭上说：“松永看了主也的情况后，对我说‘拿啤酒来’。”不过，恭子也没有亲眼看着主也喝啤酒。恭子回忆说：“后来松永说过：‘看他要死了，就给他喝了罐啤酒。’”这句话充分暴露出一个问题，即松永已经预见到了主也的死。恭子还作证说：“没多久，浴室里就完全听不到任何声响了。那时，松永说了句‘已经死了吧’之类的话。”

松永的这个预感成真了。在给主也喝下啤酒大约一个小时后，纯子去浴室，发现主也躺在地上，头朝着门，双手抱着肚子蜷缩成了一团。他脸色苍白，仿佛沉睡一样，非常地安静。小彩站在浴室的一边，一脸茫然，嘴里喃喃地说：“爸爸好像死了。”小彩的脸上，没有一丝表情，像是能乐的面具一样。

松永接到报告后，来到浴室，斥责小彩说：“已经死了啊！为什么不叫我啊！”然后，他询问小彩：主也是什么时候死的、怎么样死的。小彩说，他喝完啤酒之后的半小时到一小时，渐渐地没有了呼吸。

松永自言自语似的低声说：“ALL P 也没管用啊。不过，啤酒也喝了，应该也心满意足了吧。”随即命令纯子和小彩进行肢解作业。在肢解过程中，她们按照松永的指示，使用了芳香剂，用薰衣草的香味去中和切开腹部时散发出的强烈恶臭，那味道闻起来像是有什么东西腐烂了一样。

由两个人施行的肢解作业是异常困难的。松永每次上厕所的时候，都会查看浴室里的作业进展，催促正处于疲劳作业状态中的纯子和小彩，他还会因为切割的碎片太大而发怒。

主也死后，除松永和纯子以外，剩下的人全是孩子。其中，松永的两个儿子以及负责照顾他们的恭子依然受到优待，但是，小彩和优贵的处境则越来越悲惨。

松永之所以把小彩和优贵带到藏身处，原本是将他们作为人质，目的是可以操纵绪方一家，尤其是主也。然而，事到如今，这两个孩子已经失去了存在的意义，甚至反而可能成为指证他们犯罪行为的证人。根据纯子的供述，优贵从没有被通电，而且在虐待、杀害和分尸期间，他也一直都是站在玄关处，因被折叠挂帘隔断，所以什么也没有看到。但是，小彩知道所有的事情，因而被松永视为“危险人物”。

纯子提议把两个孩子送回主也的父母家，但被松永一口否定道：“小彩要是多嘴说出去，怎么办?”“就算小彩什么都不说，亲戚们也肯定会问来问去的。要是因此遭到怀疑，不就适得其反了吗?”可是，当纯子提议说要把两个孩子留在身边照顾的时候，松永又是断然地拒绝道：“吃饭是要花钱的。”

那个时候的纯子是这样考虑的。

“小彩和优贵都是温顺聪明的孩子，我想在一起生活不会给松永带来麻烦的，我想过有没有什么更好的办法来说服松永。确实，生活费是会带来负担，所以我想如果由我出钱，小彩和优贵应该就会得救吧。于是我告诉松永说我来筹钱。我的想法是让亲戚、老朋友中关系疏远的人或者不太了解我情况的人借钱给我。”

但是，联系了几个人，没一个人愿意理纯子。松永便指责道：“明明知道自己赚不到钱，还敷衍我!”纯子便很难再说些什么了。

主也死后，大概过了一个月左右，松永终于说出了心里话：“小彩可能不会说出去，因为她自己也有罪，但是优贵并没有犯罪。小彩一旦告诉优贵这里发生的一切，那么优贵将来可能会采取各种手段，威胁到（我们二人的）孩子或者报复他们。为了让小彩和优贵中的一人活下去，就必须杀死其中的另一个。”

那时，松永非常突兀地引用了源平之争的历史——源义经被平家放掉之后，长大后成功复仇的故事。松永总结说："正是因为对孩子太仁慈了，没有杀他，所以后来才会遭到那个孩子的报复。"他又用这个例子作为参照，说出了自己的结论："为避免这种情况发生，我们必须尽快堵住他的嘴。"

听了这番话，纯子知道松永的意思是指示自己杀害优贵。但是她当时不仅没有反驳，反而马上答应说："只能这样了。"在法庭上，她坦白地说出当时的原因："因为我不知道拿什么话去反驳松永。当时，脑子里想着的，只是如何说服自己去杀优贵，而不是怎么去救优贵。"

她说："优贵的父母和祖父母也都不在了，既不能去上学，又吃不饱饭，现在虽然还没被通电，但显然要不了多久，就一定会开始被通电的……一想到这儿，我觉得他就算是活着，也是活得很可怜。最主要的原因，是我不能给松永添麻烦。我决定杀害优贵，并不是因为自己真相信松永说的，我的孩子们将来可能会遭到优贵的复仇之类的话。"

一听到纯子说赞成杀害优贵，松永便命令她把浴室里的小彩带过来，并连珠炮般地质问小彩。

"接下来，你打算怎么办啊？"

"和优贵两个人回爸爸的老家。"

"回去之后，如果别人问这问那的话，你怎么做呀？"

"我什么都不说。"

"你或许不会说，但优贵没问题吗？你的想法太乐观，太天真，觉得优贵对爷爷、奶奶、妈妈和爸爸的死是一无所知的，就算回去也不会有什么害处。但是，我认为正因为优贵什么都不知道，所以一定会如实回答。小彩，你能保证优贵什么都不说吗?”

“我不让他说。”

“就算你不让他说，但是万一优贵说了些什么的话，警察就会趁机采取行动。小彩你也是犯了罪的，会被警察给抓起来的啊。即便那样，你还是觉得没问题吗?”

“……”

“而且也对我不利，我会被警察抓起来。这个责任，小彩你负得起吗?”

“……”

“优贵呀，爸爸妈妈不在了，活着也只是痛苦。他不是和妈妈很亲近么，让他回到妈妈身边去不好吗?”

“……”

“如果小彩你想回爸爸的老家的话，是不是要把优贵杀了才好呢?”

“……”

纯子在一旁听到了这些对话。她在法庭上说道：

“松永一个接着一个地追问那些细小的问题，要小彩回答，然后又针对小彩的回答提出更多的问题，逼得她无法回答。‘会对我和小彩你产生不利影响，你负得起这个责任吗?’这句话起到了推卸责任的作用。与其说小彩什么都没说，倒不如说她什么都说不出来。最终，她决定杀了优贵，回答说‘我会那么做的’。”

五月十七日，在把优贵关进浴室后，松永、纯子、小彩三人在厨房讨论杀人方法。纯子说：“我一个人把他勒死。”松永主张道：“不行，你和小彩两个人勒。”又给出了非常具体的指示：“你们从两边拉。即使累了也不能松懈，尽量多勒一段时间。还有，一定要通过心跳声确认死亡。尸体马上带到洗澡间去。”

纯子和小彩回答“好的”，并请求松永允许她们使用电线。松永同意了：“好，用吧。”然后留下一句“好了，差不多该动手了”，就走进了和室。

小彩把优贵从浴室带到厨房，按照松永给定的剧本，温柔地对他说：“优贵，想见妈妈了吧。”优贵高兴地“嗯”了一声。小彩就指着厨房的地说：“那么，优贵，你先在这儿躺下。”优贵便顺从地躺下，睁着眼睛，仰面躺在那儿。小彩蹲在优贵的左肩旁，纯子蹲在右肩附近。恭子从和室里出来，蹲在优贵的脚踝附近。恭子接到了松永让她帮忙的指示，第一次参与了杀人行动。

小彩说：“我带你去见妈妈。”说着，把电线从优贵的脖子下面穿过去。看到电线，优贵露出了不可思议的表情，但还是乖乖地躺着。小彩拿着电线的一端，与此同时，纯子拿着电线另一头，两人各自把自己手中的电线递给对方，让电线的两端交叉在优贵的脖子上方。

纯子回忆起当时的心境道：“我觉得必须抓紧时间。因为我想尽可能不让优贵感到不安，想尽快结束这一切。”

她们立刻从两边拉电线。优贵发出“呜”的一声，双腿直蹬。纯子和小彩继续用力拉紧电线，几乎要把优贵的脖子和整个身体勒到断开似的。恭子则整个身子压了上去，压住他的双膝。过了一会儿，优贵不再动了，但纯子她们并没有停止，因为要遵从松永“要勒得充分”的指示。

终于，她们松了手，放下了电线。连口气还没喘匀，就马上开始确认死亡情况了。纯子掀开优贵的衬衫，摸了摸心脏附近，含糊地说：“我想是停止了。”小彩把耳朵贴在心脏附近，果断地回答：“不跳了。”纯子也把耳朵贴在优贵胸前听，再次确认已经没有了心跳的声音。

纯子和小彩把优贵的遗体留在原处，马上去向和室里的松永报告。松永大发雷霆道：“为什么不弄到洗澡间去!”二人赶忙把遗体抬进了浴室。

松永反复地确认：“真的已经死了吗?”然后又教训她俩说：“要是勒他的脖子中间，就会花很多时间。必须勒住脖子的上部。”当纯子说“还好有恭子按住了他的脚”时，松永的脸上浮现出得意的神情，说道：“看吧，我说的对吧。”

当纯子要去买肢解用具时，松永命令她“多买一些来”，但没有告诉她原因。在肢解了优贵之后，新买的工具还有剩余。这些工具全部按照松永的指示保管了起来。

到此为止的叙述，是基于纯子的证词。恭子的证词则有着微妙的差异。

纯子在证词中提到了“恭子负责按住腿”，但她本人是否会在法庭上承认这一点受到了人们的关注。考虑到恭子当时的处境和年龄，她不会被判定为罪犯，可按住腿属于协助杀人。有不少记者都在推测，一直以目击证人身份作证的恭子是否会以当事人（加害者）的身份出庭作证，她是否会对此事闭口不谈。

结果，当恭子被检察官问到“优贵被杀时，你是否从旁协助”，她平静地承认了：“是的。我按住了他的腿。”然后，恭子开始描述杀害优贵的现场。在这一点上，她的证词与纯子之间存在的差异，非常显著。

恭子说："一天晚上，松永在厨房里对小彩说：'你的弟弟，你必须要把他勒死。'那时，我也在小彩身边。松永指示我说：'你也一起，按住他的脚。'我一想到优贵会被杀死，而我要被迫协助，就感到无比的恐惧。

"之后，我和小彩去了洗澡间。洗脸台的镜灯亮着，光线照进了洗澡间。优贵仰面躺着，眼睛闭着，穿着白色的运动衫和白色内裤。

"我从盥洗室探着身子，朝洗澡间方向蹲下，双手按住优贵的两个脚踝。绪方压着优贵的两个手腕，小彩用一根带子一样的绳子勒住优贵的脖子。小彩的身体渐渐向我这边靠了过来，我感到很挤，就松开了手。绪方斥责我：'好好抓住脚啊。'

"优贵没有哭泣，也没有喊叫。没有尿裤子，没有排出粪便，也没有痉挛。可能是腿有一点抖动吧。当绪方说'差不多了'的时候，我就放开了手。"

也就是说，根据恭子的证词，优贵被杀的地方不是厨房，而是浴室，而且是小彩一个人负责勒，纯子负责按住手腕。但纯子说是她和小彩从左右两边一起勒死了他。这种情况下，应该是完全承认自己参与勒死优贵的纯子的供述更为可靠。反之，恭子作为一个突然被迫参与杀人的女孩，产生记忆混乱的情况也是不足为奇的。

肢解了优贵的尸体之后，纯子想："终于可以不用再杀亲人了，小彩得救了。"她一直对松永当时说的话深信不疑："如果想让小彩活着，就必须杀了优贵。"

一连几天，松永都让小彩站在厨房里，并在她的手臂和脸上夹上夹子，一边断断续续地给她通电，一边追问道："你是不是要告发我们之前的事！"小彩拼命地回答说："我什么都不会说的。"纯子看到这种情况后，心里认定松永是要让小彩回主也的老家，所以才对她进行训诫，叫她不要多嘴。

关于小彩那段时间的情况，恭子讲了自己的一些回忆，给出了详细的证词。

恭子基本上没有亲近地接触过绪方家的人，但对比自己小三岁的小彩则有所不同。小彩第一次来小仓观看"夏日祭"的时候，她俩就睡在一起，之后也相处得像朋友一样。

恭子回忆道："一起打扫卫生时，小彩一边唱 SPEED 的 *Wake Me Up !*，一边说：'一边唱歌一边打扫卫生的话，就会觉得有趣啦。'小彩和优贵刚来 M 公寓的时候，是被允许看电视和听 CD 的。我们都睡在和室里。"

顺便说一句，恭子是 GLAY 的忠实粉丝。当她和小彩一起唱 SPEED 和 GLAY 的热门歌曲，一起观看人气电视节目的时候，多多少少能忘记父亲被杀的痛苦吧。

但是好景不长，她们两个人的关系还是破裂了。一个是站在厨房或浴室里的小彩，一个是在和室里照看孩子的恭子，彼此之间几乎不再有接触。再一次开始相处，是在优贵的尸体被肢解完成之后。松永突然毫无理由地把恭子骂了一顿，说"我不会再惯着你了"，把她赶出了和室，并命令她和小彩一起睡在厨房里。

恭子的证词如下：

"我睡觉的时候只穿胸罩和内裤，而小彩则是上身赤裸，下身穿纸尿裤。我们没有被褥。小彩睡觉时，手脚都被绳子绑着。松永命令我，在小彩想上厕所的时候带她去。有一次，小彩说‘想去上厕所’，但我当时实在是太困了，就没带她去。小彩尿了裤子，惹得松永很不高兴。现在想起来，我觉得很对不起小彩。”

后来，她们两人一起在厨房里被通电。

“小彩比我更惨。她每天都要被通电，或者是站着对阴部通电，或者是蹲着对大腿内侧通电。通电的理由，要么是睡着了（打瞌睡），要么是尿裤子，要么是没有回答问话……”

据纯子说，对小彩的电击越来越严酷的同时，松永开始把小彩带进盥洗室，关着门偷偷地谈论一些事情。渐渐地，他们进盥洗室的次数和时间逐渐增加，几乎是一天两三次，每次一个多小时。纯子从未陪同过，而且因为声音太小，也听不到说话的内容。恭子也没听小彩说过谈话的内容，但她猜测应该是“为了让小彩回主也老家，告诉她一些需要注意的细节吧”。

但是，松永下令大幅减少小彩的饮食。这让纯子察觉到松永的意图其实刚好相反。

那段时间，小彩一天只能得到四片面包，已经瘦得皮包骨头了。如果把当时两岁的二儿子的尿布（L号）拉开，竟然也可以贴合小彩那瘦骨嶙峋的臀部。即便是这样，松永还是说：“从今天开始就给她一两片吧。”当纯子问他原因时，他只是答道：“要是胖了，那就麻烦了。”

法庭上，纯子说出了当时的心境：“听到这句话的一瞬间，我在心里嘀咕：‘他说的麻烦，会不会是指肢解时候的事呢。’肢解妈妈的时候就是，她身上有很多脂肪，所以肢解起来很费事。因为有过那样的经历，所以我立刻就想到了那一点。我终于意识到，肢解优贵时多买的那些工具，其实是为肢解小彩做的准备。”

纯子开始怀疑，对小彩的过于严酷的通电、在盥洗室里的谈话，不是什么“训诫”，而是在已经有了杀害小彩的意图之下的行为。

纯子说：“我逐渐意识到，松永在试图诱使小彩自己选择死亡。小彩最常遭受电击的地方是脸。我想，松永的目的是不是要让她失去思考的能力呢？我也有过这种经历，因为面部遭到电击而失去了判断力，渐渐无法作出思考，对活着感到厌倦，生存的意志也被消磨殆尽。我想，他是先让小彩处于那种状态，然后用巧妙的话术让她产生‘想死’的念头吧。小彩一个接一个地杀害并肢解了自己的祖父母、父母和弟弟，我想这足以让她产生绝望。”

纯子的怀疑成真了。

在开始减少面包数量的几天后。松永和小彩谈完话，从盥洗室出来，突然告诉纯子：“小彩也说要那样做。”纯子无法理解他的意思，松永随即转向小彩征求她的同意：‘嗯，是这样吧？’小彩低着头沉默了一会儿，视线落在地上，微微地点了一下头。

接着，松永把小彩关进了浴室，再次叮嘱纯子：“小彩自己也说了‘想死’。”纯子反问：“是要杀了她吗？”他回答：“不，还不知道。”

纯子回忆道：“我以为小彩真的很想死，是发自真心地告诉他‘想死’的。我自己就想过‘能不能快点杀了我啊。死了的话，多轻松呀’，所以我认为小彩也和我一样。其实说“想死”也并非不能理解，反正活着也只是痛苦。小彩既然这样说了，也是没办法的事，所以我没有跟松永说‘不要杀人了’。”

恭子也记得，当时松永曾经暗示过要杀死小彩。

她回忆道："松永对绪方说：'那家伙好像要开口了，必须得处理掉。'当时不在现场的只有小彩，所以我意识到'那家伙'应该指的就是小彩。我觉得，'开口'应该是指揭露绪方家人被杀的秘密，'处理'就是'杀死'的意思。我心里想：'他们会要我协助肢解尸体。我可不想那样，太可怕了。'如果小彩被杀了的话，只有绪方一个人，所以我要不帮忙也都是不行的了。在那之后，又过了几天，松永还对绪方说：'那家伙要死了，不用给她吃的了。'"

平成十年（一九九八）六月七日，在优贵被杀的三周后，松永决定杀死小彩。在厨房里，他对纯子和恭子下达指示："你们从两边拉。现在就动手。"说完就走进了和室。

纯子准备好电线后去了浴室，想把小彩带出去，而小彩已经知道了一切，她默默地自己走到了厨房，仰面躺在优贵死去的地方。纯子和恭子在她的两肩旁蹲下，要把电线从她的脖子下方穿过去。那时，小彩特意稍稍抬起头，以便电线更容易地穿过去。

当电线的两端交叉缠绕在脖子上时，小彩静静地闭上了眼睛。纯子用双手抓住电线，和恭子对视了一下，随后两人开始用尽全身力气拉紧了电线。细细的脖子一下子被勒紧了，但恭子的力气太小，小彩的头慢慢地被拉向了纯子那边。

"使劲拉！"

听到纯子的斥责，恭子涨红了脸，随即更拼命地拉着。小彩的头不再移动了。那个画面，看上去就像是一场拔河比赛。

纯子在证词的最后说道：

"我一边继续拉着电线，一边看着小彩的表情。我看见她闭上眼睛，像是睡着了一般。但我没有停止。杀优贵的时候，松永让我使劲拉，所以我就拉得更用力了。小彩完全没有乱动乱闹，也没有大小便失禁。小彩本来就皮肤白皙，那个时候也是皮肤白皙，面容美丽。我们没有进行死亡确认。我不知道这是为什么。可能是因为已经勒得够久了，觉得应该没问题了。”

两个人放松了力气之后，电线从手上滑落。随即，她们把遗体抬进了浴室。虽然那不是松永的指示，但之前她们因为没有把优贵的遗体抬进浴室而遭到了训斥，所以不会再一次犯下同样的错误。

把遗体放在浴室后，纯子去向松永报告。松永点了点头，说了句“是嘛”，接着就下达了指示：“我现在要搬到V公寓去，你们去准备行李。”

纯子和恭子赶紧收拾好行李，松永和大儿子、二儿子、恭子一起搬进了V公寓。关于搬走的原因，纯子推测说：“当时天气很闷热，我想松永大概是预料到尸体在肢解过程中会散发出难闻的气味吧。此外，他或许也多少有一些罪恶感，不愿意看到肢解过程。”

在松永的指示下，纯子一个人留在了M公寓。她立刻在厨房天花板上垂挂了帘子，设置隔板，在浴室窗户上贴上黑色塑料，取出之前保管着的工具，开始准备肢解作业。很快，恭子就回来帮忙肢解尸体。纯子给松永打电话报告说：“恭子刚刚到了。”

电话里，松永问道：“现在是什么情况？”

纯子说：“正在肢解前的准备。”

松永命令道：“先不管那些，先把小彩的头割下来！”

接着又说：“总之，先要把头割下来！”

松永一副焦躁不安的模样，这让纯子惊诧不已。在肢解过程中，先割头再放血是既定路线，并不需要松永来下达指示。纯子说："我从中感觉到了别的意思，就是'不要让她活过来'，仅从这一点来看，我感到松永心里似乎很害怕。"

另一个负责执行任务的恭子又给出了怎样的证词呢？

记者们普遍认为："这一次，她肯定会沉默寡言，什么都不说吧。"在杀害优贵的时候，她只是按住脚踝，而杀小彩的时候，她是负责勒脖子。很难想象一个只有十九岁的少女，能够公开讲述那样的杀人场面。

但是，旁听者们再一次为恭子精神力量的强大震撼了。她没有丝毫犹豫，全盘承认了"勒住小彩的脖子是我和绪方一起干的"。

不过，恭子关于这一处的证词，和纯子的也有很大不同。首先，恭子说小彩是被松永和纯子通电电死的。

恭子说："小彩被杀那天，我正收拾行李准备搬去V公寓。就在这时，从厨房传来了松永的声音：'准备好电'我在搬着行李的时候，看到了给小彩通电的画面。小彩全身赤裸着躺在地上，手脚被绳子捆着。松永坐在小彩脚边的椅子上，绪方站在折叠挂帘的旁边。松永说'把它夹在大腿上'，绪方就把夹子夹在了大腿的外侧和里侧。然后，松永通了电。小彩抽搐了一下，并没有叫出声，只是发出了类似于打嗝的'嗝、嗝'声。小彩一直抽泣着。大约三十分钟后，就再也听不到她的声音了。当我经过厨房时，看到小彩已经闭上了眼睛。她的身体已经完全不动了。我心想'她可能已经死了'。松永告诉绪方：'因为你逃跑了，所以不得不杀死所有的人。'"

在小彩被杀害后，除纯子以外的其他人都从M公寓搬到了V公寓，关于恭子又返回M公寓这一点，两人的证词是一致的。但之后的内容就又出现了不同。

纯子说的“恭子立刻帮忙肢解尸体”，与恭子的说法不同。恭子本人说“是被迫帮忙勒小彩的”。也就是说，恭子承认自己勒了小彩的脖子，但勒的不是活着的小彩，而是已经被通电杀死之后的小彩的脖子。

恭子说：“出发去V公寓前，松永对绪方说：‘说不定小彩会复活，你盯着点。’然后，他又对我说：‘如果你也跑了，就杀了你全家。’如果我逃跑，不仅我自己会被杀，我的爷爷、奶奶也会被杀，我觉得我逃不掉。

“出发的时候，天已经黑了。我们坐出租车，五分钟就到了V公寓。一到V公寓，松永就让我马上返回M公寓，我就跑着回去了。一想到马上就要被迫协助肢解尸体，我就很害怕，很厌恶。

“绪方打开门锁，我走进了房间。只有小彩尸体上方的灯泡亮着，光线昏暗。小彩还在被通电时的同一个地方，仰面躺在地上。她的脸上盖着一块白布，脖子上系着一根绳子。站在小彩右肩附近的绪方说‘你去那边’，我就站到了小彩的左边。然后她说‘拉那边’，让我去拉小彩脖子上的绳子。我太害怕了，以至于全身抖得厉害。但是，我知道反抗的话下场会很惨，所以就照做了。我如果不照做的话，就可能被杀，而且我也害怕被电击。

“我没有坐下，而是蹲在那儿，双手紧握着绳子。绪方对我说：‘用一只脚踩住小彩脸上的毛巾，不要让它掉下来。’然后我和绪方勒住了小彩的脖子。我不太记得勒了多长时间，但是感觉过了很久。勒的时候小彩没有动，也没有叫出声来。我看绪方松了力，我也跟着松了劲儿。绪方取下搭在小彩脸上的毛巾。小彩的表情像是睡着了。我感觉她的脸色要比平时苍白了一点。然后我们把小彩的尸体搬到了洗澡间，开始肢解。”

恭子和纯子的证词之间，为什么会有如此大的差异？那是完全不得而知的。

有旁听的人说：“恭子如果说自己勒的是活着的小彩，就等于是杀人了，所以她撒谎说自己勒住的是死了的小彩。”但实际上，我们所听到的恭子的证词是具体而逼真的，很难认为是虚构的。但同样，纯子的证词也不像是虚构的。应该是她们中的一个人出现了记忆混乱，很难辨别谁的证词更可信。检察官和辩护律师再三地提问：“你们记得没错吧？”两人都毫不动摇地说“没有记错”，都不曾更正自己的回答。

进入肢解作业的情形后，两人的证词再次吻合。

松永在肢解作业中从未回过 M 公寓，也没有看一眼小彩的遗体，但他频繁地打来电话。因为电话太过频繁，纯子和恭子便把手机挂在浴室的墙上。松永这边催促着纯子说：“总之快一点！”“再不快点，尸体就要腐烂了！”转过去又向恭子抱怨道：“我一个人照顾孩子太辛苦了！”或者是对着纯子大喊大叫：“为什么我必须得照顾孩子？他们是你的孩子！”松永显得焦躁不安，情绪很不稳定。

关于肢解用具的处理，松永也下达了比以往更详细的指示。为了不让别人捡到后拿来用，他们把桶的把手卸下扔掉，把锅踩扁，还故意在扔掉的工具上淋上酱油。

至此，服部清志、绪方誉、绪方静美、绪方理惠子、绪方主也、绪方优贵、绪方彩等共七人的杀害和肢解作业，完全结束。

之后，松永他们五人继续在M公寓和V公寓之间辗转生活。但是，从誉他们那里榨取的资金，早晚也会耗尽。于是松永开始着手寻找新的金主，第二年的夏天，他把目标锁定在一个有双胞胎男孩的三十多岁的家庭主妇身上。她因与丈夫不和而苦恼，正在考虑离婚。这一点与第四位金主宫田贵子完全相同。于是松永故技重施，再一次探听出她的烦恼，并逼她离婚，和自己住在一起。就连让她离家出走，住进他新租的公寓里的这些手法，也和贵子那时候一模一样。

但是，不知为什么，松永竟然没有对这名女子实施通电等虐待，而仅仅是骗她的钱。松永把纯子介绍给她，作为她的"避难所"，供她躲避丈夫，并以此为由索要钱财。那个女人在筹不到钱之后，就去粉红沙龙工作，继续付钱给纯子。

纯子对她说，"你丈夫雇佣的侦探正在找孩子""你丈夫的目标是孩子，所以你至少应该把孩子藏起来""如果你每月向我支付儿童抚养费，我可以照顾你的孩子。那样你就可以安心工作了"，等等。该女子相信了纯子的话，在小仓北区租了一间公寓，让孩子们藏在那里。松永让自己的两个孩子也和他们住在一起，由恭子来照顾他们。据检方的调查，在两年半左右的时间里，借助纯子之手，他们从该女性手里诈骗的金额高达三千三百多万日元。

但是，这种生活也走到了尽头。

恭子在初中毕业后，一直被迫专职做家务和当保姆。平成十四年（二〇〇二）一月，恭子遭到松永的严重暴力虐待之后，逃到了祖父母家。之所以逃跑，是因为她确信“这样下去，自己一定会被杀掉”。这就是在第一章开头描述的、恭子的第一次逃亡。

平日里，一有什么事的话，松永都要恐吓恭子：“把我养你的钱还给我!”恭子一直以为，只要还了钱就能得到解脱。因此，她请姑姑给她办了存折，然后把存折和印章一起放进了V公寓的信箱里，并留下了“我会把钱放在存折里，这样做实在对不起”的亲笔字条。她是真的打算每个月给松永汇款。

但是，如前所述，松永将恭子从祖父母家带了回去。然后，松永把恭子关了起来，又对她进行了残忍的虐待。他强迫恭子写下一份“相关事实的说明”，内容是“我杀害了爸爸清志”，并威胁她说“如果你再逃跑，我就把这份说明交给你的祖父母”，甚至肆无忌惮地胁迫道，“下次再跑的话，我就把你送到你爸爸身边去。这很简单的哟”“就算你跑了，我也会派侦探去找你，或者叫黑社会来帮忙找。一找到，就把你杀了”“你把孩子们扔下自己一个人跑了，警察会以保护责任人遗弃罪逮捕你”。

还有，松永听雅子说恭子曾把一个字条交给了祖母，之后便对她进行了一次“通电审讯”，并让她写了一份“血书”。他给了恭子一把小刀，让她切开自己右手的食指，用血写下“我再也不会逃跑了”，并用血署名。松永将那份血指印贴在了衣柜的推拉门上。

虐待仍在继续。松永递给她一把尖嘴钳子，命令她在五分钟内拔掉右脚的拇指趾甲。恭子用钳子捏住自己拇指的趾甲尖，慢慢地向上拉，想把它拔下来，但因为疼痛难忍，就犹豫了一下，哭丧着脸哀求道：“我做不到，我做不到!”但是，松永说：“你不拔的话，我就来给你拔。你只剩下一分钟的时间喽。”恭子屏住呼吸，咬紧牙关，一口气把钳子使劲地向上一拉，把趾甲拔了出来。拇指一阵剧痛，一股寒意从拇指窜到腰部，鲜血从趾甲被拔下的地方流了出来。恭子看到周围满是鲜血，放声地大哭了起来。当纯子问“要不要治疗一下”时，松永却说“那样就行了”。不仅如此，松永还命令纯子用晾衣绳去勒恭子的脖子。

这样的虐待持续了大约有二十天。终于，恭子第二次逃跑成功。一连串的案件得以暴露在青天之下。

如果恭子没有试图第二次逃跑，或者再次失败，她就会像她的父亲清志和绪方家的其他成员一样，被持续虐待直至形同废人，最终逃不掉被杀害和被肢解的下场。纯子也一定会遵从松永的指示，继续执行她的任务。

假如恭子从这个世界上消失了，那么这起史无前例的连环监禁杀人案，也必将成为一个不为人知的“完美犯罪”。因此，恭子成功逃脱，并在公开审判中出庭作证，就有了极其重要的意义。意义之大，是多少笔墨、多少口舌也都难以表述的。

当恭子被问到希望被告受到怎样的惩罚时，她加重了语气，坚决地说：

“爸爸的仇人，我一定要报仇雪恨。对让我们承受如此痛苦的仇人，报仇的方法就是让松永、绪方两人均被判处死刑。”

纯子，直到逃亡生涯的最后一刻，还坚持着对松永的绝对服从，再也没有像在汤布院时那样试图逃跑。从杀害小彩到被捕的这四年左右的时间里，纯子在想些什么呢？

她内心的幽暗是如此之深，以至于她本人都无法用语言来表达。纯子接受检察官的询问，作出了回答。问答如下：

“你为什么在小彩被杀后，还继续与松永一起行动？”

“为什么……也没有可逃的地方，也没有要去的地方……没有考虑得太多。”

“有没有想过要自首？”

“是的，想过。”

“那为什么不自首？”

“因为我考虑到了松永和恭子他们。当时，我认为松永的罪行很轻，因为实施犯罪的人是我。但包括清志的案子在内，如果我自首的话，松永就会被警察带走，就会给他带来麻烦，恭子也会遭受世人的白眼与歧视。”

“如果没有被逮捕，你将来打算怎么办？”

“我活着，是因为怀着和孩子们一起自杀的念头，所以应该是会和孩子们一起死去吧。松永无数次对我说，‘因为你逃到了汤布院，我不得不杀了你们所有人’‘我被卷进去了。为什么要让我遭受这些’‘因为有你和孩子们，给我带来了多少麻烦！就恭子和我两个人的话，我就可以假扮成服部清志，好好地活下去’。松永甚至还和我说过‘他们是你的孩子，你来处理吧。处理完后你再自杀吧’之类的话。我一直认为，那样就是最好的结果了。我就是靠着那样的念头活着，过着那样的生活。”

“但是，你并没有带着孩子一起自杀。原因是什么？”

“孩子们不听我的话，所以我想我也无法把他们带出去。松永一直向孩子们灌输我是一个多么糟糕的母亲。他甚至对他们说，‘这个女人打算杀了我’‘如果爸爸被杀，你们要去找隔壁的姐姐求助，跟她说这个女人叫绪方纯子，正在被警方通缉’。”

“你的孩子们现在生活在福利院里，对此你是怎么想的?”

“我认为，这对他们来说挺好的，他们的人格不会再被扭曲了。一想到小彩和优贵的事，我的内心就非常难受，觉得很对不起他们……”

“回顾你和松永在一起生活的这二十年，你有什么感受?”

“我觉得是受到了松永的影响，但这是我自己的人生，我必须为自己的所作所为负责。”

当纯子被问及“是否后悔”的时候，她突然沉默了，用平静的、略带哀伤的语气说：“后悔这个词，难以表达我对受害者的心情。但是，当我回忆自己的人生时，我也有过从逆境中学习的经历。我想我能看见处于极端情况下的人的善良，也能在那样极端的环境中感受到家人之间的温情。就连松永，也并非什么都没有给予过我。”最后，她斩钉截铁地说：

“仅就自己的人生而言，我没有任何的后悔。”

这句话，是不是在她即将面临死刑、在顿悟的状态下说出来的呢？当一个人接受了死亡的时候，会感到平静，同时，也将接受过去。纯子恐怕也是如此吧。当她下定决心，要严肃对待任何刑罚的时候，内心应该多少会有一丝安宁吧。在拘留所的单人牢房里，在日复一日回忆过去的历程中，她从充满阴暗的人生记忆中，隐约看见一些积极的因素，例如“从逆境中学习的经历”“在极端环境中感受到家人之间的温情”“松永所给予我的”。而且，在她的心中，应该是一天比一天地更加确信那些积极性的因素。

我不知道“这些因素”具体指的是什么。她在法庭上也没有被询问过此类问题，所以我想避免一些毫无根据的猜测。但不管是什么，“这些因素”肯定会帮助纯子在她悲惨的过去中找到救赎，并反过来支撑着她，让她接受过去。

当然，纯子也应该知道，她的遗言是不会被受害者或受害者的家属所理解的，他们反而会因为她的“装模作样”而感到愤怒。但是，就她现如今的心境而言，那些话绝对不是谎言。

第七章　松永太的陈述

平成十五年（二〇〇三）六月的松永太

（摄影：共同通信社）

到目前为止，我们根据纯子和恭子的证词、检察官的调查信息以及对相关人员的采访，回顾了绪方一家的监禁杀人案。但是，必须说明的是，这个案件还存在一个“松永版本”。这是一个以完全不同的角度讲述的故事。

对于检察官和纯子所主张的控制绪方一家的说法，松永自始至终都断然否认。

他说：“我从未对饮食、睡眠或排泄加以限制，也没有对他们进行等级排列。为了确保共同生活顺利进行，我们有一套最低限度的规则，只要他们遵守规则，绪方家的人是可以自由生活的。

“我是曾经给绪方家的人通电，但那是一种管教，叫做‘秩序性通电’。意思就是，通电是为了让大家遵守规则，绝不是虐待性的行为。而且，次数很少，大部分是在四肢。通电之前，也一定会说明理由，得到对方同意之后，也就是说在对方知情并同意之后才会通电。而且，在他们死亡之前，我从没有对他们进行过密集的电击，那不是事实。”

尤其是针对纯子的通电，他执拗地强调这是一种“管教”。

“我承认我给纯子通过电，但不像纯子证词中说的那么残酷。对纯子来说，我就是严父一般的存在。这样做是为了让她遵守各类注意事项而略加惩戒，绝对不是虐待。纯子自己也是同意的。首先，我对纯子做家务的方式很不满意。最令我惊讶的是吃饭的时候，她竟然会把臭了的食物摆上餐桌，给孩子们吃。冰箱里的食物是由纯子负责管理的，但里面有好多东西都发霉了，而且还塞进去了很多已经臭了的食物。女人在购物前应该确认冰箱里的东西，像我妈妈和前妻那样，但纯子从来没有这样做。她会买下乱七八糟各种东西，把它们放到冰箱里。里面甚至还放了好多变黑了的绿叶蔬菜。我简直怀疑'她是不是天生就跟冰箱命相不合啊'。也提醒过她好几十次，为此也给她通过电。但都没有得到改善。"

此类口供不胜枚举。每一个都引得大家笑作一团，法庭俨然成了一个剧院。

但是，无论松永如何喋喋不休地否认对纯子实施通电虐待，纯子还是在法庭上公开展示了作为物证的已经粘连在一起的右脚小趾和第四趾，以及烂掉一块肉的大脚趾。对于纯子展示的物证，松永如何作答就显得格外引人注目。那时，他很少见地用含糊的措辞回答道："关于大脚趾的损伤，我承认是通电导致的，但脚趾粘连并不是通电造成的，原因我不清楚。"

以下是松永对这一系列事件供述的要点。我们从纯子汤布院逃亡的故事开始叙述，以便读者能充分体会到松永编故事的本事。

"平成九年（一九九七）三月左右，我们的生活已经入不敷出了。于是，我对纯子说：'这一次，你一定要去赚钱了。'想让她从绪方家拿到钱。说完这话的第二个月，纯子就把她的二儿子留在静美的父母家，然后不知道逃到哪儿去了。

"我对纯子丢下二儿子并消失无踪的做法，感到非常愤怒。作为一个母亲，她竟然如此不负责任。我给静美打了电话，才知道纯子去了汤布院。我马上请誉、静美和理惠子过来，找他们商量。我把

纯子肢解清志尸体的事告诉了他们，并问他们：‘你们能允许纯子独自生活吗？那她不是又要去犯什么罪了吗？’

“誉和静美似乎是想，‘如果松永失去了对纯子的控制，她可能会引起更多的麻烦。但如果让纯子在松永的管理之下，那就可以放心地让她过逃亡生活了’。理惠子似乎很生气，她说：‘我代替姐姐成为绪方家的继承人，一直以来过着平静的生活，为什么要把这样麻烦的问题带给我们？’我想这就是他们三个人合作，计划把纯子带回来的原因。誉一家人都信任我，他们似乎认为‘这个男人虽然会做几件坏事，却是一个有节制的人，即便做坏事也是有限度的’。”

松永承认，是他让誉一家告诉纯子说自己自杀了，并在纯子回来之后集体动用私刑，把她弄了个半死。但是，他声称，誉一家后来往返于小仓和久留米之间的事，并非出于胁迫，而是他们主动做的。即使在公寓里，他们也是在非常和谐的氛围中讨论纯子的未来，并且在一起喝酒，相处得很亲近。

对于纯子在门司站逃跑一事，松永承认是恭子联系了他。然后，他去了小仓站把纯子带了回来。但是，对于后来的惩罚，他语气坚定地说：

“誉和静美在当天就赶了过来，一边发着牢骚，一边狠狠揍了纯子一顿。纯子被誉殴打之后，吐了血，并最终晕倒。怎么说呢，像是为了逃避挨打而演的一出戏。我只是在看着，并没有参与殴打。”

换句话说，誉和静美才是施暴者，而他自己只不过是一个旁观者而已。

对于收取钱财的经过，他强调说，这件事是誉一家完全同意的，而且是非常顺利圆满地决定的。

“在汤布院和门司站那两件事之后，我彻底厌倦了纯子。我一再拜托誉一家，说：‘我已经没办法再照顾她了，请你们把她带回久留米吧。’但是，他们反复地拒绝说：‘虽然是很对不起您，但我们不能把她带回去。我答应了××先生（给理惠子和主也做媒的绪方家一方的人），我不会让纯子留在家里。’我告诉他们说，带着纯子一起逃跑是很费脑子的，也要花费很多钱。誉当即表示理解：‘我明白，我们会出钱的。’正因如此，我们才讨论了由我继续照顾纯子的条件。

“最后，我们一致决定，由誉一家替纯子负担孩子们的生活费。还有，为了能让纯子逃亡到诉讼失效的那一天，他们要为我的智慧和技巧支付相应的费用。誉一家担心纯子是个‘不定时炸弹’，他们别无选择，只能依靠我，帮助她从警察的通缉中逃脱，也防止她鲁莽行事。为此，他们不得不给我提供金钱。誉从农协借了三千万日元，以现金形式交给我，作为‘逃亡护送技术费’。我从来没有勒索过他，是誉他们心甘情愿要我‘照顾好纯子’的。”

他进一步地声称，誉一家之所以激烈抗议绪方的亲戚们，来到小仓居住，而不再返回久留米，并不是因为自己的指示和诱导，全部是誉一家自发的行为。

“在绪方家的亲属会议上，当被问及‘是否给了松永三千万日元’时，据说静美拼命为我辩护，说‘松永不是一个坏人’。但是，他的弟弟们为了财产不被夺走，以亲弟弟的名义给本家的田地设置了临时登记。

“誉一家对于那些亲戚只想着保护自己财产的行为，感到非常愤慨。他们提出了强烈抗议，但临时登记还是没能被撤销。我绝对没有煽动他们去抗议，是他们主动提出了抗议。

“平成九年（一九九七）十一月，是通缉犯搜查强化月。搜查人员拜访了绪方家，并询问了刚好在家的静美。因此，誉他们就不再返回久留米，开始住在M公寓里。他们对自己的亲戚很失望，说：‘想和他们断绝关系。不愿在老家生活了。’这种情绪似乎非常地强烈。他们各自都主动辞去了工作。

“我们每晚都喝酒，一起讨论如何筹钱等问题。我给了他们很多建议，所以誉一家对我非常钦佩，也越来越依赖我。于是，我们在十二月十五日起草了一份协议书，内容是：‘我们一家把大女儿纯子交给松永太，直到刑事案件的诉讼时效到期。为此，我保证全家团结一致，援助纯子和松永太的逃亡计划。’

“那个时候，誉和静美一直希望我能和纯子结婚。作为逃亡所需费用，已经收到的三千万是不够用的，需要追加三千万作为以后七八年的‘逃亡护送技术费’。但誉跟我说：‘如果你和纯子结婚，你们就是夫妻了，也就不用付护送费了。’也就是说，他们想要通过结婚来逃避支付更多的钱。我想：‘真是个小气鬼啊，就像漫画里的一休和尚，真让人佩服啊！’

“但是，自从汤布院的事情发生以来，我就不相信纯子了。考虑到即使我们结了婚，我也无法保证纯子的行为，我起草了一份题为‘纯子行为连带保证书’的文件，请誉一家签字。他们立刻就答应了。”

需要补充的是，这份供述中出现的松永和绪方家之间的数份文件仍然存在，是在房屋搜查时被查收的，并被法院采纳作为证据。根据纯子的证词，誉是在被通电的情况下，被迫起草这些文件的。

但是，松永声称这些文件都是在讨论并征求双方同意后起草的。事实上，这些文件中大多都有类似“在轻松的氛围中起草的”这样一句话。但是，特意那样强调的话，反而显得不自然。

关于绪方一家六口被杀害一事，让我们总结一下松永的供述。

首先，当被问及是否承认他们相继死亡的事实时，松永承认了。但他同时坚称：“事实上，他们的死亡跟我没有关系。”他同样承认了尸体被肢解的事实，但他斩钉截铁地说：“在肢解誉的过程中，我虽然扮演了导演的角色，但在肢解其他五人的过程中，我根本就没有参与。”

关于绪方一家六口的死亡，他给人们呈现了这样一个故事：“绪方家的人互不和睦，彼此憎恨，把对方当作障碍，最终演变为互相残杀。”据他所说，他们中的罪魁祸首是纯子和主也。

据纯子本人说，在她逃跑未遂之后，便已然是一具行尸走肉了。她被排在了最后一位，不被允许自由发言。但是，松永声称，从那个时候开始，纯子对誉一家和松永就表现得非常傲慢，而这也为后来的一连串事件埋下了伏笔。

“那个时候，纯子似乎对把她当成累赘的誉一家越来越不满。她有时候会傲慢地说：‘如果我和松永分手，最麻烦的应该是你们吧。我和松永在一起生活，是为了你们哦。’有时候还会故意找茬，或是拳打脚踢、施加暴力。就我所见，纯子从来没有叫过誉‘爸爸’，而是直呼其名‘誉’。誉一开始也说‘不许直接称呼我的名字’，但她依然如故，誉也只好放弃了。她也对静美直呼其名，看到一个没洗的碗，也会怒不可遏地说：‘你这家伙，不会给我好好洗吗！’理惠子迟到的时候，她也会生气地说：‘你这家伙，怎么迟到了！’我还看到纯子在公寓的和室里打主也的脸，还说：‘你是我的亲戚，让我打一下没事吧。’一副理所当然的样子。这让我大吃一惊。即使是对我，纯子也趾高气扬地说：‘正因为我从汤布院回来，你才能从我爸妈那里搞到钱哟。’”

松永还说，在誉他们渐渐筹不到钱之后，纯子就越发蛮横无理起来。

关于誉死亡时的情景，纯子说的是，松永说小彩找不到橙子醋后的态度不好，因此他生了气，并把誉叫回来通电。但是，松永是这样说的：

“因为小彩睡觉尿床了，我很生气，就用手机打电话把誉一家叫了回来。理惠子在电话里坦率地向我道了歉，所以我的愤怒在那个时候就已经平息了。而纯子则完全是因为另一件事而对誉一家不满的。誉要求从‘逃亡护送技术费’，也就是那三千万日元中支付公寓的押金和租金，纯子怒气冲冲地说：‘为什么非得我们付钱呢。’我觉得这个要求是可以接受的，便说：‘你们的事，还是你来说吧。我不管了。’当誉一家回来的时候，纯子像打开了闸门一样滔滔不绝地抱怨。誉则反唇相讥道：‘到处都借不到钱，我也不知道怎么办。’我在厨房里，一边喝啤酒，一边听着他们的对话。凌晨五点左右，我来到和室，看到纯子一边给誉的乳头通电，一边说：‘为什么必须由我们付钱！’紧接着，誉就向左前方倒下了。纯子还接着说：‘你居然睡着了！’并再一次给他通了电。

“我厉声说道：‘快住手！’我开始担心已经昏倒了的誉，便让他仰面躺着，给他嘴对着嘴做人工呼吸。主也给他做了心脏按摩，纯子、静美和理惠子给他的手脚做了按摩。但是，誉最终没有醒过来。

“孩子们因为在附近的旅馆里，所以没有人看到誉的死亡现场。但是，理惠子跟我说：‘我不能跟小彩隐瞒我父亲的死亡，也想让小彩看看遗体，让她做最后的告别。’所以我只把小彩一人从旅馆里带了出来。

“之后，大家一起讨论了如何处理誉的尸体的问题。主也建议将尸体埋在山上，但我不同意，我说‘动物会把尸体啃得乱七八糟，那样他将无法往生成佛’。而且，‘就这样放着的话会生蛆，还是无法往生。现在已经是一刻也不能耽误了。如果想让誉成佛，我们别无选择，只能在这里肢解尸体。纯子和我知道怎么做，所以不要紧。’我把话一说完，大家都举双手赞成。于是，以主也为主，我们开始了肢解作业，一周左右就结束了。”

在这段口供中，松永说他在誉死亡之前把孩子们转移到了旅馆。换句话说，他可能是想说，“恭子也跟着搬走了，所以没有目击到死亡现场”。但是，这个供述其实很容易被推翻。恭子本人在法庭上作证说，“转移到旅馆，是在肢解作业开始之前”，并详细讲述了松永对纯子下达通电指示的场景。

此外，松永声称自己没有杀害誉的动机。理由如下：“一直到他去世，我都把他看作一棵‘摇钱树’。确实，由于之前的临时登记，已经不能拿绪方家的土地作抵押来借钱了，但还是有办法从高利贷那儿借到钱的，我正计划着让誉多跑几趟高利贷。此外，因为誉有高压气体和锅炉的从业资格证，所以我也考虑成立一个公司，这样就可以向工商会和国民金融公库借钱。誉也说了，‘如果我去恳求的话，可以从同和资金那儿借到钱’，所以我也在考虑采取这个办法。”

但这不过是迫不得已的一个辩解罢了。如前所述，静美已经从高利贷借了最高额度的钱，松永应该知道，作为静美配偶的誉是借不到钱的了。开公司获得融资的说法也是不切实际的。作为一家中小企业的前老板，松永应该深刻体会到融资审查的严格性。很明显，对松永而言，誉已经没有利用价值了。

那么，松永实际上有杀害誉的主观意图吗？

当松永指示纯子给誉的乳头通电时，他应该知道那里离心脏很近，很危险。而且依据常理判断，把它用在身体病弱的老人身上会更危险。但是，如果就此认定，松永是估计到了誉的死亡而让纯子通电，从而有计划地杀死他，那也是不合理的。关于誉，纯子也否认了松永和自己有杀人意图。就算对纯子和恭子的证词内容进行了翻来覆去的调查，也找不到可以推翻这一说法的材料。因此，如果仅限于誉的死亡，那么松永所主张的“并非故意”这一说法，也许并不能称之为谎言。

松永的供述转到静美一案。

与纯子所讲的一样，他也说静美开始发出类似于“啊”“呜”这样奇怪的声音。但是，他声称这不是他虐待的结果。

“我以为这是痴呆的前兆。据说，静美的母亲得了阿尔茨海默病。所以这应该是遗传的原因吧。为了防止外面的人听到奇怪的声音，我请静美搬到了浴室，然后大家一起讨论了接下来拿静美怎么办的问题。”

但是，他所说的讨论内容与纯子的证词之间，简直是天壤之别。在纯子等人的陈述中，他们想把静美送进精神病院，但松永反对这个想法，理由是担心静美会乱说话，而且要花钱。但是，松永本人的解释与此不同。他说：

“虽然有人提议说送到精神病院，但纯子和主也强烈反对：‘如果让她住院，可能会把爸爸的事告诉医生、护士和前来探望的人。’我想：‘静美也参与了肢解尸体，不可能告诉别人’‘就算是告诉了别人，因为静美精神有问题，谁也不会相信的’。况且，在誉死亡的整个过程中，我本人并没有给他通电，我是不怕让静美住院的。但最终，纯子和主也还是一直表示反对，说‘她也许会说出来。那样一来就全完了’。”

松永双唇张合之间，竟然就把自己说的话变成了纯子和主也的台词。

对于“一个小时之内拿出结论”“要做就快点做”“借给你钱也可以”等等纯子口供中被迫杀人的事，他自然予以否认。他说自己当时在V公寓读书，大约一个小时后回到M公寓，那时候才第一次听到静美被杀的消息。

“到达M公寓的时候，理惠子出现在玄关，她哭着说：‘主也杀了妈妈，是勒死的。’我当时吓坏了，问主也：‘怎么回事？’他回答说：‘是我杀了她。我认为我必须这样做。’纯子也说：‘是主也杀了她。’我心想，静美被主也杀了的事看来是真的，于是生气地说：‘你们都干了什么事啊！怎么在我不知情的情况下就自作主张。’”

他还斩钉截铁地说，别说参与肢解了，自己连静美的尸体都没看到。

另外，和誉死亡的时候一样，他表示自己没有杀人动机，原因是静美还有利用价值。他说：“如果让她住院的话，一天就能拿到一万五千日元的住院补助金”“如果是痴呆，就能拿到残疾人手册，怎么说也会有养老金入账”“如果病死了，人寿保险金也到手了”……他再次强调了他和静美的男女关系，甚至讲述了一个可以说亵渎死者的丑恶故事。他说：

“在我二十二岁的时候，我和静美曾是情人关系，那个时候我还很爱她。在我开始逃亡生活后，我们就再没见过面。但当静美开始出入 M 公寓时，我们又开始保持肉体上的关系。后来誉跟了过来，我们就暂时中断了关系。誉死后，纯子他们出门去买肢解用具，只剩下了我们两个人。静美主动诱惑我，说她很孤独，因此在时隔很久之后，我们又一次发生了关系。我想如果她还活着，她会成为我的得力助手，给我干活儿也会很利索。

“因此我绝不可能有杀死静美的念头，或是作出杀害她的指示。但纯子有杀静美的动机。她一直担心自己杀害誉的事情被静美知道，而且纯子和静美的关系本来就不好。她发现了我和静美的男女关系，心里一定很不痛快，对她怀恨在心。此外，主也同样觉得发疯的静美很碍事，所以伙同纯子把她勒死了。纯子说理惠子也参与其中，但她那么伤心地哭着说‘妈妈被杀了’，所以我觉得理惠子不可能参与其中。”

那么，对于理惠子的死，他又是如何解释的呢？

从目前为止的陈述中我们可以看到，松永一直在强调他和理惠子也保持着特殊关系。他应该是想说他根本没有杀害理惠子的意图吧。首先，松永从理惠子和主也的夫妻关系开始谈起，说他们的夫妻关系很糟糕，而自己又是如何如何进行干预的。

“他们双方都来找我商量。这边，理惠子抱怨说：‘我其实不想嫁给主也。但姐姐已经离家出走，我别无选择，只能嫁给他。’那一边，主也说：‘理惠子明明以前堕过胎，却向我隐瞒。我们结婚后，她还在一家酒吧工作，和客人一起去酒店，甚至和公司的同事发生了关系。就连之前谈好的土地所有权更名的事，我也被绪方他们家给骗了。’两个人都真心想要离婚。在酒桌上，主也还对理惠子实施过暴力。他经常说‘我受够了这一切’。”

松永的故事是这样的：随着夫妻关系的不和，主也的暴力也越来越严重，最终，主也勒死了理惠子。

根据纯子的证词，理惠子被害当天，松永暗示纯子说：“现在我要到那边（M公寓）去。你应该知道我说去那边是什么意思吧。”也就是说，松永暗示纯子杀了理惠子。一到M公寓，他就告诉纯子、主也和小彩说：“在我起床之前，要把事情处理完。”

对此，松永说：“我到M公寓去是因为想和恭子上床。”但是到了之后就困了，“在和室的床上睡着了”。又说：“那天理惠子去博多还高利贷的钱，顺便买来了辣渍鳕鱼籽。我就把鳕鱼籽作下酒菜，喝了很多的烧酒，到那儿的时候已经是酩酊大醉了。大约三个小时后，我睡醒了，这才知道理惠子被杀了。”

松永说：“我从厕所出来的时候，主也叫住了我：‘小太，等一下，等一下。’主也向我坦言：‘事实上，我刚刚在浴室里勒死了理惠子。’我生气地问他为什么要这样做，主也说：‘我无论如何都不能原谅她。’纯子一口咬定说：‘主也杀了理惠子，我是过去阻止了的。’但纯子不在的时候，我向主也询问了详情。据说是纯子把理惠子锁在了浴室里，然后敦促主也杀了她，她说：‘如果让理惠子就这样活着，理惠子和松永就会暗中勾搭成奸。’

“后来，主也请求我：‘能不能让我把理惠子的尸体肢解掉。’我拒绝了，说在这里不行。但是他一个劲儿地恳求，我才不情不愿地答应了，让他‘那就快点做吧’。我心里十分厌恶，不愿与绪方家再有瓜葛，所以从没有去看过理惠子的尸体。”

并且，他还解释了理惠子的利用价值，否认了自己有杀人动机。

他说：“理惠子是个美人，所以我一直想让她在高级俱乐部工作。而且，她也没有债务，就想让她去借大量的高利贷。理惠子要是死了，小彩和优贵就会被留下来，那么问题是由谁来照顾他们呢？而且，我和理惠子已经有男女关系了，一直以来我都非常珍惜她。所以我不可能想杀死理惠子，我也绝不会指示或诱导他们这样做。”

松永所谓高级俱乐部之类的话暂且不说。理惠子当时已经失业了，根本不可能借到钱。此处，又是松永在自掘坟墓。

接下来，是关于主也一案的供述。

据纯子说，理惠子死后，对主也的通电和饮食限制变得愈加苛刻，以至于他非常虚弱，几乎到了寸步难行的地步。但是，松永对这一说法予以全盘否认。

他说：“我从未对他施加过严格的饮食限制，而且主也开始在M公寓生活后，也是可以自由外出的。他经常去玩弹子机和老虎机，有时候还带着孩子们出去玩。我几乎不在外面吃饭，但主也经常在外面的家庭式餐馆或拉面馆吃饭。因此，虽然我也不知道他是否满意，但即使是在M公寓，他也一直在很好地吃饭。”

松永说，在他去大分县中津市见情人时，主也的精神状态很不错，非常痛快地接受了开车的任务，甚至是以一种去郊游的心情带着纯子和纯子的二儿子出了门。在开车回家的路上，主也开心地说：‘我在等小太的时候吃了炸猪排、乌冬面和冰激凌。点了好多好多，真是吃撑了，吃撑了。’回到公寓后，他喝了啤酒，然后上床睡觉了。但很快，他的健康状况开始急转直下。

松永说：“睡醒之后去洗手间时，我看到他在洗脸台那儿呕吐，吐得像瀑布一样激烈。因为滴到了地板上，我觉得很脏，就请主也到浴室里去。我问：‘要不要带你去医院？’他回答说：‘不用不用，已经不怎么疼了。’我给了他一些我自己的肠胃药，他吃完后，恶心的感觉似乎好了一些。

“但后来，他又开始喊起头疼来。我有点来气，说‘差不多得了啊’‘肯定就是宿醉啦，头痛的话应该喝一些可以缓解宿醉的酒’，于是推荐他喝点啤酒。主也拒绝了，说‘已经喝不动了’。但是，他的头痛似乎很快止住了，在浴室里睡起觉来。小彩和他睡在一起，我指示她：‘你爸爸要是有什么不对劲的话，就马上告诉我。’之后，我又继续睡了。

“下午三点左右，小彩说‘爸爸没有呼吸了’，纯子就去浴室看了看。她回来后，告诉我‘主也已经死了’，还说他的肚子胀得鼓鼓的。我吃了一惊，心想应该是饮食过量导致病情恶化，因而猝死的吧。我认为这是绪方家的事，不想掺和进去，所以就没有去看尸体。尸体的肢解，是由纯子和小彩完成的，我完全没有参与。”

一个活得好好的人，竟然在大吃大喝后猝死。这也真是个离奇的故事。关于主也猝死的原因，松永作了这样的解释：

“他原本就超重，又大吃大喝，导致肝脏有毛病。平成九年（一九九七）七月，他被诊断出患有慢性肝炎，去了医院治疗。尽管医生警告他禁止饮酒，但他从来没有停过，几乎每天晚上都跟我们一起喝很多的酒。一个晚上，我们四个人大概喝了有五十瓶啤酒、两瓶葡萄酒和两瓶烧酒。主也正是这样肆无忌惮地放纵自己，才导致突然死于某种内脏疾病。”

需要补充的是，主也的病历已被法院采纳为证据，证明其慢性肝炎等病情属实。从这个意义上来说，可以说他比之前作出了更为成功的辩解。但是，还远远不可能借此推翻纯子那令人胆寒的证词。

优贵、小彩的案件大概是最令松永头疼的了。纯子和恭子的证词之间虽然多少有些不同，但在“接受了松永下达的杀人指示”这一点上，二者是完全一致的。

但是，松永并没有气馁。正如搜查员所说的，“那家伙相信自己能挺过去”，松永表现出了这种“信念”。

首先，他从纯子的精神状态开始讲起，说她的精神越来越糟糕。

他说：“在主也死后，纯子每天晚上都大量地饮酒，忽而情绪低落，忽而又开怀大笑，而且对谁都会随意地发火，还说‘要不要去爸爸妈妈那里呢’，暗示自己会自杀，精神上一直处于不安定的状态。她因为担心优贵和小彩会留在这里，还说过要把他们都送到福利院去，也曾对我说过‘他们不会给你添麻烦的，不用担心’之类的话。我觉得，两个孩子的去留问题是绪方家的事儿，因此我对纯子的话并不热心，只是说‘不要给我添麻烦’。”

据松永所说，不久之后，纯子突然告诉他，说自己杀了优贵。

他说：“平成十年（一九九八）五月十七日下午六点半左右，为了收拾肢解主也尸体之后的残局，纯子带着优贵和小彩从 V 公寓搬去了 M 公寓。但在大约两个小时后，纯子打电话给我说：‘优贵在和小彩泡澡的时候，在浴缸里淹死了。接下来该怎么办啊。’我吓了一跳，问她有没有做人工呼吸，她回答说：‘不行了，不行了，已经死了。’我让她把优贵的尸体放在洗澡间里，然后赶紧回来。过后，我问纯子究竟是怎么一回事，她坦白地说：‘之前我说谎了，是我和小彩把他勒死了。’我惊呆了，愤愤地说：‘你干了件多么可怕的事啊！’纯子哭了起来，说：‘我看优贵实在是太可怜了……’”

松永说，他接下来是这样考虑的：

“我心想，这要是被恭子知道了，那就麻烦了。誉是意外死亡，主也是病死的，静美和理惠子是被主也勒死的。所以，就算是恭子告诉了别人，那也不能算是纯子的罪。但是，这次的主犯毫无疑问是纯子，而且她是带着主观杀人意图的，要是被恭子知道了，告诉了别人，那可就麻烦了。我自己什么都没参与，倒不会有什么麻烦。但纯子是我孩子们的母亲，要是她进了监狱，孩子们就会无依无靠。

“纯子也不想被恭子抓住把柄，就求我给她出主意。我告诉她‘我可以给你出主意，但我不想让自己变成坏人，最终还是由你来决定’。我刚说完，她就表示听懂了我的意思，说‘我知道，绝对不会给你添麻烦的’。于是，我提出了‘设置模拟杀害现场’的建议。

“也就是说，像清志那次一样，让恭子误认为自己参与了杀人行动，让她感到内疚。我想，这样一来，恭子就不会把事情告诉任何人了，因此我策划了一场伪装行动。

“这个计划是让小彩去勒优贵尸体的脖子，然后中途去把正在睡觉的恭子叫起来，说‘你也来帮忙’，命令她去摁住优贵的脚。之所以让小彩勒优贵的脖子，是因为我觉得即使恭子告诉别人，谁也不会相信明明有大人在场，怎么会让一个孩子来杀人呢。恭子睡醒之后有一个习惯，就是会发呆，大概会有个四十分钟吧。如果刚睡醒就叫她按腿的话，应该不会发现优贵已经死了的事实。就这样，伪装工作按照剧本的设计成功实施了，恭子对自己参与杀害优贵一事深信不疑。”

松永在供词中巧妙地运用了纯子和恭子证词中的不同之处。对于勒住优贵脖子的执行人，纯子说是“我和小彩”，恭子说是“小彩一个人”，而他则根据两者的说法编了这样一个故事，甚至得出了这样的结论：说到底他给恭子下达指示只不过是一场表演而已，让她按住尸体的腿并不等于就是下达杀人指示。

关于杀害小彩一事，松永说是纯子突然告诉他的。他说：

“优贵的尸体肢解差不多一周就结束了，现在只剩下小彩一人。六月七日下午六点半左右，纯子说‘我们过去打扫一下卫生’，就带着小彩去了 M 公寓。M 公寓里只有恭子一人。大约两小时之后，纯子和恭子回来了。我没看到小彩，于是问她：‘小彩怎么了？’恭子低着头沉默不语，纯子也沉默了片刻，然后坦白道：‘本来没想杀小彩，可最后还是和恭子把她给勒死了。’

“我没想到会是这样，便吃惊地追问经过。纯子不停地找着借口，说什么：‘本来没想杀的。但我对小彩生了气，一怒之下勒了她的脖子，结果真就给勒死了。’至于说纯子具体是为什么生气，我忘了问了。

“一开始，纯子是想用绳子勒住小彩的脖子来虐待她的，但她将绳子与小彩的下颌平齐，从脖子后面沿着下颌线向上拉，这样就把她给勒死了。我拿纯子作试验，向她展示了相同的勒人方式，严厉地说：‘这和上吊是一样的，人的颈动脉和呼吸道会被堵住。一不小心就会闹出人命的呀。’纯子听到后非常地沮丧。”

对于小彩的死因，纯子和恭子的证词完全不同。纯子说小彩是被电线勒死的，而恭子说小彩是被绑着躺在地上，然后被通电致死的。本料想松永会利用这些差异，编织出一个精致的故事情节，但不知为什么，松永最终编造的故事却很潦草，只是说“纯子在虐待小彩时失控了”。

同样，他也谈到了被害人的利用价值，这似乎已经成为了他的一种习惯。他说：“优贵和小彩并不是累赘。我想和他们一直生活在一起，保持密切的联系。因为他们是‘金蛋’，是非常珍贵的‘摇钱树’。

“优贵是绪方家五十年来第一个出生的男孩，是重要的继承人。我想一定要好好珍惜。我听说他的奶奶很疼爱他，所以考虑在抚养他一段时间之后，就把他送回主也的父母家，然后就可以借着这几年的抚养费等各种名义，向他们要四百万到一千万左右的钱。而且，优贵对纯子的罪行一无所知，所以我不担心他会告诉别人。

“小彩是很重要的。她努力地帮我打扫卫生，做饭。而且，经过我的管教，她非常明白什么话不能说，所以我也不担心小彩会跟其他人说什么。她很漂亮，很聪明，也很能干，所以我想让她今后从事那种古典的风俗业，也就是舞伎。我考虑着五年后，把她交给京都的艺伎养成机构，让她接受严格的训练，如此一来，她就会在这个行业出类拔萃。如果小彩成为一流的艺伎，那么肯定会给我带来数以千万的钱。”

最后的所谓舞伎的那段话，会不会是松永想发挥他特有的服务精神，试图让无聊的旁听者们发笑呢？事实上，松永在看到他的故事受到大家欢迎的时候，整个人显得格外愉悦，说得也越来越起劲。这样的被告，可真是前所未有的。

但是，应该指出的是，每次笑声平息之后，总会听到旁听席上的各个地方都有叹息的声音。大笑过后，旁听者们突然冷静下来，被拉回到了现实中："这个'快活的男人'的本来面目，不正是那个用穷凶极恶的手段夺走七条生命的暴徒吗？"自己居然被那种人逗笑了，是多么荒谬、多么残忍的一件事啊。一想到这儿，旁听席上便不由自主地发出了叹息之声。

最后，当法官问松永对绪方一家的感受时，他板着脸坚定地说：

"我表示哀悼，但我也觉得很麻烦，因为他们是在我住的地方被杀死的！"

以上是对松永版本事件经过的简要记录，由松永供述，并有利于松永。他的有些故事，听起来带着一种奇异的真实感。但纯子明确地表示，松永很擅长通过夸大琐碎的事件，或者把不同时期的事件拼凑起来，编造对自己有利的故事。事实上，松永的证词充满了各种矛盾，在审判过程中来回更改证词的情况也并不少见。

对于欺诈、虐待、极度混乱的性关系等反社会行为的指控，松永都毫不犹豫地承认了。甚至对于诉讼时效已过的毁坏和遗弃尸体案件，他也承认了七宗之中的两宗。但另一方面，他绝不承认杀人。也就是说，松永的故事是为了逃避连环杀人的罪名而勉强编造的。他非常清楚，承认了杀人就不能免除死刑，所以才用尽一切办法避免承认杀人。

另外，在松永的故事中，绪方家的人被描绘成轻易就会犯罪的穷凶极恶的人。但我们不能忘记，在遇到松永之前，他们都是老老实实地生活在九州偏远地区的普通人。至少在松永给纯子打电话，让她看高中毕业纪念册之前，他们从未卷进任何与犯罪相关的纠纷当中。

第八章　消失的两个人

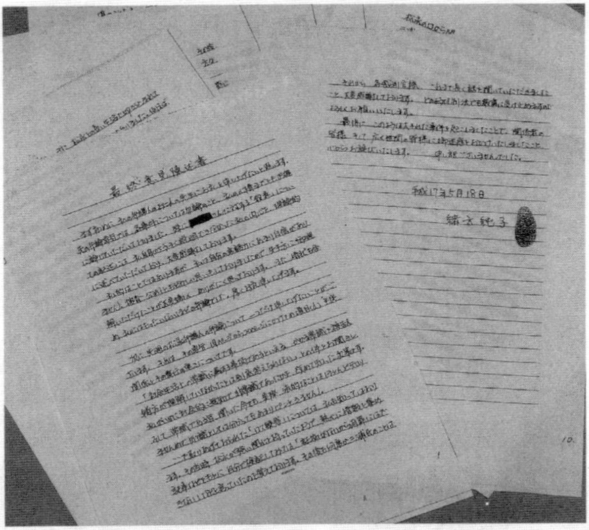

纯子的最终意见陈述书中多见谢罪之辞

对两名被告的审问结束后，审判终于迎来了最后时刻。平成十七年（二〇〇五）三月二日的公开审判中，检察官进行了总结陈词。在朗读了大约四个半小时的陈词书后，检察官认定，松永太和绪方纯子两人对七名受害者怀有杀人意图，并有计划地合伙杀害了他们。对于难以推断死因的清志和主也被杀一案，检察官的结论是，他二人死于监禁虐待所引发的多种器官衰竭。检察官认为："在世所罕见的连环杀人案中，两名被告需要负担的刑事责任是极其重大的，在我国的犯罪史上也是绝无仅有的。两名被告为了让已经失去利用价值的受害者彻底闭嘴，竟然把这七个人全部杀害。对于其所作所为与畜生无异的两位被告，判处极刑是必不可少的。"因此，检方请求判处两人死刑。

松永和纯子在量刑上并未被区别对待，我对此怀有极大的异议。

检察官最看重的证据就是纯子的全部供词。检察官对纯子的供词予以高度评价，例如，"具体、详细、逼真，符合大部分的客观证据""她一个接一个地亲手杀害了无可取代的家人，正因为经历了这种极具冲击力的场景，使她记忆的正确性得到了充分的保证""她已经做好了自己被判死刑的准备，并且以一种真挚的态度接受审判""她甚至毫不保留地供述了对松永有利的情况，因此没有理由怀疑她作出意图推卸责任的虚假供词"。

尽管这样，对于纯子否认自己对清志和誉怀有杀人意图的供述，检察官在陈词中还是作出了如下认定："纯子怀有杀人意图，这是明确的。"就这一点而言，其中存在巨大的矛盾。

旁听者普遍预测，对松永太的死刑判决是毫无疑问的，但对绪方纯子可能会作出无期徒刑的判决。原因首先是纯子被松永以虐待手段支配了长达二十年之久，她无法拒绝杀人的指示。但是，检察官主张松永和纯子之间没有支配关系，因此两人负有同等的刑事责任。

检察官说："一方面，松永敢于使用任何必要的手段来满足他强烈的金钱欲望，但另一方面，他又非常地小心，以至于表现出一种病态，不惜一切代价销毁证据，甚至不留下一根头发。然而，纯子的性格中存在瞬间冲动的倾向，会非常快地做出决定，行为鲁莽，或者说自以为是。也就是说，松永想出了各种大胆而巧妙的犯罪，但他过于小心谨慎，非常讨厌弄脏自己的手，绪方就成为了他不可或缺的存在，因为她轻易就会放弃思考，毫不犹豫地作出判断，甚至忠实地执行松永给出的犯罪指示。坦率地讲，两名被告就像是一辆车上的两个轮子：一个是毫无是非观念的犯罪发起者，另一个是忠实遵循指示的犯罪执行者。"

另外，检察官还提到纯子在杀害母亲静美和外甥优贵的时候，是不愿意听从松永的指示的，因此认为纯子未必会绝对服从松永的指示。他认定：如果纯子挺身而出，试着去阻止的话，那么至少小彩和优贵这两个幼小的生命是可以被拯救的，其他的杀人案件也是如此，纯子有很多机会去阻止案件的发生。

检察官进一步认为，松永支配纯子时，与其说是借助通电的手段强迫她服从，倒不如说是想尽各种手段来说服她。他的结论是，

“两人之间虽然自始至终是上下级关系，但这种关系并不具有压制绪方个人意志的主导性作用，因此不能允许绪方的刑事责任低于松永”。

但是，检察官一方面认为，誉一家之所以绝对服从松永的原因在于，因电击虐待和生活限制所形成的心理性支配；另一方面，却不承认这种心理性支配同样作用于长期遭受严酷虐待的纯子。这难道不能说是逻辑上的漏洞吗？

预测纯子将被判处无期徒刑的第二个理由是，纯子的供词对查明案件的全部真相起到了重要作用。例如，我们仍然记忆犹新的东京地铁沙林毒气事件的主犯林郁夫，便是因为类似的原因被检察官请求判处无期徒刑。但是，本案中的纯子虽然作出了详细供述，却仍然遭到了检察官的严厉指控。

检察官说：“在查明本案的过程中，我们不否认绪方的供词起到了极其重要的作用。但是，和松永自始至终坚持荒谬至极的狡辩相比，她的供词只不过是给人留下了比较深刻的印象而已。即使把绪方的供词作为一种有利的情形考虑在内，也不足以抵消被告销毁证据的行为以及被捕后长期保持沉默和拒不认罪的事实。更何况对于这样的理解，认为这种供词可以减轻对杀人案的量刑，无疑是在践踏受害者及其家属的感情。显然，绪方的供词不能成为其逃避死刑的理由。”

同年四月二十七日的审判中，绪方纯子的律师做了结案陈词，再次否认了纯子对清志和誉的杀人意图，认为被告应该以伤害或伤害致人死亡罪而被起诉。此外，针对检察官声称的松永和纯子之间不存在支配关系的说法，则予以了正面反驳：“由于松永的长期虐待，绪方在精神上受到了支配，无法拒绝杀人指示。”

值得特别注意的是，律师团首次公布了一份心理鉴定意见书，意见书中分析了纯子无法回避杀人的心理学背景。与用于确定是否具有刑事责任能力的精神鉴定不同，心理鉴定是在被告具有责任能力的前提下，作为量刑的判断材料而被使用的。

鉴定者是专门从事犯罪心理学研究的筑波大学研究生院教授、精神病学家中谷阳二。在拘留所与纯子会面并进行访谈和心理测试后，中谷分析说，纯子的行为倾向和价值观在遇到松永之后发生了变化，具有被家暴女性的典型特征。特点包括自我评价低、自己承担施虐者的行为责任、否认愤怒和恐惧的同时又感到内疚等等，所有的一切都适用于纯子的情况。中谷以纯子的门司站逃跑一事为例，他认为这个例子具有象征性意义。纯子在门司站逃跑之际，还在考虑施虐者的情绪：“怎样才能在不给松永添麻烦的情况下死去”。

此外，关于松永，中谷教授指出他“拥有运用各种巧妙技巧来操纵、支配他人的非凡才能”。他说松永的足智多谋和对电击的运用，可以说相辅相成，发挥了巨大的威力。

中谷教授说：“多年以来如例行公事一般的反复电击，带来的效果非常强大。‘在被诘问之后，否认会被通电，肯定也会被通电，沉默还是会被通电’的模式逐渐导致被施虐者的注意力全部集中在‘如何避免眼前的电击’上。（中略）无论做什么，脑海里首先浮现的都是‘通电惩罚’，因此，相对的，理性的行为选择和动机意识则被遮蔽。产生的后果就是，绪方最先考虑的是如何敏锐地把握松永的意图，准确地遵循松永的指示。（中略）松永的指示并不是直接和明确的，他总是采取一种委婉的建议和暗示的形式，但绪方会立刻将其作为执行的标志，不给自己留下任何思考批判的余地。尤其重要的是，松永似乎最大程度地利用了绪方的这个弱点。”

中谷教授的结论是，由于长期遭到虐待，纯子对松永产生了强烈的顺从心理，这导致她参与了一系列的犯罪。他说：“从精神病学的角度来看，很难将这种行为看作基于正常决策所做出的行为。”

根据这一鉴定结果，似乎可以将责任能力作为审判的争议点，因为纯子在犯罪时是刑法意义上的“精神衰弱者（精神失常导致判断善恶能力减弱的人）”。但是，纯子的律师团列举了如下事例：纯子为避免静美被杀而向松永提议住院、为推迟理惠子的被杀时间而和主也商量，并由此得出结论认为：“绪方具备相应认知能力，清楚不能杀人，清楚这一行为的违法性。”

在此基础上，纯子的律师团提到刑法中的“适法行为的期待可能性”。这种观点认为，如果认定犯罪者在实施犯罪行为时，不能或不会以正常的理性方式行事，就可以将之视为酌情减刑的理由。

纯子的律师团是这样申诉的：

“应该说，期待绪方在犯罪时采取理性行动以避免杀害他人是极其困难的。这一点可以从以下事实中得到确证：主也是一名前警察，很年轻，具有强烈的正义感，但他杀死了静美和理惠子。而且，完全没有犯罪倾向的理惠子也直接参与了对静美的杀害。

“从绪方在审判中的供述可以看出，绪方是发自心底地向受害者道歉的。绪方相信，在审判中诚实地叙述真相，使真相得以揭示，相应的审判得以进行，就是对受害者及其家属最大的反省。而她一直也是这样做的。

“留下一条性命，在监狱里长期服刑也是一种很好的赎罪。我请求允许给绪方一个机会，让她在长期服刑之后，有生以来第一次能有机会按照自己的意志、自己的判断，走上自己的人生之路。”

在纯子一方进行结案陈词两周后的五月十一日和十八日，松永太的律师团进行了为期两天的结案陈词，全面反驳了检察官的总结发言。

对松永提供的供词，检察官予以了谴责：“这是企图通过追究绪方和受害者的刑事责任来逃避自己的责任，他以为死人不会说话”“这些都是不自然、不合理的说法，再加上他没有正当理由地反复更改证词，其辩解几乎毫无可取之处”。与之相对，检察官维护了纯子：“有许多物证和第三方的供词是相吻合的”“关于绪方一家和两名被告之间关系的部分陈述，也有很多较为合理的部分”。

当然，松永太的律师团对事件的描述几乎完全基于松永的声明。例如：“清志是在浴室里跌倒，并撞到头部而意外死亡的”“主也是自己不注意身体而病死的”“对松永来说，绪方家是他今后继续逃跑的资金来源，是松永赖以维持生计的必要人物。他们的存在是有必要的，因此没有任何事情足以成为松永的杀人动机。另一方面，绪方明显具有较松永更大的对绪方一家的控制权，是绪方不顾松永的意志，根据自己的判断实施了对全家的杀害。松永没有杀人，也没有下令杀人”。

唯独对誉的死亡，律师团表示：“松永为纯子提供了通电许可，制造了杀人的契机。在这一点上，他是有责任的。”尽管松永承认了自己与伤害致人死亡罪有关，但对所有七项杀害指控均不认罪。

五月十八日公开审判结束前，两名被告都作了最后陈述。

审判长宣布：“请绪方被告作最后陈述。”然后，身着粉色短袖衬衫和黑色连衣裙的纯子向法官深鞠一躬，笔直地站在证人席上，手中拿着由自己亲笔所写的文稿，用平静的声音朗读道：

“在和松永一起生活的二十年里，我一直远离社会。或许是因为这个原因，即使被逮捕、被拘押，我也没有特别不自然的感觉。我花了很长时间，才从松永的精神控制中挣脱出来。一开始，我一直顽固地缩在自己的壳里。但是，随着日复一日接触各种各样的人，从打招呼开始，再到反复交谈，我感到自己的内心逐渐平静了下来。受此影响，我才能够改变，才能摆脱松永的魔咒。（逐一读出调查员、检察官和辩护律师的名字）如果没有和那些人相遇，就不会有现在的我。对此，我深表谢意。

“二十年间丢失了的自我，在这三年里，又找了回来。我真的心怀感激。

“我并不知道全部的真相，也不知道他们每一个人的心中所想，甚至不能说了解他们所受的切实的痛苦与折磨。尽管如此，我觉得我有责任尽可能地去讲述每一位已故受害者的情况，并想在法庭上代表他们发言。即使我做不到为他们沉冤昭雪，也希望能给他们带来哪怕一点点的安慰。这也是我向死者赎罪的一种方式。

“如今回想起来，一切都是非正常的。现在的我简直不敢相信当时的自己。我不知道我怎么能做出那种事情，但毫无疑问这是我自己犯下的罪行。

“我有两个孩子。从今以后，他们的一生都要请广大的民众来抚养。我希望他们生活的社会更加美好。现在，我的这份期望，面向的是所有的孩子们。每当我听到有孩子被卷入的案件，都会备受煎熬，如坐针毡。我希望孩子们生存于其中的这个社会，至少对孩子们来说是安全的、美好的。我时常想起优贵和小彩。一想起他们，自己的深重罪孽和忏悔之情便会促使我发自内心地如此祈祷。

“人生无法重来，但我一直在思考，是否能为自己犯下的罪行弥补些什么。当然，这也不过是我的自我满足罢了。但是，如果时间允许的话，我将努力去思考，这样的自己，在今后可以做点什么。

“回想起来，我给很多人带来了麻烦，伤害了很多人。World时代的事，也是我无法抹去的罪过。我真的很抱歉自己做过的事。另外，我要向服部恭子小姐、宫田贵子小姐，致以诚挚的歉意。我还要向你们的家人表达深深的歉意，我让你们承受了无法估量的、终生难忘的伤害。我要向那些逝去的人们表示歉意。我不认为可以用自己的一条生命去弥补自己的罪过，但还是请你们原谅我。

“最后，我要向广大的民众表示诚挚的歉意，制造了这样骇人听闻的案件，给大家带来了诸多的困扰。”

纯子的陈述大约有十分钟。她颤抖着读完了那几张便笺上的内容。旁听席上鸦雀无声，有些人甚至热泪盈眶。

审判长宣布：“被告人松永，请你发表最后陈述。”

身穿深蓝色运动服的松永从被告席上一跃而起，快步走向证人席，冷不防地大声朗读起打印出来的文件。

他首先发泄了对审判推进方式的不满，列出了调查员的名字，并谴责了审讯方式，进而对检察机关的总结陈词进行了猛烈的批判。他说：

“检察官对我的总结陈词，仅仅是把纯子的供词作为叙事材料，长篇累牍地记录下来而已。法庭上之所以出现所谓的‘纯子神话’，是因为她已经做好了被判死刑的准备，所以你们就认为纯子的话是可信的。

“一位著名的作家甚至说‘纯子应该避免被判死刑’。那些凭借印象和直觉就无条件接受纯子供词的人，就像以前‘地心说’的信徒一样，认为‘纯子所说的一切都是正确的，都是不容批评的’。

“我一直期待着检察官是站在中立和公正的立场上进行审判，期待他们尽可能地披露收集到的证据，对纯子和被监禁女性的供述进行客观的分析。但事实证明，检察官和那些相信‘地心说’的人没什么不同。

“我认为这场审判，已经存在了一个先入为主的印象，犯罪的叙述是从这个印象中得出来的。在公众的头脑中，是不是已经根据先前的印象作出了判决呢。我希望法庭能够清楚地证明，这场审判是基于证据而作出的判决。

“今后不管结果如何，我都将继续申诉。我们将整理相关文件，为二审做准备。刑事诉讼法规定‘对事实的认定应以证据为准绳’。在判决书中，请你们论证什么是可以被证据证实的，什么是不能被证据证实的，并请诚实回答松永律师团的结案陈词。”

他的《意见陈述摘要》有十八页之多。松永在大声朗读的时候，耳垂和脖子都是通红的，一只手撑在证人席上，摇晃着身体，声音嘶哑……他的陈述长达四十分钟，远远超出了十分钟的规定时间。

松永虽然使用了很多法律术语，但他的讲话内容一如既往地空洞无物。旁听席中发出了好几声叹息，气氛无比的沉闷，仿佛被包裹在深深的虚无感之中。松永越是重复他那些空洞的诡辩，我就越是感到痛心，越是无法忍受，为什么仅仅因为这个男人的花言巧语，就有那么多的人成为牺牲品呢！

“本庭现在结束审理。”

审判长的声音在法庭中回荡。

后　记

被告人松永太和绪方纯子被判处死刑。平成十七年（二〇〇五）九月二十八日，距离一审已经过去了三年零四个月。

审判长在认定六项杀害罪和一项伤害致人死亡罪（誉一案）的罪名成立后，宣布："松永是犯罪的主犯，应受到最大的谴责""没有任何迹象表明，他有真诚的悔意或歉意。他的犯罪倾向根深蒂固，而且没有改正的可能"。

听到这些的松永，在闭庭后依然面带微笑地坐在被告席上，一动不动。之后他面向辩护律师，挥舞着拳头喊道："律师，要看二审的哟！一起干吧！"兴致似乎十分高昂。就在当天，他就向福冈高级法院提出了二审请求。

松永的死刑判决应该是理所当然的结论。但是，如果松永就这样经过高等法院的二审和最高法院的终审，最终维持死刑判决，而他本人却毫无改变的话，我将感到极大的遗憾。

说实话，我现在有一些惆怅，也许因为我还是不了解松永吧。

纯子和恭子的证词让我对松永的残忍和狡猾有了很好的了解，关键是对于他的内心世界，我却一无所知。这种虚无感和无力感，与日俱增。我还是希望松永能够坦诚地说出他的内心世界。希望他能自我分析，导致这一史无前例的案件的“内心的幽暗”。

在法庭询问松永的过程中，我苦恼于“听那样一个乱七八糟的故事到底有什么意义”，觉得自己是在浪费时间。但只听纯子的供词是不公平的，所以我坚持了下来，继续奔赴小仓。此外，松永一直滔滔不绝地侃侃而谈，他所提供的口供记录数量异常庞大。我虽然费了千辛万苦，在本书中作了整理和归纳，但那也仅仅是介绍他编造故事的出色能力。一念及此，倍感虚无。

如果无法从供词中看出松永的本性，那么是否可能通过他在法庭上的表情和态度来作出一些判断呢？想到这里，我便凝神地仔细观察，但依旧是如坠五里雾中。他会变幻莫测地突然改变自己的表情和态度。一会儿带着讨人喜欢的柔和表情彬彬有礼地回答问题，转眼间又会变得厚颜无耻地指责检察官和纯子的辩护律师道：“你在教训我吗？”“太无礼了！”等等。一会儿又变得很谦虚地说：“审判长大人，请您理解。”并发出阵阵的哀求。简直就是一条变色龙。但是，这些都算不上松永的本性。他的前妻告诉我：“松永令人感到害怕的时候，他的眼神就会变得和蛇一样。”她所说的那种冷酷的片鳞半爪，并非惺惺作态，而是松永本性的一部分，我真的想看一看。

我不是一个轻易放弃的人，我认为松永可能会在拘留所里克制过度的自我表演，露出真实面目，所以我采访了同一时期内与松永同在小仓北拘留所的一名中年男子。

他说：“在锻炼时间，我们会五人一组去操场，楼梯的正前面是松永的牢房。每当我们经过那里，松永都会微笑着跪坐在那儿，和我们每个人打招呼，大声说‘早上好’。回牢房的路上，他也会向我们致意道‘辛苦啦’。我也是有三次前科的人了，见过很多世面，但还是头次遇见这样的事情。他平时是垂头丧气的，但当人们经过时，他就会藏起自己的表情。起初我很感动，但听说他就是大名鼎鼎的松永时，真的吓了一跳，心想：‘就是那个做出那种坏事的家伙！’当我对工作人员说‘松永非常的友好’时，他们会生气地说：‘那个混蛋，一点悔改的意思都没有！’我曾半开玩笑地和松永打招呼：‘松永先生，加油哦！’他会一脸的开心，低下头表达谢意：‘好的，非常感谢！’我忍不住笑出了声。”

在被转移到小仓拘留分所后，他这种彬彬有礼的举止似乎还依然保持着。

我突然产生一种冲动，越发认真地认为松永一定是个毫无人性的怪物。如果我能真的那样想的话，我可能会轻松一些。但是，眼前的被告人松永太，毕竟是一个人。只要他还是个人，在被判处死刑之前，戏剧性的变化就有可能会降临到他身上。我现在不放弃，将来也不会放弃让他“在法庭上毫无保留地表达自己内心世界”的微小希望。

还有对绪方纯子的死刑判决。法官拒不同意减轻纯子的罪责：“看不出绪方是在被松永控制并在违背自己意志的情况下参与犯罪的。绪方完全认同松永的意图，是在松永的指示下，以积极主动的意志参与犯罪的。”

在被下达死刑判决后，纯子向法官深深鞠了一躬。休庭后，她向三位检察官逐次致意，但脸色苍白。据律师介绍，针对她被松永控制一事，纯子在对法官的判决感到失望的同时，也丧失了自信，“因为被认定为主观故意的犯罪，她觉得自己果真是个残忍的人”。但是，她的律师极力劝说纯子提起上诉，一直以来，纯子对上诉犹豫不决，在上诉期限的最后一天，纯子同意以律师的名义提起上诉。

我个人对这个判决感到非常失望。这份判决，对松永和纯子的控制关系毫无洞察。例如，法官指出“绪方有许多避免各种犯罪的途径”。可是，这种看法未免太过于无视受害者的心理。纯子被地狱般的通电彻底灌输了恐惧心理，她的判断力和批判力显著下降，不得不在心理上服从松永。这一点不仅适用于纯子，也适用于绪方一家的所有人。正因如此，就连以前当过警察的主也都既没有反抗也没有逃跑，而是听从了松永的杀人指示。由此可见，松永的控制术是多么地“完美”。更不用说被暴力虐待二十年之久的纯子了。在一般人看来，她一个人想要作出反抗，是根本不可能的。就这样认定纯子配合松永、积极主动地参与杀人，是否过于简单了呢？对于纯子以及自相残杀的绪方一家的心理活动，判决完全没有作出合理的解释，我认为这个判决就像是给臭了的东西盖上了盖子一样。

其实，在判决的前一天，我得到了和纯子见面的机会。

自从开始旁听庭审，我就越来越想知道纯子的心情，于是提交了和她见面的申请。但是，因为她是重犯，按规定是禁止见面的，而且禁止通信。我仅仅是不断给她递送书籍，并在递送物品申请表的关系一栏中写了“支持者”三个字。她的辩护律师联系到我，向我传达了纯子的口信：“非常感谢您送来东西，但是看到您写的是‘支持者’，这让我非常困惑。我并不是那种会得到支持的人。”我把自己写的关于DV的书交给辩护律师，并说明了我的想法，让她明白我不是一时兴起才写的“支持者”。判决之前，亲属和支持者得以获准和她见面，我得到了二十分钟的会见时间。

会见条件是“禁止谈论案件相关内容”，但我们还是隔着透明亚克力板交谈了很多话题。

纯子以平静的表情走进会见室，说道：“非常感谢您送来这么多书，真的很感谢。让您破费，实在是抱歉。”然后深深地鞠躬。

在我递送的书籍之中，她说她特别喜欢读《仍然笑对人生》这本书。该书作者维克多·弗兰克尔，是一位出生于奥地利的犹太裔精神病学家。第二次世界大战期间，他被纳粹分子送进集中营，战后不久，他写下了记录其集中营经历的《夜与雾》[①]，并在全世界范围内被长时期地广泛阅读。《仍然笑对人生》是弗兰克尔在维也纳公民大学的演讲录，简要阐述了他如何克服极端痛苦和绝望，找到生活意义的思想历程。

纯子说：“那本书是我的心灵支柱。当供述变得痛苦的时候，我会不厌其烦反反复复地阅读。”听到纯子的话，我知道了她的处境和我想象的一样。

纯子自始至终保持着笑容侃侃而谈，完全看不出作为刑事被告人，可能在二十四小时之后被判处死刑的那种悲怆感。

她说：“您是说现在的心情吗？就是异常的冷静和平和。我从一开始就知道会被判什么刑，审判时也不会有什么改变。这样说可能有点不太严肃，距离宣判的日子越来越近了，我却一点都不紧

① 中译本多译作《活出生命的意义》。

张……”

说着，纯子用手帕捂住嘴角笑了。我对她出乎意料的笑容感到惊讶。当我告诉她这与她在法庭上给人的严肃印象完全不同时，她说自己其实是一个喜怒哀乐都写在脸上的人。

她说：“案子发生的那几年，我根本无法表达自己的情感，但现在我渐渐地能做到了。被捕后，在与律师和警察们的交谈中，我慢慢有了变化。松永一直威胁我说‘除了我，谁也不要相信’，这句话被刻在了我的脑子里，所以一开始我对支持我的人充满了怀疑。但现在，我终于可以信任别人了。这就是为什么我很想见您。”

当我问她在拘留所里的生活时，她说简直和天堂一样。

“可以吃饭，可以洗澡，想去厕所就可以去厕所。甚至还有读书的时间。只是有一点小小的奢望，就是希望可以见到更多的人。现在的我，最大的乐趣就是能和别人进行交流，即使是在监狱里。”

我把我对松永的看法，一股脑儿地告诉了她。听完后，纯子多少带点伤感地说：“虽然有愤怒，但没有产生憎恨的情绪。我也不知道为什么是这一种心态……”当我问她是否还有对松永的爱时，她说：

“不，完全没有。只不过，看到他的样子时，我会觉得他很可怜。松永是个猜疑心很重的人。连我也不知道他的内心深处究竟在想什么，为什么想杀了我全家。所以，虽然知道不可能，但我还是希望他能诚实地说出来，并且能够找回那颗信任别人的心。”

据悉，这次审判当初是决定将两名被告分开，并分别进行质询的，但由于纯子迫切希望“把松永这个人观察到最后”，所以才撤销了分开质询的决定。当检察官问纯子对松永在一审中的供述和态度有何看法时，她抛出了一句话：“我认为他还是那么不像话。”然而，我不禁认为，她说那句刺耳的话，是希望松永能在二审中清醒过来，改变自己的态度。在会见中，纯子的这种心情得到了印证。

最后，我对纯子说出了我无论如何都想告诉她的话。

我说：“无论判决结果如何，我认为你应该继续深入思考案件发生时的非正常心理，尽可能地把它形成文字，传达给受害者遗属。我想受害者遗属也会对你怀有这样的期待。”

那一刻，浮现在我脑海里的，是作为证人出庭的主也母亲的一番话。这位失去了一个儿子、一个儿媳和两个孙儿的老妇人，佝偻着身子坐在证人席上，声音颤抖地说道：

“作为一个体会过分娩剧痛的人，我想问问（有同样经历的绪方）你，当小彩说‘我什么都不说，请把我送回我父亲的老家’时，你作为一个母亲，有着和小彩一样大年纪的孩子，为什么就不能体会到孩子的心情呢？”

也许是出于对受害者家属的考虑吧，当天坐在被告席上的纯子，身着类似丧服的黑色上衣和黑色半裙。主也母亲说话的时候，她一直用手帕捂着眼睛，双肩颤抖着嚎啕大哭。

我坐在旁听席上，看着她的样子，心想：纯子应该用一生去回答死者家属这个无法回答的疑问。无论她怎么说，都不会改变她的罪恶之深，想必死者家属也不会原谅她。尽管如此，作为赎罪，我觉得她应该尽可能地用语言来作出回答。

纯子从透明隔板的另一侧，直直地看着我的眼睛说：“以我的能力而言，很难表达出来。但是，通过和各种各样的人谈话，让我意识到了很多在案发当时我并不明白的事情。在我有限的时间里，我会尽量用语言表达出来。”

就在那个时候，我确信纯子重拾了人性。对于采访这一前所未有的残酷案件的我来说，这是一种“救赎”。

最后，我要向负责本书的新潮社非虚构编辑部的笠井麻衣、对企划和结构提出建议的同社新书编辑部的后藤裕二、协助采访的当地记者以及所有相关人士表示衷心的感谢。

平成十七年（二〇〇五）九月二十八日

丰田正义

二审的法庭判决和绪方纯子的来信——代文库版后记

敬启

又到了菊花飘香的时节。小仓一别之后，已有两年……您还好吗？

非常感谢您一直以来的关照。我犹豫了很久，不知道该不该给您写信，但还是下定决心拿起了笔。无论如何，我必须向您表达我的感谢。您为我所做的一切，实在难以用一个谢字来表达。我知道这可能会给您带来困扰，但仅此一次，请您原谅我的任性。

首先，我想为我向××先生索要您联系方式的这种自私行为道歉。我没有考虑到给丰田先生带来的不便。请您原谅。

平成十九年（二〇〇七）十月底，在本书单行本出版的两年后，我收到了北九州连环监禁杀人案被告绪方纯子的来信。

一个月前，也就是平成十九年（二〇〇七）九月二十六日，福冈高等法院对松永太和绪方纯子作出了二审判决。判决后，绪方纯子被允许从拘留所寄信。于是，她给我寄来了一封感谢信。

在讲述纯子的来信之前，我想先就二审内容做一个说明。

一审判决之后，两名被告的律师团集体辞职。可能是律师团对每周一次的长时间审议和案件内容的复杂性感到疲倦了。政府指定了新的辩护律师，组成了两名被告的律师团。

在上诉主旨书中，松永方和一审时一样，认为“被告松永是无罪的，因为他既没有下达指示杀人，也没有实施杀人”。但是，纯子方与一审有了巨大的变化。纯子方也主张无罪，理由是“被告绪方由于受到被告松永的暴力虐待而丧失了判断力，并被当作实施犯罪的工具”。

显然，纯子的律师团想要将是否具备责任能力作为争议点。正如刑法典第三十九条规定的那样——“精神失常者的行为不受惩罚”。如果要对已经供认犯罪的被告作出无罪宣告，则必须经由法官认定为“精神失常”，也就是刑法中规定的“无责任能力”。纯子的律师团采取了非常强势的方针，试图证明纯子在犯罪时的精神状态是“精神失常”的。

我旁听了一审的大部分审判。依我看来，纯子方的无罪主张似乎有些草率，但我也觉得“作为法庭上的战术或许是上策”。这种主张必然会促使法庭“查明暴力所造成的心理影响”。在一审中几乎被忽视的案件的这一核心部分，这次终于会得到审议。

结果就是，即使精神失常不被认可，但如果能认定纯子判断力显著下降的话，就可能成为减刑的理由，从而避免死刑。我猜想，这可能就是纯子律师团的真正目的。

据当地报纸报道，纯子本人仍然做好了接受极刑的准备，但她一心想要弄明白，“包括自己在内的绪方家的人为什么会服从松永并实施残忍的犯罪，我希望能彻底查明其中原因，也希望能明确认定暴力所带来的影响和结构性控制”，因此同意了辩护律师的上诉。对于准备接受极刑的纯子来说，她或许认为自己的最后使命是在二审法庭上作证，澄清案件的核心部分。

平成十九年（二〇〇七）一月，二审终于开始了。但是，我没能旁听二审的全部九次庭审，因为那年我罹患了突发性耳聋，健康状况不允许我从东京乘飞机去福冈，而且我还在为一家杂志写一本连载的名人传记。我别无选择，只能试图从报纸上收集关于审议内容的消息。但是，即使九州版的报纸上，也没有刊登任何关于二审的文章。我听说，记者席上空空荡荡。

不管多么有名的案子，二审的报道通常都要比一审的报道少得多。而且，我从新闻记者那里听说，北九州连环监禁杀人事件之所以很难得到报道，原因有二。第一个原因是内容太过残酷，以至于表达起来极其困难。例如，一位费尽心血进行报道并在报纸上连载这一案件的记者说，他收到了一位读者的投诉：“不要让我们一大早就读到让人心情变差的新闻!”第二个原因，是死者家属不采取行动。在诸如奥姆真理教事件、池田儿童杀人伤人事件、光市母子杀人事件等在全国广为人知的著名事件中，受害者家属会出现在媒体上，控诉对加害者的憎恶和判决的不正当性，而成为新闻。相反，北九州连环监禁杀人事件的情况有所不同，因为家人之间互相残杀，受害者家属较少，即使是有亲缘关系的人也都保持着沉默，因此无法成为报道的对象。

我也是新闻界的人，非常能理解这种状况，但我希望当地媒体能够意识到，全国各地都有很多人在关心着二审的动向。

例如，在互联网论坛网站“第二频道”上，专门讨论这一案件的帖子纷纷涌现。人们根据从本书和报纸文章中获得的消息，非常积极地写下自己的意见，并展开了严肃的讨论。在个人博客上表达的意见也非常多。阅读这些帖子，则会发现很多人对“绪方纯子是否应该被判处死刑”这一问题有着不同的看法。持对立意见的人数，各占一半。由此可见，它已经成为了二审的实质性争议点，而且充分说明存在全国性的新闻价值。

在二审判决的第二年，我作了迟到的采访——去了福冈，采访二审审判的情况。从持续旁听二审审判的甲木京子和石本宗子那里，详细了解到了纯子方的询问情况，重新了解到了和一审存在明显差异的地方。

甲木和石本是福冈县女性团体“NO! SH”的成员。“NO! SH”是一个为性暴力受害者提供支持的团体，在一审中就开始支持纯子。他们一边和律师团合作，一边寻找负责纯子心理鉴定的精神科医生，并向法院提交请求对纯子减刑的请愿书，以及其他相关活动。

据二人所说，“DV”这个词在一审中甚至没有被纯子的律师团使用，但在二审一开始就被频繁地使用。纯子的律师为了揭示DV的真实情况，让纯子从交往之后松永的暴力行为开始，展开详细的讲述。纯子在幼儿园工作时曾试图自杀，她的律师特别强调了那段时间发生的暴力行为。

甲木女士指出：“结果甚至连性暴力的实际情况也被揭示出来了。在一审中，绪方并没有提到她所遭受的暴力。在二审中，作为首席辩护律师的女律师成功引导了绪方，证明了松永除了对纯子施加身体和心理上的暴力之外，也实施了极其严重的性暴力。”

据说，这名女性首席辩护律师将松永拍摄的纯子被凌辱的照片拿到了法庭上，让纯子一边看着，一边详细说明。换作是男性律师的话，纯子一定会犹豫不决。这些照片是在现场查证中被没收的，但在一审中，辩护律师和检察官都没有提及。

顺便说一下，除了性暴力之外，还有很多最新披露的 DV 的实情。比如纯子的声音相当沙哑，我之前以为是天生的。但在二审中，纯子首次表明：“松永多次空手道手刀击打我的喉咙，导致我的声带溃烂。”

纯子坚称：“我和松永的关系被叫做‘事实婚姻关系’，这让我感到很不舒服。我自己从来没有过这样的认识。我认为，从一开始我和他之间就只是上下级关系。”

此外，二审的事态发展有一个值得一提的地方——法官们仔细听取了纯子的心理鉴定结果。在一审中，这些结果从未得到过重视。在一审过程中对纯子进行心理鉴定的筑波大学研究生院教授、精神科医生中谷阳二，得以在二审中作为证人出庭作证（关于中谷阳二的鉴定书已在第八章提到）。

对于纯子的律师团来说，询问鉴定医生一定是二审中的最关键时刻。因为鉴定医生的证词可以作为判断纯子有无责任能力的有力证据。

中谷先生的证词究竟是什么内容呢？甲木女士根据旁听笔记作出如下说明：

“根据中谷先生的证词，由于长期遭到虐待，被告绪方出现了

'人格上的变化'和'解离症'。中谷指出，解离症表现为情绪麻木，'没有现实感''没有记忆'，一旦变成那种状态，就会采纳施虐者的价值观。"

在描述了纯子的症状之后，中谷阐述了自己对纯子关于责任能力的意见。这里最值得注意的一点是，当法官询问纯子的责任能力时，中谷用"不适用于此案"的措辞否定了她的责任能力。对于一审中将纯子的责任能力等同于松永的判决，中谷批判说："本案的本质并非如此。"

鉴定医生的这些证词，应该对法官"心证"[①] 产生很大影响。法官随后还允许受害者援助专家作为证人出庭作证，并听取了关于受害者心理状况的解释。

那时站在证人席上的是石本宗子。她作为民间支援小组、公共机构的咨询人士，长期参与受害者援助工作。她根据自己的经验，作出如下证词：

"我是从 DV 究竟是什么这一初步的事实谈起的。我特别想说的是，'恰恰是无力逃脱，才是家庭暴力的最大特征'。和我接触过的许许多多受害者一样，被彻底孤立的绪方未能摆脱松永的掌控，这绝不是什么特殊的案例。"

当法官询问她"是否也有受害者转变为加害者的案例"时，石本进一步说明了受害者杀害加害者的案例，以及根据加害者的指示而虐待或杀害第三方的案例。

---

① （审判员在审理中得到的）确信，又称自由心证。一切诉讼证据的取舍和证明力的大小，法律预先不作规定，而由法官、陪审官根据内心确信进行自由判断。法官通过对证据的审查判断所形成的内心确信。

在法官进一步强化其心证的过程中，石本的这些证词应该也起到了很大作用。据我推测，法官在批准了纯子律师团关于石本出庭作证申请的那一刻，基本上就已经决定了对纯子减刑。否则，传唤受害者支援专家出庭的这种“特例”是很难得到批准的。

世上有许多DV受害者变成加害者的案子。但是，据我所知，从没有见过或听过让此类证人出庭作证的情况。例如，曾有受害者在逃到庇护所之后，又返回丈夫身边，却又立刻杀了丈夫。当时负责管理庇护所的DV受害者援助专家作为证人出席了审判。但是，案件当时的DV受害者援助专家并非作为被告人的相关方站在证人席上的。因此，从对DV的初步说明开始，到呼吁对被告人酌情处理，这样的审判难道不是前所未有的吗？我们只能认为二审的法官意在揭示DV带来的深刻影响，并尽可能想在判决中反映出来。

在采访这次审判的过程中，我感受到了一种强烈的印象：法庭下达同意纯子减刑的判决是一个必然的结果。

法院裁定，“（这一系列案件是）在松永的主谋下，通过诱导性言辞将受害者拉拢到一起，让他们互相监视告密，互相对立，从而再三实施的”。与一审判决一样，法庭认定松永是案件的主谋。而且，关于纯子所起的作用，和一审判决一样，认定为松永的共同正犯：“察觉到松永的意图后采取行动，并在不断重复的过程中，主动参与了犯罪活动，在犯罪中起到重要作用。”至于最大的争议点——纯子的责任能力，因为纯子向松永提议要把小彩和优贵托付给亲戚，由此认定纯子“对是非的判断能力并没有问题”，否定了纯子律师团所提出的“精神失常”的说法。

但另一方面，关于纯子在犯罪时的心理状态，二审判决中指出

"受到了松永通电等家庭暴力的强烈影响""被迫参与了违背本意的杀人行为和尸体肢解作业，多年来作为被告松永的手下，被迫从事肮脏的行为""出于强烈的恐惧，顺从了松永的指示"，等等，并认定了纯子判断能力下降，"不能否定正常判断力在某种程度上有所下降的可能性"，且进一步指出"可以看出，她在被捕后，能在自己的记忆范围内，毫无隐瞒地坦白事实，帮助查明案情，并在真诚的反思中恢复了人性""其情况与被告松永迥然不同"。事实上，对纯子的减刑给出了多种原因。

最后，法庭得出结论："我们不得不犹豫是否对绪方被告判处极刑。我们认为，判处她终身监禁，让她在赎罪中度过余生是适合的。"

关于二审的审判长，许多人发表感想说他"颇具同情心"。但我认为，这个判决更多的是基于"理"，而非基于"情"。

关于本是善良公民的绪方一家在松永的指示下自相残杀一事，就连一审检察官也在总结发言中认定，其中有虐待所带来的影响以及松永控制关系的存在。但对于遭受长期虐待达二十年之久的纯子却不予认定，这中间存在着巨大的矛盾。并且在一审判决中，并没有提及一家人自相残杀的原因，而仅仅通过直白易懂的事实关系构建起一套简单的逻辑，就此而判处了纯子死刑。

与之形成鲜明对比的是，二审法官坚持要查明案件中最令人费解的核心部分，并冷静地进行理性的思考。作为其思考的结论，我认为法官避免对纯子判处死刑的决定是在情理之中的。据新闻报道，在二审的最后发言中，眼含热泪的纯子哽咽地说："我憎恨那个在过去的接受了暴力的自己。"在被判处无期徒刑的瞬间，她就这样直直地看着面前的审判长，面无表情。但是在闭庭后与律师团见面时，她无法掩饰自己的震惊："完全是意想不到的判决，大脑里一片空白。"

另一方面，在法官宣读判决书的过程中，松永听到纯子减刑原因一节时，顿时满脸通红，停下一直在认真做笔记的手，把笔记本和圆珠笔扔进了袋子里。当法庭上响起"判处绪方无期徒刑"的判决声时，松永像是为了掩饰自己的愤怒，微微点了两三下头，脸上泛起潮红，露出了淡淡的笑容。

此外，纯子的律师团在记者招待会上对判决给予了高度评价："这是对案件的实际情况和背景进行彻底研究的结果。"果然，律师团的目的是通过坚持无罪辩护，最终得到无期徒刑的判决。他们的法庭策略取得圆满成功。

当然，检察官在记者招待会上愤怒地表示："在承认共同正犯和责任能力的情况下，不对绪方适用极刑，让人无法接受。"并向最高法院提出了上诉。松永在被判处死刑后，也在法庭上悄悄告诉辩护律师，"这是一个错误评估证据的不公正判决"，并于当天提起了上诉。

关于二审的叙述稍嫌冗长。现在我们回到开头提到的纯子的信。

纯子在进行了时节问候并表达了从第三方获取地址的歉意之后，继续讲述了自己对于被判无期徒刑的心境，以及对我的真诚感谢。她在信中写道：

> 您知道这次二审的判决，对吧？
>
> 检察官已经提起了上诉，接下来就是三审。我认为这是理

所应当的，心里也没有不平静。我非常感谢这个判决，对于量刑结果，我也一直感到诚惶诚恐。

仔细核查判决书的话，其中还是有一些错误的判断，但是，它很好地洞察了我在上诉主旨书中提出的要点，并做出了细致的回答。所以，在情感上，我是满意的。不管怎么说，我是犯了罪的人，如果再进一步地表示不服，则是违反道义的。

但是，我仍然很想了解，很想弄清楚这起案件的特点——“通电”带来的影响。如果没有通电……这个想法可能来自于一种不太好的意识（无意识的逃避责任），但我怎么都无法接受，我自己也无法释怀（关于我自己），所以我会耐心思考这个问题（因为我希望把事实本身弄清楚）。

下面让我来简单告诉您截至目前的情况。

二审判决于九月二十六日结束。如果追溯至此一（例外）结果，就会“遇见”您的存在。不知您本人是否知道这一点。从一审开始，我就感受到了与您相遇的意义，甚至在我被移送到福冈之后，我也一直在思考这个问题，而这就是结论。现在，它的重要性与日俱增。我想这一切对于我来说是天大的侥幸。一切都多亏了您，真的非常感谢，寥寥数语难以表达我的感激之情。

您一定很认真地对待我的问题，竭尽全力地想要找出问题的症结所在。我真的很高兴，因此而涌出了勇气和力量。

您是最开始注意到我遭受DV的人。也许还有其他人，但您是唯一一个真正采取行动的人。如果没有遇见您，事情就不可能有现在这样的发展情况。

我对这些话感到非常困惑。我只是为我自己的写作而进行调查，并非像纯子所说的那样抱有任何动机。不过，我确实在一审时将发现的许多资料交给了纯子的律师，并给在拘留所的纯子赠送了一些书籍。随着自己对这个案子调查得越多，我就越意识到DV相关知识对于查明整个案件是多么地不可或缺，但我失望地发现一审的法官对此毫无认识。因此，我希望能站在纯子这一边，让DV的影响在法庭上得到曝光。作为一名记者，我的行为可能有点过了。但我真的不想让这一切以失望告终。

我还调查了纯子最想弄清楚的“通电对人类心理的影响”，并向纯子一方提供了资料。这是一本由美国历史学家撰写的介绍古今东西各种酷刑方法的译著，书中列举了一些非洲国家使用通电酷刑的例子，并进行了考察。（考虑篇幅，只好割爱对该书的引用。）纯子在信中说，这些资料和书中的一部分被转交给了二审法庭的法官们，用作审判时的资料。

纯子很有礼貌地详细说明了经过，于是我给她回了封信，表示感谢。从那以后，我便和她开始互通信件。

纯子的信总是以礼貌的寒暄开头，并以关心我的身体状况结束。每次的信纸一定是七张。有可能是因为监狱规定信的长度是限制在七张以内吧。虽然充满诸多限制，她还是写出了女性特有的优美文字。

每封信都传递了找回人性后纯子的真心。在采访过程中，无论我如何探究，除了深不见底的幽暗世界，我什么都看不到，唯一感到宽慰的是在法庭上我感受到了纯子人性的复苏。正因为此，我在收到纯子情真意切的信时，发出如此深刻的感慨。这正是她康复的证明。

二审判决后的大约一年左右，我收到了她的一封信。其中的一段话最令我印象深刻。在信中，她陈述了自己对死者家属和孩子们的思念，对生与死的观念的变化，以及由赎罪意识而生发出的追求信仰的心境。整段文字可谓是浑然一体的。

> 无论如何，我都会在自己的有生之年里，为受害者家属和孩子们做我所能做到的一切，我会尝试着告诉他们我的感受。但受害者家属们的年纪很大了，每每想到这一点，我都会非常不安。我希望他们永远健康，我就是这样想的。最近，我对人的生死变得非常敏感。我害怕体会失去的滋味。我变得难以置信的胆小。我深深感受到了自己所犯罪行之严重。这个世界上没有免罪符，但我想在有限的时间里努力地活着，尽可能毫无牵挂地死去。
>
> 而且，如果有轮回转世的话，让我从最低的地方重新开始吧！
>
> 那是一个未知的世界。虽然我不能肯定，但我相信一定能得到赎罪的机会。
>
> 我希望经过漫长的岁月，总有一天，总有一世我会爬上去，成为一个比现在的我好一点的人。因此，我现在会竭尽全力地活着，在我的有生之年里。

在这封信中，对七名受害者，纯子一直希望着，“想和他们见面，想和他们交谈，想和他们道歉”。对于这个愿望，她的情感是摇摆不定的。一方面，她似乎很愉快地写道："有时我觉得真的可以和他们相遇。"另一方面，她在自我剖析中又这样责备自己："当我认为真的能和他们相遇时，我觉得自己好像在某种程度上还没有接受这七个人已经死去的事实。作为一个有罪的人，我想这是不正常的。"

在极少数情况下，她会提到松永。自从二审作出判决后，纯子就不再需要在法庭上面对松永了，她似乎沉浸在摆脱松永的喜悦之中。

在二审的过程中，纯子仍未摆脱被松永支配的恐惧。纯子和松永并排坐在距离彼此不远的地方，中间隔着狱警，两人从未有过眼神接触。当纯子作证时，松永在背后弄掉了圆珠笔之类的东西，就在那一瞬间，纯子说她的大脑一片空白。那个声音听起来就像是松永在下达"不要说话"的指示。

听到她的这种恐惧心理之后，当我再读到下面的这句话时，就从心底里感觉到了一种踏实。

> 我很感激终于可以摆脱松永，有时间过自己的生活。因此，尽管听起来很老套，但我真的很想过属于自己的人生。

纯子虽然这样写，但不用说，她的身体是不可能得到自由的。即使她被判处无期徒刑，要想获得假释，通常也必须在监狱中服刑二十年以上。从客观上来看，"过自己的生活"或"想过属于自己的人生"这些话，似乎是虚假的或妄想的，因为她身处的环境并不会带来这样的积极感受。但纯子饱尝了被松永支配的恐怖，在她看来，哪怕是长期的监禁也足以让她感受到自由的喜悦。她一定是发自本心地达到了“过自己的生活”和“想过属于自己的人生”的心境。

如果不仔细思考纯子说话的背景，很容易引起误解。但如果带着背景再读这些话，就会发现这些话语带着令人心碎的哀伤。

这本书出版文库本时，我想在“后记”中与读者分享她的部分信件。因为我希望不仅是我，也希望读者们能通过这些生动的话语感受到纯子的人性。

二审判决之后，又过了一年零两个月，也就是平成二十年（二〇〇八）十一月，我来到福冈拘留所，申请与纯子见面，并决心让她同意公开这些信件。

我打开福冈拘留所会客室的门，一走进去，就看到坐在透明亚克力板后面的纯子。她正笑着，旁边没有狱警，只有她一个人。我在她面前坐下后，她还在呵呵地笑着。

我问了她笑的原因，她回答说：“狱警说了句‘忘了拿计时器’，就飞奔了出去。看他慌里慌张的样子，忍不住就笑了。”

听了纯子的理由，我的紧张感嗖地一下子消失了。

“是这样啊。那么，我们可以长谈一会儿了呢。”

“对呀对呀。”

纯子又笑了。看着她，我也忍不住笑了起来。多亏那个忘了拿东西的狱警，三年来的第一次重逢从一开始就被和谐的氛围包裹着。

她留着和一审时一样的娃娃头。脸颊瘦下去不少，但气色很好。最重要的是，她的表情非常的开朗，简直让人不敢相信她现在是在监狱里。狱警回来后坐在纯子旁边，按下了计时器。对于允许探视的时间来说足够了。

首先，我告诉纯子这本书要出版文库本，她听后非常高兴。三年前，书刚出版后不久，我就请求一审的首席辩护律师将这本书交给纯子。对于书中的内容，她非常清楚。

通信解禁后，她还给我寄来了读后感。不过，她那时候的想法让我出乎意料。

纯子写道："我很感激书中那些维护我的内容，但另一方面，我很担心您会受到大量的抱怨和指责，担心这些责难会给您增添很多麻烦。"

当然，她的担心完全是杞人忧天。把此书认真读到最后的读者，大部分都会同意我的观点，即纯子不应该被判处死刑，因此也根本谈不上什么抱怨或指责。

我把这一情况，在回信中详细地告诉了她。她似乎因此而对文库本感到很放心。当我请求她同意我发表她的信时，她看起来有些尴尬"我的信这样的东西……"，但她最后还是同意了，说道："发表当然可以呀。具体引用哪些部分还请丰田先生您来决定。"

因为采访的时间太过短暂，我们很少有时间谈论主要话题以外的事情，但在采访快要结束时，我问她"最近最开心的事情是什么"，纯子跟我说了一个小插曲。

她告诉我，知道了纯子是 DV 受害者的女性，有时会来福冈拘留所探望她或者给她写信，互相鼓励，增进交流。这些女性中，有的也是 DV 的受害者，其中也有一些人从丈夫的暴力中逃了出来，为了能养活自己，正在寻找工作。

纯子在提交给二审法院的意见声明中说："我希望通过这次审判，能有更多的人去思考暴力问题。"而这一愿望正以一种意想不到的方式逐渐实现。

“您能听我这样的人倾诉烦恼，我简直开心到无法相信。我现在每一天都在想，活着真好呀。我还想永永远远地这样活下去。”

说着，纯子从亚克力板后面直视着我的眼睛，露出了一个光芒四射、完全没有掩饰的灿烂笑容。

纯子意识到了自身的价值。这在某种程度上可以表明，她正在用不断寻找自我的方式，对社会作出补偿。

最高法院的判决一刻一刻地迫近了。我也希望纯子可以继续活下去。继续活下去，为受害者和受害者家属赎罪。继续活下去，尽可能地为社会作出贡献。毫无疑问，她的人生本身就会给许多处于绝望中的人们带来希望。

最后，我要借此机会向允许我公开信件的绪方纯子女士、为我提供二审信息的甲木京子女士和石本宗子女士，致以深忱的谢意。

平成二十年（二〇〇八）十一月二十六日

丰田正义

图字：09-2020-1120 号

图书在版编目(CIP)数据

被抹去的一家/(日)丰田正义著；张士杰，殷玥译. —上海：上海译文出版社，2022. 4 (2025.8重印)
(译文纪实)
ISBN 978-7-5327-8948-1

Ⅰ. ①被… Ⅱ. ①丰…②张…③殷… Ⅲ. ①纪实文学-日本-现代 Ⅳ. ①I313. 55

中国版本图书馆 CIP 数据核字(2022)第 033728 号

被抹去的一家
[日]丰田正义 著 张士杰 殷 玥 译
责任编辑/常剑心 装帧设计/邵 旻 观止堂_未氓

上海译文出版社有限公司出版、发行
网址：www. yiwen. com. cn
201101 上海市闵行区号景路 159 弄 B 座
江阴市机关印刷服务有限公司印刷

开本 890×1240 1/32 印张 8. 25 插页 2 字数 139,000
2022 年 4 月第 1 版 2025 年 8 月第 4 次印刷
印数：17,001—18,500 册

ISBN 978-7-5327-8948-1
定价：52. 00 元